이 책에 쏟아진 찬사

특권층의 삶을 생생하게 보여주며 권력 불균형이 초래하는 결과, 공인의 자격에 대해 고찰하게 만든다.   - 『가디언』

저자의 전작이자 넷플릭스 화제작 『아나토미 오브 스캔들』의 명성을 이을 작품으로 눈길을 사로잡는다.   - 『옵서버』

현대인의 삶을 좀먹는 소셜 미디어의 영향력에 대해 사려 깊고 날카로운 화두를 던지는 작품이다.   - 『퍼블리셔스 위클리』

혐오가 공인들과 그의 가족들에게 미치는 영향이 얼마나 가혹하고 큰지 보여주는 소설이다.   - 『선데이 타임스』

개성 넘치고 독창적이다.   - 『타임스』

상당히 현실적이고 지극히 인간적인 캐릭터들이 강렬한 인상을 남긴다. 이중 잣대와 혐오, 대중적 이미지의 본질을 복합적으로 밝혀낸다는 점에서 문학성이 가미된 법정 스릴러의 매력을 느낄 수 있다.

― 『북리스트』

한 인간이 자신의 삶을 위해 처절하게 싸우는 동안 복수와 정치, 자기를 보호하고자 하는 욕구가 상충한다. 마지막 페이지를 덮은 후에도 그 긴장감은 오래도록 잊히지 않을 것이다.

― 리브 콘스탄틴(『마지막 패리시 부인』 저자)

불편할 정도로 사실적이고 시의성이 있는 이 작품은 흠잡을 곳 없이 경이롭다. "딱 한 페이지만 더!"를 외치게 만든다. 이틀 만에 다 읽었다.

― 엘러리 로이드(『더 클럽(The Club)』 저자)

새로운 시대정신을 가슴 뛰는 스릴러로 녹여냈다. 마지막까지 반전에 반전을 거듭해 숨 쉴 틈이 없다.

― 에린 켈리(『그녀의 몰락을 지켜보다(Watch Her Fall)』의 저자)

지금 이 시대의 이야기를 설득력 있고 영리하게 풀어냈다.

― B. A. 패리스(『테라피스트』 저자)

지금 이 시대의 독자에게 필요한 이야기. 사회 속에서, 개인의 삶 속에서 마주한 압박을 유려하게 파헤치는 한편 손톱을 물게 만드는 서스펜스까지! 올해 반드시 읽어야 하는 책이다.

― 길리 맥밀란(『롱 위캔드(The Long Weekend)』 저자)

긴장감 넘치는 법정 드라마와 노련하게 전개되는 스릴러, 사회를 향한 날카로운 통찰력이 솜씨 좋게 엮인 페이지터너가 탄생했다. 한 인간이 야망을 좇고 변화를 일으키고 가족을 지키기 위해 맞서야만 하는 불가능한 선택들을 대담하고 섬세하게 폭로한 작품이다. 이 책이 날개 돋친 듯 팔리는 모습을 하루 빨리 보고 싶다.

– 웬디 워커(『나를 찾지 마(Don't Look for Me)』 저자)

정말 읽고 싶었던 여성들의 이야기다. 야망 넘치는 정치인이자 엄마인 엠마도 그중 하나다. 이중 잣대와 세상의 이목 앞에서 여성이 느끼는 부당한 압박에 대해 믿을 수 없이 매력적으로 풀어낸 작품이다. 밀도 있게 설계된 이야기에 단 1분도 손에서 내려놓을 수 없다.

– 애슐리 오드레인(『푸시: 내 것이 아닌 아이』 저자)

대중 앞에 선 사람들이 어떠한 대우를 받는지에 관해 중요한 메시지를 전달한다. 천재적이고 경이롭다. 올해 최고의 히트작이며, 마땅히 그래야 한다.

– 사라 해리스(『비 라크햄 살인사건의 색깔
(The Color of Bee Larkham's Murder)』의 저자)

커튼 뒤에서 지켜보는 듯 생생하고 흥미진진하다. 우아하면서도 군더더기 없다. 무엇보다 좋았던 점은 여성으로서 우리 모두 느끼는 은밀한 두려움과 두려움을 촉발하는 여러 유형의 폭력을 다루었다는 것이다. 여성이 느끼는 공포와 억압이 뒤섞인 그물에서 처참한 결과가 파생되는 과정을 보여준다.

세간의 주목을 받는 자들과 이들이 경험하는 살해 협박, 모욕, 혐오를
주제로 한 반드시 읽어야 하는 소설. 반전을 거듭하는 법정 드라마로
서의 매력과 완성도 높은 스토리텔링까지 갖춘 최고의 역작.

젊은 정치인의 세계와 그 이면에 자리한 위험들을 깊이 파고들어 너
무나 매력적이고 흡인력이 있다.

흥미로운 법정 드라마이자 정치에 입문할지 말지 고민 중인 여성들
에게 경고를 보내는 불편한 작품. 별 다섯 개.

놀랍도록 기발하며 눈을 떼지 못할 만큼 매력적이다.

세라 본이 또 한번 해냈다.

책을 덮고 전율했다. 세라 본은 한계를 모르는 재능과 인간에 대한

연민으로 가장 민감하고 중요한 주제를 잘 풀어냈다. 품격이 무엇인지 작품으로 보여주는 작가다.
— 크리스 위테이커(『우리는 끝에서 시작한다(We Begin At the End)』 저자)

훌륭한 글과 팽팽한 서사, 현재 필요한 목소리를 담은 좋은 책이다.
— 클레어 더글라스(『방해하지 마시오』 저자)

엠마는 명예를 지킬 수 있을까? 아니, 그보다 명예를 지킬 자격이 있을까? 삶은 오래된 지층처럼 종횡으로 이어진 하루하루의 연속이다. 밖으로 내보인 단면이 아무리 화려하더라도, 어느 갈피에서 나를 무너뜨릴 결정적인 증거가 쏟아질지 본인조차도 모르는 것이다. 마지막 장까지 반전을 거듭하는 이야기를 통해, 힘을 가지게 된 여성이 연령, 인종, 직업에 상관없이 직면하는 뿌리 깊은 적대감, 그리고 그 와중에 생기는 유대를 생생하게 그려낸 수작. — 강인(드라마 PD)

레퓨테이션: 명예

레퓨테이션 : 명예

1

세라 본 장편소설
신솔잎 옮김

REPUTATION

#freak #threat
#anxious #stalker
#dirty
#Im watching you
#bitch #acid
#terrify
#distress

창비
Media Changbi

엘라와 애나에게

*

아! 명예를 잃고 말았구나.

내가 죽고 난 후에도 영원할 그 명예를 잃고 말았고,

이제는 짐승 같은 것만 남았구나.

윌리엄 셰익스피어

『오셀로』, 2막 3장

*

나는 여전히 말피 공작부인이다.

존 웹스터

『말피의 공작부인』, 4막 2장

일러두기

1. 원서에서 이탤릭체로 강조한 부분은 고딕체로 표기했다.
2. 외국어는 국립국어원의 외래어표기법에 준하여 표기하되 일부 굳어진 표현은 관용을 따랐다.
3. 책, 신문, 잡지 등의 제목은 『 』로, 영화, TV 쇼 등의 제목은 「 」로 묶었다.
4. 이 작품의 주 시점은 2021~2022년으로 소셜 미디어 트위터(현재 'X')의 상호는 원서를 따라 '트위터'로 표기했다.

시체는 계단 가장 아래에 있었다. 고급스럽게 리모델링된 그 집에 너저분한 옷 더미처럼 놓여 있었다. 마치 반듯하게 정리되길 기다리는 빨래 더미처럼. 바지 한쪽이 말려 올라가 있었고, 그 밑으로 드러난 발목이 내 아이폰 불빛에 하얗게 빛났다. 그의 얼굴을 도저히 쳐다볼 수가 없었다. 그에게 벌어진 일을 인정하길 거부하며, 나는 고개를 돌리고 말았다.

계단 꼭대기에 난간은 없었다. 주위엔 오크 목재 계단과 잘 어울리는 윤이 나는 흰색 벽, 그리고 스위치만 누르면 쓰러져 있는 그의 모습을 훤히 비춰줄 할로겐 조명 몇 개뿐이었다. 나는 몸을 일으키려고 손에 힘을 주어 벽을 짚었다. 정신을 차려야 했다. 동요하기 시작한 마음을 진정시켜야 했다. 심장이 튀어나올 듯 쿵쾅거렸고, 머리가 어질했다.

그가 왜 여기에 있는 걸까? 어떻게 이런 일이 생긴 걸까?

무엇보다, 많이 고통스러웠을까?

아주 잠깐, 그가 분명 고통스러웠을 거라는 생각이 들었다. 나중에는 그 사실을 인정하기를 거부하고 말았지만.

Reputation

례

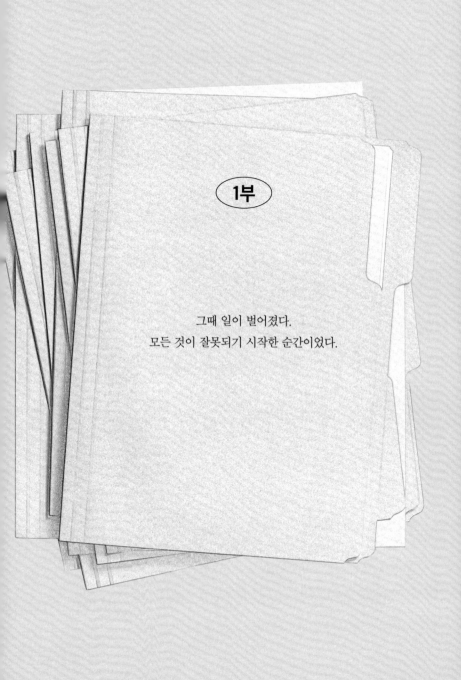

1부

그때 일이 벌어졌다.
모든 것이 잘못되기 시작한 순간이었다.

1

이제 와 생각해보면 『가디언 위캔드』와의 인터뷰가 모든 일의 시작이었다. 내가 표지를 장식했기 때문인지도 모른다. 사진이 어찌나 아름답게 나왔는지, 노동당 하원의원이라기보다 오스카 수상 후보에 오른 배우처럼 보였다.

어느 한 곳 매혹적이지 않은 구석이 없었다. 유명 디자이너의 바지 정장과 스웨이드 힐 덕분에 다리가 길어 보였다. 깔끔한 스탠 스미스 단화나 좀 더 격식 있는 자리에선 브로그 슈즈만 신는 나는 처음에는 힐을 꺼렸다. 하지만 스타일리스트의 말에 따르면 힐은 권력을 상징했고, 결국 그 상징성에 동의하고 말았다. 그건 내가 아주 경솔했던 순간들 중 하나였다. 어쨌거나 뻣뻣한 흰색 티셔츠에 적힌 얌전한 여성은 역사에 이름을 남기지 못한다 라는 메시지와 힐이 잘 어울리길 바랐다. 이 정신을 널리 알리고 싶었다. 내가 온 마음을 다해 믿는 바였으니까. 다만 반항적으로 그어진 붉은색 립스틱과 거친 세상에 맞선 갑옷 같은 정장, 드라이로 정돈된 숱 많은 단발머리의 여자에게서 내 모습을 찾기가 어려웠다. 완전히 다른 사람이 되어 있었다. 성적 매력과 권력욕이 노골적으로 드러나는 사진이었다.

성적 매력과 권력욕, 명백한 야망.

잡지가 발행되기 전부터 불안했다.

사진작가인 댄이 카메라 미리 보기 화면을 통해 사진 몇 장을 보여주었을 때는 "세상에나!" 소리가 나왔다. 6×4 센티미터 크기의 작은 사진들이었음에도 상당히 매력적으로 보였다. 목덜미에 소름이 끼쳤다.

"꽤 멋져 보이네요."

내가 말했다.

"강해 보이죠."

이 잡지로 옮겨 온 정치부 에디터 에스더 엔필드가 나를 안심시켰다.

"강하고 단호해 보여요. 인터뷰 내용과도 잘 어울리고요. 의원님의 메시지를 완벽하게 전달하는 사진이에요. 가감 없이 솔직하게 말씀하셨잖아요. 이 사진도 그렇게 보여요."

"글쎄요. 사진을 다시 볼 수 있을까요?"

댄 쪽으로 몸을 기울이자 갑자기 그의 존재가 의식되었다. 나보다 큰 키, 늘씬한 팔과 다리, 분명 서른 초반은 되었겠지만 10대 소년처럼 테스토스테론이 뿜어져 나오는 에너지까지. 그의 숨결에서 장인이 내린 커피 향이 났다.

"멋지십니다."

싹싹하게 말하는 그에게서 성공에 대한 욕망이 느껴졌다.

"좀…… 딱딱해 보이지 않나요?"

매끈한 검은색 가죽 재킷의 깃이 무표정한 얼굴을 감싼 사진을 한참 들여다봤다. 그는 인정하고 싶지 않은 내 모습을 사진에 포착했다. 정말로 내가 **저렇게나** 차갑게 보이는 걸까?

어깨를 으쓱하는 에스더를 보니 나 자신이 바보같이 느껴졌다. 40대 중반인 그녀는 그야말로 프로로, 감도 뛰어났다. 그녀와 나는 좋은 관계를 유지하고 있었다. 몇 차례 점심 식사를 함께했고, 인터뷰 여부를 두고 몇 주간 상의를 거쳤다. 더구나 『데일리 메일』이 아니라 『가디언』이었다.

"괜한 오해 안 사게 할게요. 약속해요."

내 마음을 읽은 듯 그녀는 이내 적절하고도 따뜻한 미소를 지어 보였다. 처음으로 전국지 특집 기사에 나오는 것이었고, 나도 나약해 보이고 싶지 않았으며 조금 우쭐해진 기분도 들었다. 『가디언』은 내가 표지를 장식하기에 충분할 만큼 흥미로운 인물이라 판단한 것이다. 나는 그녀의 말에 못 이기는 척 휩쓸렸다. 내가 믿고 싶은 대로 믿기로 했다.

게다가 에스더가 말했듯 표지 사진은 인터뷰 내용으로 상쇄될 터였다. 나는 지난 2, 3년간 푸드 뱅크의 필요성이 크게 증가한 내 지역구 포츠머스 사우스를 대표해 정부의 긴축 정책에 날카로운 공격을 했고, 내가 속한 당의 대표인 해리 갓윈을 두고 "비효율적이고 자칫 방종에 빠지기 쉽다"라고 비판했다. 또한 이 인터뷰를 수락한 이유인, 리벤지 포르노 피해자들의 익명성 보장이라는 의원 발의 법안에 대해서도 자세히 이야기했다. 좀 더 기반이 확고한 동료 의원들의 심기를 거스르겠지만, 할 만한 가치가 있는 진지한 인터뷰였다. 사진들은 내가 전달하고 싶은 메시지의 관점으로 해석될 것이다.

"굉장히 멋진 사진이에요."

까슬하게 올라온 수염에 머리가 멋스럽게 헝클어진 댄이 말했다. 나중에야 생각했다. 내가 그토록 쉽게 그런 분위기의 사진을 찍게 된 것은, 이 젊은 남성 사진작가의 아부 한마디 때문이 아니었나 하고.

"몇 장만 더 찍겠습니다. 고개를 더 드시고요. 그겁니다. 완벽해요. 좋습니다."

나도 몰랐지만, 사실 남성의 칭찬을 간절히 원하고 있었던 걸까? 마흔네 살, 점차 성적인 대상으로 보이지 않고 있음을 자각하고 있었기에, 내가 옹호하는 모든 가치에도 불구하고 그 남자의 시선에 우쭐함을 느끼고 호응했던 걸까?

나는 에스더에게 말했다.

"좋아요. 한번 해볼게요. 말씀처럼 누구 눈치 보며 애매하게 굴 이유가 없죠."

"당연하죠. 솔직히 말해 이 사진들 정말 매력적이에요. 독자들이 이 사진들 보려고 인터뷰 기사를 읽을 거고, 의원님 동료들도 읽을 수밖에 없을 거예요."

이 말을 듣고 나는 내면의 비판적인 목소리를 잠재웠다. 돌아가신 할머니의 노기 띤 음성에 전남편 데이비드의 경고가 살짝 더해진 목소리, 점점 더 크고 강하게 울리다 내가 고개를 가로저어야 사라지는 그 목소리를.

자만이 몰락을 부른다.

훗날 나는 이 일을 격렬하게, 사무치게 후회할 터였다. 이 표지 사진이 계속해서 쓰일 테니까. 이 순간 이후로 엠마 웹스터 기사가 날 때마다 함께 실릴 사진이었다. 내가 체포될 때도, 기소될 때도, 공판이 시작될 때도 등장할 사진이었다. 그래서 나를 괴롭힐 사진이었다. 진짜 내 모습이 아닌, 딱딱하고 잘난 척하는 버전의 나였다. 단연코 섹슈얼하게 보이는 살짝 벌어진 붉은 입술, 기사에서 "투명하고 짙은 색"이라고 표현한 두 눈에 담긴 또렷한, 뻔뻔하게까지 느껴지는 반항심. 내가 생각하는 나 자신, 또는 내가 맡아온 역할들과는 완전히 다른 이미지였다. 다시 말해 사우스 햄프셔 칼리지의 심화 역사 강사, 플로라의 엄마, 유권자들을 위해 열심히 일하고 페미니스트 캠페인을 벌이는 노동당 평의원과는 거리가 멀어 보였다.

사진 한 장이 천 마디 말보다 강렬하다. 하지만 이 사진은 화려한 머그샷(경찰서 구금 때 촬영하는 얼굴 사진─옮긴이), 딱 그 정도로만 보였다. 카메라를 향한 도전적인 눈빛은, 누가 수감될 때마다 경찰이 찍는 사진에 한결같이 등장하는 무례한 눈빛과 그리 다르지 않았다.

'개자식들이 널 좌절시키게 두지 마.' 나는 이런 말이 쓰여 있는 낡은 티셔츠를 가지고 있다. 스타일리스트에게 그걸 입겠다고 했어야 했나? 티셔츠 속 쫙 펴고 있는 손가락 두 개는, 물론 도발로 보일 것이다. 악플러들에게, 언론에게, 비틀대는 내 모습을 볼 만반의 준비가 되어 있는 당내 정적들은 말할 것도 없고 비판자들에게도.

무슨 일이 생길 줄 알았다면, 그 티셔츠를 챙겨 입었을 것이다.

2

2021년 9월 11일

엠마

Twitter Thread

FiremanFred @suckmycock

미디어 창녀 @엠마웹스터의원 좀 보라고. 씨발! 착실하게 일하는 사람들은 푸드 뱅크에 가는데 450파운드짜리 가죽 재킷이라니.

Richard M @BigBob699

이제 일 좀 하고, 너한테 월급 주는 사람들을 기억하고 사랑하라고.

FiremanFred @suckmycock

넣어둬. 너랑 잘 사람 아무도 없어.

Dick Penny @EnglandRules

잔다고? 세상에 저 여자밖에 없다 해도 저 음탕한 년한테는 손도 안 댈 거야.

Richard M @BigBob699

동감. 강간도 안 당할걸. 저게 뭔 수치스러운 짓거리냐고.

인터뷰에 대한 반응은 즉각적이었다. 토요일 아침 7시였지만 트위터 앱은 벌써 알림으로 가득 차 있었다. 한심하지만, 보고 싶다는 욕구가 강박적으로 일었다. 확인받고 싶다는 자만심일까? 내 두려움은 현실이 아니며, 도리어 엄청난 응원이 쏟아졌을 거라는 어리석고도 덧없는 희망?

악플러는 불쌍한 사람들이라고, 지하실에 웅크린 채 서로를 분노의 광란으로 몰아넣는 자들이라고 생각했었다. 그러다 혼자 격정적으로 자위나 하는 사람들을 상상할 지경이 되자, 그들을 지하실에서 꺼내 지역사회의 성실한 구성원으로 바라봐야 할 필요성을 느꼈다. 권위 있는 자리에서 평생을 바쳐 일해온 사람들로. 어쩌면 은퇴한 경찰이나 교장으로. 악플을 달지 않을 때는 임대한 주말 농장을 돌보거나 지역 자선 단체 모금 활동을 할 법한 사람들로. 아마도 아내와 딸을 둔 사람들로. (다만 성적으로 수치심을 주는 욕설을 퍼붓는 사람이 가족에게는 예의가 있는지 모르겠다. 아니, 가족에게는 그러지 않을 수도 있겠지.) 그러니까, 그들이 구제받을 수 없을 정도로 나쁜 사람이라고 여기지 않으려고 노력했다.

계정 하나가 수백 건의 알림을 생성할 수 있다는 점을 상기하는 것이 도움이 되었다. 가령 @borisshagger는 봇이었다. 확인한 바 팔로어가 하나도 없고 프로필 사진은 회색 달걀이었다. @BrexitBill123과 @TrumpRules4Eva도 마찬가지였다. 그러니 내가 강간할 만한 대상도 아니라고 성희롱하는 사람이 수천 명인 것은 아니었다. 그저 여성을 혐오하는 몇몇 남성들이 다수의 계정을 통해 떠드는 것이다. 그렇게 생각하면서도 대화를 주고받는 모양새가 거슬렸던 이유는, 한 사람이 다중 계정을 운영할 수 있다 해도, 다중 자아가 서로 답변하며 파일온(많은 이가 한 사람을 두고 격렬하게 공격하는 행태―옮긴이) 효과를 만들어내는 것이라 해도, 나를 대단히 악의적으로 생각하는 사람이 여전히 여럿이기 때문이었다. 키보드 워리어, 그들은 스스로를 이렇게 칭했다. 너무도 한심한 그 이름에 텅 빈 웃음이 나왔다. 그렇게나마 그들을 비웃는 것이 조금은 도움이 되었다. 불편한 속은 전혀 풀리지 않았지만.

내가 걱정하는 것은―도움을 바라는 유권자들의 목소리를 놓칠지도 모른다는 점 외에도―이 소음 속에서 진짜 위협들을 가려낼 수 없다는 사실이었다. 내 두려움은―강간 또는 살인 협박처럼―조치를 취해야 할 무언가가 이 증오 공세 깊은 곳에 파묻혀 있을지도 모른다는 것이었다. 또한 압도적으로 쏟아진 증오에 손쓸 도리가 없다는 좌절감도 있었다. 트위터에서, 또는 이메일로 전해지는 강간 협박을 경찰서에 보낼 수도 있었다. 하지만 부정적인 주장들은―'세상에 저 여자밖에 없다 해도 저 여자를 강간하지는 않을 거야'― 그 어떤 법에도 저촉되지 않았다. 햄프셔 경찰청도, 런던 경찰청도 내가 강간할 만한 대상도 못 된다는 주장에 대처할 수 있는 조치가 없었다. 그런 이야기들 사이에 공개적인 강간 협박이 포함되어 있을지라도 말이다.

포츠머스 집 주방에 서서 잡지 표지를 다시 바라봤다. 엠마 웹스터의 낯선 버전이 나를 조롱하고 있었다. 그녀의 저돌적인 표정, 서 있는 자세, 심지어 우아한 정장까지, 아직 잠기운이 가시지 않은 두 눈으로 털 가운을 입고 있는 지금의 나와는 간극이 상당했다. 표지 속 그녀와 공감대를 찾을 수 없음에도 불구하고 어떤 민망한 자부심을 느꼈다. 내가 저토록 강렬하게 보일 수 있을 거라고는 한 번도 생각해본 적이 없었다. 그뿐이 아니었다. 플로라의 제일 친한 친구 레아가 본다면, 섹시하다고 말할 수 있을 정도였다. 내가 이런 모습으로 보이길 바라야 되는 걸까? 플로라에게 가르치고자 하는 모든 것에 절대적으로 반하는 게 아닌가? 성적 매력 없이도 여성으로서 다양한 인상을 남길 수 있다는 메시지에 반하는 것 아닐까? 강력하게 비치는 모습은 좋았지만 사진이 전달하는 에로틱함은? 물론 싫었다. 젊은 페미니스트들은 자신의 섹시함을 찬양할지 몰라도 나는 스스로를 그렇게 생각해본 적이 없었다. 섹스를 하지 않은 지가 4년이었다. 나 자신을 두고 성적 매력이 있다고 생각한 적이 거의 없었다. 그럼에도 사진 속 나는 그래 보였다.

무의식적으로 더 많은 메시지를 휙휙 넘겨보았다. 당 대표를 공격한 이야기에 대한 게 대다수였다. 물론 당내 의원 대부분이 그리 생각한다 해도 그를 "게으르고 아첨이 심한 강경파 무리에 지나치게 의존한다"라고 표현한 건 경솔한 행동이었다. @Laboursympathiser는 해리가 이 여자를 하루빨리 당에서 쫓아내야 한다라고 했고, 비슷한 의견을 단 사람이 몇몇 더 있었다. 그런 글들에는 안도감 비슷한 것을 느꼈다. 내 외모를 비판하며 내게 어떤 식으로 벌을 주고 싶은지 나열하는 트윗들을 본 후였기 때문이다. '쌍시옷'으로 시작하는 무수한 모욕들, 여성의 생식기를 가리키는 음흉한 모욕들. 전부 하등 의미 없다고 스스로에게 말하며 그것들이 나를 스쳐 지나가도록 했다. 몽둥이와 돌도 전부 다.

작은 정원에 이른 서리가 내려 풀잎 하나하나가 작고도 단단한 창으로 변해 있었다. 내게도 저런 방어막이 있다면 어떨까. 트위터 글들 중 하나가 불쑥 떠올랐다. 가까운 동료들이 그러는데 이 여자, 집중력도 좋고 일도 열심히 하는데 유머 감각이 좀 없다더라. 도대체 누가 이렇게 생각했을까? 나는 다시 잡지 속 사진들로 시선을 돌렸다. 특히나 등을 꼿꼿이 펴고 웃음기 없는 얼굴로 의자 끝에 걸터앉아 있는 사진에 주목했다. 내 표정은 비단 위협적일 뿐 아니라 냉담해 보였다. 그때는 그저 진지해 보인다고만 생각했었다. 스스로를 진지하게 여기는(이건 여자에게는 큰 죄다) 사람처럼 보인다는 걸 너무 늦게 깨달은 것이다. 더 최악은 만만찮게 보인다는 점이었다. 비밀을 털어놓을 수 있는 여자, 파티에서 다가가 와인 한잔이나 포옹, 농담을 나누고 싶은 여자처럼 보이지 않았다.

가스레인지 위 포트에 남은 커피를 잔에 따라 그 검고 녹진한 액체를 홀짝였다. 휴대폰은 뒤집어 카운터 위에 두었다. 렛 잇 고, 한때 플로라가 내내 듣던 디즈니 영화 노래 후렴구가 머릿속을 가득 채웠다. 렛 잇 고. 하루에 오는 300통 남짓한 이메일만으로도 골치 아프기는 충분했다. 왓츠앱 메시지, 내게 협조적인 동료들이 보내는 문자, 그뿐만 아니라 비협조적인 동료들의 점점 더 잦아지는 문자를 제외하고서도 말이다. 트위터 독설 세례는 물론이요 전자 기기 소음과도 더는 씨름할 수 없었다. 커피, 내게 필요한 것은 이것이었다. 남은 커피를 다 마신 뒤 휴대폰을 무음 모드로 설정하려는데 이런 문자가 들어왔다. **개자식들 전부 무시하세요. 🔥🔥🔥🔥🔥👍👍👍**

주중에 지내는 런던 집 하우스메이트인 두 여성 하원의원 중 나이가 어린 클레어가 보낸 것이었다. (또 다른 하우스메이트 줄리아는 눈에 띄는 침묵으로 일관하고 있었다.)

"휴대폰 계속 보지 마요. 나한테는 맨날 보지 말라고 하면서."

뒤에서 플로라가 고양이처럼 조용하고 조심스럽게 다가왔다. 하품도 고양이 같았다. 입을 크게 벌리며 늘어지게 하는 본새가.

"안녕, 딸. 아침 먹을래?"

5시 30분을 갓 넘겨 일어난 후부터 나를 짓누르던 뭉근한 절망감이 딸아이를 보자 가벼워졌다.

"제가 할게요."

아이는 냉장고로 가 우유를 꺼냈다. 아이의 가녀린 허리에 팔을 두르고 여드름이 난 이마에 입을 맞추고 싶었지만, 열네 살 아이는 몇 달 만에 키가 나만큼 자라면서 낯선 거리감이 생겨났다.

"잘 잤니?"

너무 피곤해 답을 할 수 없다는 것인지, 아니면 불필요한 질문이라고 여긴 것인지 아이는 어깨만 으쓱해 보였다. 플로라는 요즘 잠을 잘 못 자고 있었다. 잠이 드는 것을 어려워했고, 눈 아래

다크서클이 내려앉은 채로 일어날 때가 많았다.

"그 인터뷰예요?"

표지를 보던 플로라가 잡지를 끌어당기자 아이의 검지가 내 사진 위를 맴돌았다.

"어때?"

내 숨이 가슴까지 차올랐다.

"엄마 같지가 않아요."

"그치?"

"사진 보정 같은 거 한 거예요?"

"아니."

안도감에 슬며시 웃었다. 너무나 다행히도 아이는 이 사진을 내 진짜 모습으로 보지 않았다.

"멋있어요."

아이는 결국 이렇게 말했다. 자신이 해야 할 말이 무엇인지 잘 알고 있다는 듯이. 오래된 상처 딱지처럼 사진을 뜯어내고 싶은 마음이, 제거하고 싶은 마음이, 고통스러울지 모를 진실을 마주하고 싶은 마음이 간절했다. 물론 그 욕망을 참아낸 나는 잡지를 한쪽으로 치우며 더는 이야기할 필요가 없는 주제라는 신호를 보냈다. 옅은 불만을 느끼며 잡지 표지를 쓱 손으로 훔쳤다.

플로라는 우유 한 잔을 따르고, 그릇에 치리오스 시리얼을 담아 우유에 적시지 않고 따로 먹었다. 제대로 된 방식으로 먹으라는 이야기는 하지 않는 편이 나았다. 최근에 아이가 특히나 예민했다. 높은 스툴에 걸터앉은 아이는 가녀린 체구를 폭 덮는 긴

티셔츠를 입고 있었다. 키가 173센티미터까지 자랐음에도 여전히 어린 티가 남아 있었다. 이목구비가 잠기운에 유순해져 있었고, 평소의 창백한 피부와 달리 두 뺨이 불그스레했다.

"한 떨기 장미(영국의 고전적인 미인상을 가리키는 표현—옮긴이) 같구나."

아이에게 자주 하는 말이었다.

"햇볕에 잘 타요."

아이는 항상 이렇게 대꾸하곤 했다. 사실이었다. 선크림을 제대로 바르지 않으면 주근깨 박힌 피부가 벌겋게 익었다. 그렇게 된 아이의 피부는 꼭 나를 향한 힐난 같았다. 내가 피부 문제로 호들갑을 떠는 걸 플로라는 싫어했지만, 그래도 아이를 햇볕에 타지 않게 하는 건 내 의무였다. 아이는 머리카락을 귀 뒤로 넘기곤 시리얼 상자 뒷면을 쳐다봤다. 그러고는 찌푸린 얼굴로, 필수품이면서 위험한 물건이기도 한 휴대폰을 휙 꺼냈다. 무언가 잘못되어가고 있는 것 같았다. 어떻게 바로잡아야 할지 알 수가 없어 나는 무력감을 느꼈다.

아이에게 하루 일정을 물었다. 아빠 집에 두고 온 체육복을 내가 챙겨 오기로 정리하자, 아이는 입을 다물었다.

"엄마 말 들었니, 플로라?"

아이는 붉은색이 도는 금빛 속눈썹을 깜빡였다.

"오늘 오전에 유권자들과 회의가 있어. 1시 30분이면 돌아올 수 있을 거야. 집에 있을래, 아니면 시내에 내려줄까?"

"집에 있을래요. 숙제하면서."

아이는 그릇을 챙겨 싱크대 옆에 놓고는 따라놓은 우유를 마저 마셨다.

"착하다. 엄마 점심때면 들어올 거야."

늘 그렇듯, 내가 일하러 가는 데 대한 보상을 해줘야 할 것 같은 기분이었다. 원래부터 토요일에 출근을 하긴 했지만.

"맛있는 거 사 올게."

*

토요일 면담은 시민들이 유니버설 크레딧(소득 규모별로 복지를 지원하는 영국 시스템—옮긴이) 신청부터 취소된 혜택까지, 쓰레기 수거 문제부터 정치 현황까지 다양한 사안들에 대해 불만을 털어놓는 자리였다. 장소는 지역구 내 빈곤한 지역 중 한 곳에 위치한 초등학교였다. 창틀 페인트가 벗겨진 창문은 열리지 않았고, 아이들이 직접 그린 자화상들이 깨진 몰딩과 긁힌 벽면을 간신히 가리고 있었다.

면담은 빠르게 진행되었다. 그가 등장했을 즈음에는 벌써 스무 명 이상과 면담한 상태였다. 11시 45분이었고, 나는 자리를 마무리할 준비가 되어 있었다. 어느 정도 성실한 편인 스물세 살의 어시스턴트 패트릭과 내 지역구 사무실의 핵심 인력인 수가 지역구민에게 면담을 안내하는 역할을 하고 있었는데, 두 사람 또한 점점 지쳐가는 것이 보였다. 접수처 쪽을 언뜻 보니 최소 여섯 명은 더 남아 있었다.

"백스터입니다. 사이먼 백스터요."

그는 악수를 청하고는 세게 내 손을 잡으며 자신의 이름을 밝혔다. 50대 중반, 전직 군인으로 추정되는 그는 자세와 군살 없는 몸으로 보아 운동하는 사람 같았고, 자신의 의견을 밝히는 데 적극적인 사람 같았다.

"무엇을 도와드릴까요, 미스터 백스터?"

나는 미소를 지으며 자리를 권했다. 그는 앉으면서 지나치게 가깝게 의자를 당겼다. 그는 뼈대가 가늘었고, 공적인 일로 왔음을 드러내듯 양 무릎에 하나씩 손을 올리자 잘 손질된 손톱이 보였다. 그러니까 스스로를 돌보는 남자였다. 보나 마나 무엇이든 부당한 일을 꼼꼼하게 기록할 남자였다. 내가 들어줄 수 있는 지역구 문제를 가져온 거라면 여러모로 도움이 될 성격이지만, 그저 불만을 품고 온 거라면 이롭지 않을 터였다. 내가 자신을 관찰한다는 것을—반듯하게 손질된 손톱, 짙은 감색 점퍼, 윤이 나는 갈색 브로그 구두까지—그가 눈치채면서, 힘의 균형이 눈에 띌 정도로 한쪽으로 기울어졌다.

"미스터 백스터?"

"항의할 일이 있어 왔습니다, 미세스 웹스터."

"엠마라고 불러주세요."

미세스라는 꼬리표는 늘 싫었지만, 이혼을 한 지금도 계속 그 호칭을 허용하는 건 사람들을 속이는 일 같았다. 물론 미즈라는 호칭도 어색했지만.

"그렇게 말씀하신다면요. 다만 저는 그 호칭이 격식을 지키는

데 도움이 되는 것 같아서요."

"편하게 하셔도 아무 문제 없습니다. 자, 제가 무엇을 도와드릴까요?"

"아주 중요한 문제를 상의하러 왔습니다. 짐작하셨을 수도 있지만—그는 티끌 하나 없는 자신의 신발을 잠시 내려다보았다—저는 참전 용사입니다. 20년간 해병대 복무 후 퇴직하고 사설 경비 쪽으로 자리를 옮겼습니다. 하지만 군대에 친구들이 있어요. 저도 여전히 군대 일에 관심이 많고요. 또 아들 윌은 헬만드(아프가니스탄 남서부에 위치한 주―옮긴이)에 있습니다."

그가 잠시 말을 중단했다. 나는 그가 기다릴 것이 분명한 인정의 의미를 담아 고개를 끄덕였다.

"저는 군대를 떠나는 군인들을 위한 대비책이 부족한 현실에 대해 상의하러 왔습니다. 청년들을 데려가 이곳저곳으로 보내고 나서는 쓸모를 다한 물건처럼 내버리고 있습니다. 다시 자리를 잡도록 도와주는 시스템이, 소위 경력 전환이라는 것이 대단히 불만스럽습니다. 정신 건강에 대한 대비도 마찬가지입니다. 다들 군인을 먼지처럼 대합니다. 노동자계급이니까요."

기력이 다한 듯 그는 잠시 말을 멈추었다. 내가 무엇을 기대했든, 말쑥하게 다려진 바지와 방수 패딩 재킷을 입은 이 남자가 참전 군인의 정신 건강을 걱정하는 사람으로, 혹은 계급투쟁 투사로 보이지는 않았다. 적당한 말을 해주려고 입을 열었지만, 그가 다시 말을 잇기 시작했다. 남자의 오른쪽 관자놀이 정맥이 불거지며 얼굴이 더욱 상기되었다.

"이 문제에 대한 사회 인식이 높아지도록 도와주시길 바라는 마음이었습니다."

내가 공감 어린 미소를 지어도 그는 말을 계속했다.

"그런데 이런 걸 봤지요."

그가 『가디언 위캔드』 한 부를 툭 던졌다. 남자는 말을 멈췄고, 그의 정맥은 고동치는 벌레처럼 불뚝거렸다.

"동료들이 거리에서 잠을 청하거나 교도소로 흘러 들어가 소외받고 있는 와중에 내 하원의원이, 의회에서 나와 내 가족을 대표하는 사람이 이런 식으로 자기 홍보에만 매달리고 있는 것을 용인할 수도 없고, 원치도 않습니다. 당신은 우리를 위해서 일하는 사람이잖아요. 그렇지 않습니까?"

남자가 말을 멈추었고, 나는 고개를 끄덕이며 그가 어느 정도로 흥분한 상태일지 추측해보았다. 내가 가방 속 비상 버튼을 눌러야 할 만큼 도를 넘는 행동을 할 수도 있는 상태일까. 패트릭을 힐끗 보니, 그는 이 상황에 조금도 관심을 두지 않고 노트만 들여다보고 있었다. 어쩌면 내가 과민 반응을 하는 것인지도 몰랐다. 축축해진 손바닥과 빨라진 심장박동은 다른 이야기를 하고 있었지만. 상황을 진정시킬 수 있기를 바라며 심호흡에 집중했다.

"그렇게 느끼신다니 유감입니다, 미스터 백스터."

마침내 간신히 입을 연 나는 상대를 달래고자 했다. 하지만 그는 임계점에 도달하다 못해 이미 지나쳐 있었다. 그의 몸이 앞으로 쑥 나와 있었고, 양손은 더는 무릎에 있지 않고 주먹을 쥔 상태였다. 말로 달래질 수위를 넘어서 있었다. 그의 분노는 충격적이었지만 아주 잠깐, 나는 웃음을 터뜨리고 싶었다. 어쩌면 방어기제일 수도 있고, 아니면 전혀 영국인답지 않은 분노 표현 방식에 당황한 나머지 나온 반응일지도 몰랐다.

"그렇게 느끼신다니 유감입니다."

나는 좀 더 단호한 어조로 같은 말을 반복했다.

"하지만 언론 인터뷰로 지역구민들을 위한 제 노력이 폄하되는 것은 아닙니다. 오히려 인지도가 높아지면 목소리를 더욱 널리 알리는 데 도움이 됩니다."

입안에서 가식의 맛이 느껴졌다. 내 인터뷰가 사이먼 백스터와 참전 용사들에게 대체 어떤 도움을 줄 수 있단 말인가? 내가 공감하지 못했다는 게 아니다. 식스스폼 칼리지(영국에서 16세 이상 학생들이 다니는 학교—옮긴이)에서 아이들을 가르칠 당시, 군인이었던 아버지들이 집으로 돌아오면 가정에 어떠한 충격이 가해지는지 본 적이 있다. 가족들의 적응 및 결혼 생활 파경 과정을 말이다. 하지만 내 에너지를 몇몇 사안에 집중시키면 더욱 큰 영향력을 발휘할 수 있음을 깨달았고, 퇴역 군인 문제보다 우선적으로 힘쓰고 싶은 다른 대의들이 있었다. 그는 나를 꿰뚫어보고 있었다.

"그런 청년들을 위해 무언가를 하는 데엔 관심이 없으시더군요."

신랄한 어조였다.

"당신은, 이 나라에 청춘을 바친 남성들이 정부로부터 경멸의 대상조차 못 되는 취급을 받는 문제에 대해선 조금도 신경 쓰지 않는다고요. 당신이 이 지역 하원의원이 된 지가 거의 4년인데, 당신에게서 이 문제를 이해하고 있다는 속삭임조차 듣지 못했어요. 당신은 여성의 권리만 중요하죠? 남성의 권리는요? 선직 군인들의 권리는요? 어쩌면 그저 본인에게만 관심 있는 사람일지도 모르죠. 이거요."

그는 그 잡지에 손을 대는 것조차 견딜 수 없다는 듯 가리키기만 했다.

"이것이 제가 당신에게서 알고자 하는 모든 것을 말해주고 있어요. 당신은 본인 이익만 생각한다는 걸요. 당신도 이전 의원과 마찬가지로 형편없어요. 본인 배만 불리고, 더 높은 곳으로 오르려 하고, 비용에 손을 대고."

과다 비용 청구 스캔들이 터졌을 때 나는 하원의원이 아니었다고 항변하기 시작했지만, 남자는 사실 여부에는 관심도 없었다. 갑자기 자리에서 일어나는 그에게 진정하라고 말하고 싶었지만, 화만 돋울 거라는 사실을 알고 있었다. 심장이 빠르게 뛰었지만 머리는 느려졌다. 너무 두려워서 상황을 명료하게 판단할 수가 없었다.

"미스터 백스터, 자리에 앉아주시길 부탁드립니다."

옆에 서 있던 패트릭이 어느 때보다 단호한 어조로 말했다. 어려 보이는 그는 키가 190센티미터에 가까웠지만, 어찌나 말랐는지 사이먼 백스터가 건드리기만 해도 부러질 것 같았다.

"공격적인 태도를 취하실 이유가 전혀 없습니다."

자신을 향해 두 걸음 다가오는 남자에게 패트릭이 말했다. 하지만 높아진 패트릭의 목소리는 떨리고 있었고, 타고난 예의 바른 성품이 그의 발목을 잡았다.

"이제 그만 나가주셔야겠습니다, 미스터 백스터."

나는 자리에서 일어나며 말했다. 남자가 패트릭에게 겁을 주는 모습을 보자니 대담해졌다.

"선생님께서 제 직원을 그런 식으로 위협하게 둘 수는 없습니다."

"위협이라니!"

남자가 으르렁거렸다.

"맙소사! 이게 위협으로 보입니까? 위협이 뭔지 제대로 본 적이 없군요."

"네, 그리고 서로 그럴 일이 없길 바랄 뿐입니다."

최대한 교사 같은 말투로 내가 말하자 그가 순간 흠칫했다. 가장 말 안 듣는 학생을 대하는 것처럼 말할 필요가 있었다.

"제게는 비상 버튼이 있고, 지금 당장 나가지 않으시면 경찰을 부르겠습니다."

몇 초간의 고통스러운 시간이 흐르는 동안 백스터는 고집스럽게 버티고 있었다. 그는 이러지도 저러지도 못하고 있었다. 체면을 구기지 않고 물러날 방법이 없어서, 법을 어겨서는 안 된다는 시민적 덕목의 틀에 갇힌 채.

"미스터 백스터?"

그가 주저하는 모습에 용기가 생긴 패트릭이 나섰다.

"이제 그만 나가주셔야겠습니다."

"빌어먹을!"

결국 이렇게 되었다. 예의라는, 그가 간신히 유지하고 있던 거미줄처럼 얇은 막이 원치 않는 코트처럼 내팽개쳐졌다.

"미스터 백스터."

나는 좀 더 강경한 어조로 다시 그의 이름을 불렀다.

"알겠어요, 알겠다고요. 가겠습니다."

그는 끌려 나가지 않겠다는 듯 양손을 들었다.

"하지만 당신이 뭘 하면서 지내는지 지켜볼 겁니다."

그의 침이 내 얼굴로 튀었다.

"당신을 지켜볼 거라고."

그러세요, 이렇게 말하고 싶었지만 억지 미소를 띤 채 꼿꼿한 자세로 서 있었다. 날카로운 충격은 어쩔 수 없었지만.

문가에 멈춰 선 남자는 자신의 메시지가 잘 전달되었는지 확인하기 위해 고개를 돌려 노려봤다.

"나보다 대단한 사람이라고 생각하겠지만 당신도 남들처럼 오줌 싸고 똥 싸는 건 마찬가지야. 당신의 일거수일투족을 추적할 거야. 당신을 지켜볼 거라고."

*

그 일 이후 마음을 진정시키기까지 시간이 좀 걸렸다. 물론 나는 프로다운 모습을 유지한 채 사이먼 백스터가 뛰쳐나가는 모습을 지켜본 지역구민들과 면담을 이어갔다. 그들은 지원자가 많은 학교에 아이를 입학시키는 방법을 묻거나 악덕 집주인과의 일에 개입해달라고 요청했다. 비교적 쉬운 문제들이었지만 패트릭은 새 민원들을 꼼꼼하게 기록했다.

"정말 경찰 안 불러도 괜찮겠어요?"

마지막 주민이 가고 나자 수가 물었다.

"어떤 일이 있었는지 경찰서에 기록으로라도 남겨야 하지 않을까요?"

나는 얼굴을 찡긋했다.

"그분들 시간을 뺏고 싶지 않아."

모두가 그렇듯, 나 역시 5년 전 한 여성 하원의원이 자기 지역 구민의 총에 맞고 흉기에 찔려 사망한 사건을 잘 알고 있었다. 우리가 예방책을 마련한 것도 그 때문이었다. 공개회의를 열 때마다 경찰에게 공지하는 이유도, 특히나 여성과 여자아이를 대상으로 하는 폭력에 대해 거침없이 의견을 밝히고 다니는 시기에 한 번씩 경찰에게 회의 참여를 요청하는 이유도. 그럼에도 균형이라는 것이 있다. 부족한 경찰 인력을 낭비하고 싶지 않았고, 양치기 소년처럼 굴고 싶은 마음도 없었다. 좀 전의 일 때문에 경찰을 부른다고? 지역구민이 위협적으로 느껴질 만한 행동과 막연한 협박을 한 것은 사실이었다. 하지만 이보다 훨씬 심한 협박도 소셜 미디어상에서 당해봤고, 훨씬 끔찍한 편지도 받아봤다. 이번에는 그 남성이 아주 가까이에서 협박을 한 것뿐이었다. 그래서 그의 입술에 묻은 침을 직접 보고, 이두박근이 뿜어내는 힘을 감지하고, 그 주먹이 꽉 쥐어지는 모습을 본 것뿐이었다.

"그 편이 낫겠다고 여긴다면요."

수가 말했다. 당연히 그녀는 내가 이 일을 경찰에 신고해야 안심이 될 터였고, 어떻게든 그녀를 곁에 두고 싶은 나는 고민스러웠다.

수는 내 사무실의 핵심 인재지만 나이가 50대 중반이라 지역 구민 면담을 힘들어해서, 자리를 마치면 집에 들어가 낮잠을 자야 할 정도였다. 경찰에게 연락할 필요가 없거나 욕설 전화를 받을 일도 없는 다른 의원 사무실에서 충분히 비슷한 연봉을 받을 수 있었다. 하원의원 사무실 직원들은 이직이 잦았지만, 수는 처음부터 계속 나와 함께해온 사람이었다. 커피, 때때로 스티키번 빵, 과장된 감사 인사, 포스트잇 메모 속 스마일 그림, 생일과 크리스마스에 선물하는 사치스러운 화장품, 그리고 다른 누구보다 더욱 열심히 일하는 내 모습이, 내 직원들에게서 충성심을 얻기 위해 지불하는 화폐였다.

"그 남자, 지금쯤이면 마음 다 풀렸을 거예요. 그렇지, 패트릭?"

내가 이런 말로 수를 안심시켜보려 하자, 우리 팀 막내인 패트릭은 내키지 않는다는 듯 고개를 살짝 숙였다. 함께 일한 지 6주밖에 되지 않았기에 내 의견에 반대하는 모습을 보이고 싶지 않았을 것이다. 나는 그가 두려워서 떨 거라고 생각했지만 실은 전혀 흔들리지 않았는지도 모른다.

"그 사람 **상당히 공격적**이었어요."

패트릭은 말을 멈추고 기다란 손가락으로 앞머리를 쓸어 넘겼다.

"하지만 공인의 삶이란 어쩔 수 없잖아요. 의원님이 대표하는 사람들과 의원님을 분리시킬 수 없으니까요."

"바로 그거야."

순간 애틋함이 일었다. 내 직원들을 보호해야 했고, 사건을 축소해야 했으며, 이런 일이 반복될 이유가 전혀 없다는 확신을 심어줘야 했다.

그뿐만 아니라 우리가 할 수 있고 또 이미 취한 조치들도 있었다. 염산 테러를 대비해 내 책상에는 1.5리터 물병 두 개가 준비되어 있었고, 급히 탈출해야 할 상황을 대비해 차는 건물 바로 앞에 주차시켰다. 대기하는 지역구민들 가운데 어딘가 초조해 보이는 사람이 있으면 면밀히 조사했고, 그런 과정에서 한 젊은 이의 가방에서 칼을 발견하기도 했다(그는 그것이 왜 문제가 되는지 전혀 이해하지 못했다).

"살면서 사이먼 백스터 같은 자들을 셀 수 없이 만났어요. 자신이 만난 모든 여성에게서 실존적인 위협을 느끼는 남성들을요."

교사 시설 학과장도, 여당 원내 총무도, 심지어—생각도 하기 싫지만— 전 연인도 그런 사람이었다.

"늘 시끄럽게 큰소리만 치는 사람들이죠."

실제보다 더욱 확신 어린 어조로 나는 말했다.

"그런 사람이 다시 우리를 괴롭히는 일은 없을 겁니다."

　수와 패트릭의 마음을 좀 더 안심시킨 뒤, 플로라의 체육복을 가지러 전남편 데이비드의 집으로 차를 몰았다. 전에 다 같이 살던 집이 그의 소유가 된 것은 플로라가 그 집에서 대부분의 시간을 보낼 것이고, 그 편이 덜 파괴적으로 느껴져서였다. 하지만 그 결정은 여전히 내 마음을 아프게 했다. 3년 전, 가장 좋아하는 가구 몇 개와 옷가지와 책을 챙겨 그 집을 나올 때만큼 고통스럽진 않지만.

　당시의 수치심과 슬픔, 14년의 결혼 생활이 끝나버렸다는 실패감은 베인 상처 위에 뿌려진 레몬즙처럼 통렬한 쓰라림을 남겼다. 마지막으로 현관문을 열고 나오며, 행복했던 수년간의 기억들이 떠올라 힘겹게 눈물을 참아냈다. "괜찮아요. 아주 자연스러운 감정인걸요." 이삿짐센터 직원 한 명이 차에 시동을 걸며 나를 안심시켰다. 그렇게 나는 집은 물론이고 제법 견고하다고 믿었던 관계에 이별을 고했다. "이제 새집으로 갈까요?"

　새집은 약 5킬로미터 떨어진 소규모 주택단지에 있었다. 1960년대에 지어진, 2가구 단독주택(벽을 옆집과 공유하는 형태의 단독주택―옮긴이)이었다. 가격은 물론이고, 플로라가 자전거로 두 집을 오갈 거리를 고려하여 내린 결정이었다. 커다란 창들, 쪽모이 세공을 한 바닥, 그리고 돌림띠나 액자 걸이용 레일 같은 눈에 걸리는 것이 없는 새하얀 벽면이 마음에 들었다.

　지금 마주하고 있는 붉은 벽돌의 에드워드 양식 단독주택과는 완전히 다른 느낌이었다. 적어도 더 이상 내 집처럼 보이지 않았다. 캐럴라인과 데이비드의 소유가 된 후로 집은 전과는 아주 다르게 변신했다. 주택 리모델링 잡지에 나오는 집처럼 보였다. 다양한 기기들이 전시된, 우아한 음영의 회갈색과 베이지 톤. 웨일스로 신혼여행 갔을 때 구매한 수채화를 걸어두었던 벽에는 평면 TV가 걸려 있고, 값비싼 서라운드 음향 시스템도 갖추었으며, 책과 잡동사니는 눈에 띄게 줄었다. 물론 거실 절반을 차지하는 캐럴라인의 베이비 그랜드 피아노, 검게 반짝이는 야마하도 빼놓을 수 없다. 캐럴라인의 음악성을 상징하는 증거이자 그녀가 뻐꾸기처럼 내 둥지를 가로챌 수 있었던 이유다. 내 동료였다가 친구가 된 캐럴라인은 플로라의 피아노 선생님이기도 했으니까.

손을 내려다보고는 내가 핸들을 꽉 움켜잡고 있음을 깨달았다. 마치 중심을 잃지 않으려는 듯 어깨가 앞으로 말려 있어, 양쪽 견갑골을 모으며 목을 길게 늘였다. 9월 중순이었지만 쌀쌀했다. 매년 이맘때면 늘 그렇듯 날씨가 달라져 가을의 서늘함이 느껴졌다. 재킷 아래로 습기가 느껴져 햇볕을 또는 장작불의 버석한 열기를 쬐고 싶었다. 무엇보다 누군가에게 안기고 싶었다. 데이비드의 품은 따뜻했었다. 순간 선거운동을 하던 때가, 온종일 거리를 돌아다니며 힘든 하루를 보내고 집으로 돌아와 그의 품 안에서 잠들던 때가 몹시도 그리웠다. 당시 부부 관계는 가끔씩만 했지만—할 일이 너무 많아 여유가 없다고 말하며 넘어갔고, 나는 하루 열여섯 시간씩 일하고 있었다—여전히 애정이 남아 있었다. 상황은 내가 하원의원이 된 후부터 급속히 안 좋아졌다. 물 한 모금과 함께 자기 연민을 삼키는 그 짧은 순간에 그때의 온기를 갈망했다.

세상에, 눈물이 나려 했다. 사이먼 백스터가 제대로 날 흔들어 놓은 게 분명했다.

*

"체육복은 거기에 다 있는 것 같아. 캐럴라인이 빨아서 접어놨어. 운동화는 이 가방에 따로 넣었고."

플로라의 옷은 복도에 자리한 긴 의자에 놓여 있었다.

"별일 없지?"

가방들을 건네며 전남편은 용기를 내 나를 바라봤다. 나와 헤어졌을 때보다 나이를 먹은 얼굴이었다. 눈가의 잔주름이 깊어졌고 앞쪽 머리가 희끗해졌다. 하지만 전반적으로 나와 함께 살 때보다 나아 보였다. 캐럴라인이 그를 러닝으로 인도했고—그녀가 피아노 의자에 앉아 시간을 보내기 위한 방편이었다—그는 중년에 붙는 군살을 어떻게든 예방하기 위해 1년에 서너 번 하프 마라톤에 참가한 덕분에 마흔일곱 살 남성치고는 몸매가 탄탄했다. 희끗한 턱수염이 전과 달리 깔끔하게 손질되어 있었다. 함께 살 때 그가 이런 모습이었다면 더욱 매력적으로 느껴졌을까? 탄탄해진 복부와 선명하게 드러난 팔다리 근육을 의식하지 않기가 어려웠다. 과거에 운동 공포증에 시달리던 전남편은 새로운 기운을 얻었고, 어린 아내로 인해 활력이 생겼다.

그렇다고 여유로워 보이는 건 아니었다. 그가 코를 비틀듯 잡아당겼다. 긴장될 때면 나오는 틱이었다.

"『가디언』표지에 실린 거 봤어. 대단히 영광스러운 일이야."

그를 흘깃 노려보았다. 데이비드는 사람들의 관심을 피하는 쪽이었다. 늘 조심했고 논쟁을 일으키지 않으려 했다. 내가 하원의원 후보로 나가는 것을 그리 반기지 않았지만, 나는 최소 세 번은 도전해야 할 거라고 설득했다. 다들 그러듯 두어 번 선거에서 지는 망신을 당하고 나서, 플로라가 열여덟이 될 때쯤에야 당선될 거라고. 아이가 열 살 때 하원의원이 될 의도는 없었다. 하지만 그것이 정치이고, 특히나 요즘 시대 정치에서 벌어지는 일이었다. 과거의 법칙들이 흔들리고 있었다. 이제 나는 지역구민에게 보이는 따뜻한 미소를 활짝 짓고 있었다.

"고마워! 인터뷰하게 돼서 영광이었지. 알다시피 내게 무척이나 중요한 문제들에 대해 이야기할 자리가 주어져서 굉장히 기뻤고."

"응. 잘됐네. 진심으로."

또 한 번 코를 잡아당기는 모습을 보니 그의 말이 진심처럼 들리지 않았다.

"그런데 당신이 더 주목받게 되는 게 플로라에게 어떤 영향을 미칠까? 지역 뉴스에 등장하는 거야 그렇다 쳐도 이렇게나? 잡지 표지 모델이라니? 스스로를 너무 표적으로 노출시키고 있는 거 아닌가? 아이를 위험에 빠뜨리고 있는 거 아니야?"

나는 문틀에 몸을 기대고 사랑스러운 내 옛집에 몸을 의지했다. 이런 대화를 나누기에는 너무 지친 상태였다.

"있잖아, 보안 시스템은 모두 철저하게 검사했어. 비상벨도 설치하고, 경보 장치도 있고, 문에 추가 잠금 장치도 달았고, 폭발에 안전한 우편함도 마련했어."

지금 쓰고 있는 여러 조치들을 일일이 열거하는 것만으로도 피곤해졌다.

"아이가 과도한 위험에 처할 만한 일은 절대 하지 않을 거라는 거 당신도 알잖아. 나는 변화를 불러오기 위해 이 일을 하는 거고, 플로라도 그 점을 잘 이해하고 있어. 아이는 괜찮아한다고."

"플로라가 학교에서 들을 이야기는?"

"괜찮을 거야."

내가 찜찜하게 여기는 바로 그 문제를 용케도 짚어내는 데이비드에게 짜증이 났다.

"누구를 음해하거나 그런 게 아니고 훌륭한 인터뷰였고, 당신도 눈치챘겠지만 아이 실명이 언급되지 않도록 했어."

인터뷰엔 내가 10대 딸을 두었다는 내용이 나오긴 해도, 아이이름을 노출시키지 않겠다는 에스더의 약속은 지켜졌다.

"게다가 플로라 반에 『가디언』을 읽는 아이도 없을 거고, 설사인터넷에서 본다 해도 잡지까지 볼 생각은 하지 않을 거야."

"과연 그럴까."

불안해 보이는 그는 잠시 멈췄다가 말을 이었다.

"그러길 바라야지. 아이들은 자신과 어딘가 다른 점을 집어내길 좋아하잖아?"

그가 말을 멈춘 잠깐의 공백 동안, 전남편이 다른 사람들 생각을 중요하게 여기는 사람이라는 게 떠올랐다. 대화 주제를 어떻게 전환해야 할지 고민하는 듯 그는 턱수염을 쓰다듬었다(새로 생긴 턱이었다). 잠시 후, 여담처럼 그가 말했다.

"그나저나 당신 잠깐 시간 될까. 캐럴라인이 얘기 좀 나누고 싶다던데."

그는 안으로 들어오라는 손짓을 하며 주방으로 나를 이끌더니, 서로 잘 지낼 필요가 있다는 식의 몇 마디를 중얼대고는 자신의 서재로 도망쳤다. 너무도 비겁한 모습이었다. 하원의원 후보로 나가라고 부추기더니, 막상 웨스트민스터에 입성하자 잽싸게 내 자리를 차지한 캐럴라인과 대화하고 싶은 마음은 딱히 없었지만, 그녀가 아무리 원망스러워도 유치하게 굴 수는 없었다. 플로라를 위해서라도 원만한 관계를 유지하는 것이 우리의 의무였다.

새로 추가된 공간인 주방은 볼 때마다 놀라웠다. 집 뒤편에서 타디스(영국의 유명 드라마 시리즈 「닥터 후」에 등장하는 타임머신―옮긴이)처럼 생긴 문을 열면 나오는 증축한 주방은, 내 예전 집을 명확히 캐럴라인 집으로 만드는 곳이었다. 새로운 웹스터 부인께서는 반짝이는 아일랜드 식탁에 앉아 있었다. 식탁 위에는 기이할 정도로 크고 반짝거려 꼭 모형처럼 보이는 빨간 사과가 가득 담긴 그릇 외에는 아무것도 없었다. 캐럴라인 뒤편으로는 사암을 깔아 만든 새 파티오와 이중창이 있었고, 그 너머로 잔디깎이로 가지런히 줄무늬가 생긴 잔디밭과 초본식물로 가장자리를 말끔하게 두른 정원이 펼쳐져 있었다(관리할 시간을 좀처럼 내지 못해 지저분하게 엉켜 있던 풀 더미가 장족의 발전을 한 셈이었다). 클래식 음악이 거슬리는 음량으로 재생되고 있었다. 인식할 만큼 크지는 않지만 존재를 알릴 정도의 음량이었다. 피아노 협주곡. 캐럴라인처럼 발랄한 곡이었다.

"모차르트 곡인가요?"

틀릴 각오로 말해보았다.

"23번이요. A장조."

정답을 말한 학생을 대하듯 그녀가 미소 지었다.

"3악장은 좀 정신 사나워질 때도 있어서."

그녀는 이 말을 덧붙이고는 음악을 껐다. 주방이 곧장 평온해진 동시에 보호막도 사라졌다. 밝은 피아노 건반 소리와 몰아치는 현악 연주가 사라지자, 한때는 가까웠지만 이제는 눈에 띄게 껄끄러워진 우리의 관계가 다시 발가벗겨져 드러나는 것만 같았다.

"저와 대화하고 싶다고 했다고 데이비드가 말하던데요?"

"네, 잠깐 이야기 좀 하고 싶어요."

캐럴라인은 인사치레로 뺨에 가벼운 입맞춤을 했다. 그녀의 모든 것이 너무나 깜찍했다. 왜소한 체구부터 단발 생머리, 깨끗한 운동복, 꽃잎 같은 귓불에 박힌 작은 진주 귀걸이까지.

"플로라에 관해 할 말이 있어서요. 아이가 말하겠지만, 혹시 몰라서요. 레아랑 문제가 좀 있었던 것 같아요. 심각한 건 아니지만, 그럴 만한 일도 있고 하니 플로라가 이번 주에 평소보다 좀 예민했어요."

당황스러웠다.

"그런 이야기는 듣지 못했는데, 아이가 어제저녁에 좀 많이 피곤해했어요. 오늘 아침에는 얼굴을 제대로 못 봤고요. 플로라한테 얼른 가봐야겠네요."

"네, 그러셔야죠."

캐럴라인은 상대를 위로하는 듯한, 귀에 거슬리는 소리를 냈다. 그 소리를 들을 때마다 풍경 소리가 떠올랐다.

"제가 모르는 게 있나요?"

이런 질문을 하는 게 싫었지만 다시 물었다.

"좀 전에 '그럴 만한 일도 있고 하니'라고 말했던 거 같은데요?"

"아…… 그게…… 플로라가 생리를 시작했어요."

캐럴라인이 잠시 말을 멈췄다가 이었다.

"아직 말을 안 했나요? 음, 자기 이야기를 잘 안 하는 편이긴 하죠. 잘 해결했어요. 혹시 모를 상황을 대비해 제가 생리대를 갖고 있었거든요. 진통제랑 따뜻한 물병도 줬고요. 플로라는 정말 괜찮아요. 다만 학교에서 그런 일이 생겨 좀 당황한 모양이에요. 그래도 안아줬더니 원래의 침착한 상태로 돌아왔어요."

간신히 캐럴라인에게 감사 인사를 하고 내 안에 차오르는 수치심을 드러내지 않은 채 무사히 차까지 왔다. 딸이 생리를 시작했는데 그 사실을 털어놓은 상대도, 딸을 도운 것도, 다른 여자였다.

물론 고맙게 여길 일이다. 플로라에게 이런 이야기를 털어놓을 사람이 아무도 없었다면 어땠겠는가? 내가 집에 오는 주말까지 혼자서 감당해야 했다면? 하지만 아이가 내게는 말할 수 없다고 여긴 게 무척이나 슬펐다. 아이가 학교에서 당황했다는 말은 무슨 뜻일까? 다른 아이들이 알게 되어 놀리기라도 한 걸까? 아이가 그런 일을 감당해야 한 걸까?

휴지를 꺼내기 위해 토트백 안에 손을 넣다가, 그 망할 잡지의 매끄러운 표지가 손에 닿았다. 화가 치민 상태로 가방에서 잡지를 꺼냈다. 새빨간 립스틱을 바르고 턱을 살짝 치켜든 모습이 강해 보인다고 생각했었다. 강렬함을 물씬 풍긴다고. 익숙한 동시에 매력적일 정도로 낯선 그 사진은, 이제 애처롭게 보였다.

단번에 표지를 뜯어내 구깃구깃 구겨서 손안에 꽉 쥐었다.

3

플로라

다음번에는 네년이 염산을 마시게 될 거야.

플로라는 처음에 그 편지가 무슨 의미인지 이해하지 못했다. 여름방학에 플로라는 엄마 사무실에서 우편물을 정리하는 일을 도왔다. 약간의 용돈 벌이도 됐지만, 돈을 받지 않아도 했을 일이었다. 엄마 곁에서, 엄마가 활약하는 모습을 지켜보는 것만으로도 좋았다.

아빠 집에 있는 것보다 나았다. 캐럴라인이 오보에 연습을 하라고 잔소리를 해댈 게 뻔했다. 플로라가 피아노를 포기하자 시작된 일이었다.

"암부슈어(금관악기를 연주할 때 입술을 대는 법—옮긴이)를 잊으면 안 되니까, 음계 연습이라도 해야지."

그러면 플로라는 단음계를 연습했다. F - 샵 단조, G - 샵 단조, C - 샵 단조 등 샵이 붙은 단음계를, 마치 분노를 표출하듯 연주했다. 하지만 캐럴라인은 짜증을 내고 성질을 부리는 것도 필요하다는 것을 이해하지 못한 채 이렇게 말했다.

"장조도 좀 연습하면 어떨까?"

"장조들은 **벌써** 다 알아요."

플로라는 이렇게 답하고는 반음계를 꽥 내질렀다.

지역구 사무실은 별 재미는 없어도 중요한 일을 하는 곳 같았고, 왠지 아늑하게 느껴졌다. 패트릭과 수가 전화로 응대하는 동안, 플로라는 차와 함께 초콜릿 비스킷을 사람들에게 나눠 주었다. 그 비스킷은 엄마가 유니버설 크레딧이 지연된 지역구민들을 위해 빵, 버터, 우유, 베이크드 빈, 파스타를 살 때 같이 산 것이었다. 엄마가 식료품을 가져다주자 한 여성은 눈물을 터뜨렸었다.

플로라는 우편물을 열었다. 봉투 겉면에는 길쭉한 필체로 직접 휘갈겨 쓴 글씨가 적혀 있었지만, 정작 편지는 컴퓨터로 작성해 프린트한 것이었다. 코퍼플레이트 고딕체. 서체가 너무 예뻐서 처음에는 광고 전단지인 줄 알았다.

"엄마야!"

플로라는 접힌 A4 종이를 떨어뜨렸다.

"왜 그러니, 플로라?"

엄마가 걱정스러운 얼굴로 고개를 들었다.

"어…… 아무것도 아니에요. 별거 아니에요."

플로라는 우편물들을 이리저리 섞어 엄마가 보지 못하게 그 편지를 숨기려 했다. 하지만 머리털이 곤두섰고, 레아가 자신에게 못된 이야기를 했을 때처럼 속이 뒤집힐 것 같았다. 모두들 플로라를 쳐다보고 있었고, 플로라도 자기 얼굴이 새빨갛게 달아올랐음을 알고 있었다.

"세상에, 플로라. 우리 딸, 너무 미안해."

그 편지를 읽은 엄마의 얼굴이 잠시 찌푸려졌다가, 이내 분노와 엄청난 결연함이 서린 얼굴로 바뀌었다.

"경찰에 신고해야겠다. 경찰이 추적해줄 거야. 엄마 좀 봐, 플로라."

엄마는 플로라의 어깨를 잡고는 어렸을 때처럼 딸의 얼굴을 빤히 들여다보았다.

"여기서 **누구도** 염산을 마시는 일 따위는 없을 거야."

하지만 경찰은 편지를 보낸 사람을 추적하지 못했다. 누군가 직접 우편함에 꽂아둔 편지였고, 경찰 시스템에는 편지에 찍힌 지문과 일치하는 지문이 없었다. 편지를 보낸 사람은 트위터에서 엄마를 강간하고 사지 절단하겠다고 매일같이 협박한 악플러보다 추적이 어려웠다. 악플러와 다른 점이라면, 이 사람은 엄마가 어디서 일하는지 안다는 것이었다. 아마도 플로라와 엄마가 사는 곳도 알 터였다. 엄마가 들고 나는 것을 지켜볼 수도 있고, 심지어 침실에 있는 엄마를 염탐할 수도 있었다. 엄마 얼굴에 염산을 뿌릴 계획인 그를 누구도 막을 방법이 없었다.

플로라는 거의 매일같이, 두 달 가까이 지난 그 순간을 떠올렸다. 균형 잡힌 시각으로 당시의 상황을 바라보는 날도 있지만, 감당하기 어려운 감정에 짓눌릴 때도 있었다. 머릿속을 가득 메운 그날의 기억과 더불어 엄마가 폭발물에 다치거나, 흉기에 찔

리거나, 총에 맞을지도 모른다는 두려움에 잠을 이루지 못하는 날이 잦았다. 그럼에도 엠마는 플로라가 두려워하고 있다는 것을 몰랐다. 다만 그녀는 협박 편지를 받은 직후 누군가 폭탄을 던질지도 모를 상황에 대비해 오래된 고양이 문을 막고, 우편함에는 폭발을 막는 덮개를 씌우는 조치를 취했다.

"소용이 있을까요?"

플로라가 물었다. 엄마가 이런 질문을 받고 싶어 하지 않는다는 것을 알기에 아주 작은 목소리로.

"물론이지. 최악의 행동은 두려움에 떠는 거야."

엄마는 걱정 말고 얼른 할 일이나 하자는 태도로 뭐든 빠르고 냉정하게 처리하는 편이었다. 엄마는 딸이 무슨 말을 하려는지 이해하지 못했다. 솔직히 말해 플로라도 자신을 이해하기 어려웠다. 하지만 이거 하나만큼은 명확히 알 것 같았다.

내가 무엇을 원하는지 엄마한테는 안 중요해요? 내가 이토록 두려워하는 게 소용이 있어요?

엄마에게 설명하기에는 너무 늦어버렸다. 자신을 괴롭히는 그 어느 것도 설명하기에는 너무 늦었다. 아, 엄마가 알고 싶다고 말한 적은 있다. 몹시도 걱정한다는 표정으로 딸을 향해 미소 짓지만, 자신이 해야 할 수백 가지 일 중 하나가 떠오르면 이내 어딘가 정신이 팔린 얼굴이 되었다. 플로라는 항상 잘못된 타이밍에 대화를 나누고 싶어 했고, 도저히 마음을 진정시킬 수 없는 늦은 밤이나 학교를 마치고 집에 돌아온 시간에는 엄마가 없었다. 엄마는 문자를 자주 했다. 역사 시험은 어땠어? 네트볼 했니? 네가 말한 앨범 주문했어……. 엄마가 플로라에게 전혀 관심이 없는 것은 아니었다. 다만 일에 지나치게 열정적이라 여유가 없어 보였다. 플로라의 두려움은 주변부로 밀려나야 했고, 잘게 쪼갠 시간의 틈 사이에만 자리해야 했다. 엄마가 하원의원이라 두렵다는 사실을 말할 수 없을 때면, 엄마의 트위터 피드에서 본 협박들에 사로잡혀 새벽 1시까지 잠을 이루지 못했다. 엄마는 너무나 순진하게도 트위터에서 오가는 협박을 딸이 모를 거라 생각하는데, 그리 중요하지도 않은 일들을 어떻게 엄마에게 설명할 수 있을까?

특히나 엄마는 나쁜 일들을 멈출 방법은커녕 애초에 왜 그런 일들이 생기는지 제대로 이해조차 하지 못하는 것 같으니 말이다.

4

2021년 9월 13일

엠마

"멋진 기사였어요."

월요일, 웨스트민스터로 돌아온 지 몇 분도 되지 않아 클레어 스콧이 내 사무실로 달려왔다. 그녀는 뉴캐슬어폰타인의 하원의 원이자 의회의 여성 축구팀 주장으로, 여성을 혐오하는 남성 평 의원들에게는 눈엣가시 같은 존재다. 또한 내 하우스메이트이자 오른팔인 친구이기도 하다.

포켓 로켓(체구가 작고 쾌활한 여성을 가리키는 표현—옮긴이). 클 레어가 웨스트민스터에 처음 입성했을 때, 몇몇 경험 많은 하원 의원들이 그녀를 이렇게 평했었다. 그들은 이제 그녀를 얕잡아 봐선 안 된다는 걸 알고 있다.

약 160센티미터의 키, 어두운 색 머리를 하나로 높게 묶고 앞 머리는 내린 그녀는 서른여섯이라는 나이보다 어려 보였고, 위 협적으로 보이지도 않았다. 공격형 미드필더 같지 않은 외모지 만, 알고 나면 축구에 딱 어울리는 사람이었다. 빠르고도 우아하게 움직이려는 투지, 그리고 현실성과 끈기가 있었다. 목소리에서도 이런 기질이 드러났다. 부드럽고 서정적인 선덜랜드 억양에 활기가 넘칠 때마다 힘이 실렸다. 평탄한 남부 출신 동료 대다수에 비해 인생의 혹독함에 대해, 예상치 못한 경기 침체로 흔들리는 삶에 대해 훨씬 많은 것을 알고 있음을 암시하는 목소리였다.

"해리를 제대로 약 올리려고 했던 거예요?"

그녀는 책상 맞은편 안락의자에 풀썩 앉아 녹갈색의 두 눈이 작아지도록 활짝 미소를 지었다.

나는 얼굴을 찡그리지 않을 수 없었다. 우리의 위대한 리더께서는 자신이 언짢아한다는 사실을 이미 알렸다. 자신의 입으로 알린 건 아니다(비판적인 평의원들은 그를 직접 대면할 일이 없었다). 의회 연락관인 루 그린이 다음과 같은 간결한 메시지를 내게 보냈다. 해리를 여성 혐오자로 묘사한 일은 어리석었어요. 다시는 그러지 마세요.

루의 문자는 무시했다. 내가 어떤 말을 할 수 있고 없는지 지시받을 마음은 없었다. 하지만 신중하지 못한 행동이었는지 고민은 되었다. 그를 비난할 생각으로 인터뷰에 임한 것은 아니었지만, 에스더는 내가 앞서 언급한 좌절감에 대해 공개적으로 알려야 한다고 설득했다. 순진한 소리처럼 들릴지 몰라도, 솔직해야 할 의무가 있다고 느꼈다. 이제 보니 그리 현명한 결정이 아니었다. 클레어가 휴대폰에 뜬 해당 기사를 소리 내어 읽는 모습을 보니 더욱 불편해졌다.

"저는 해리의 팬은 아니에요. 그도 제 팬이 아니라는 건 누구나 아는 사실이고요. 그는 주로 여성 대상 범죄인 리벤지 포르노와 사이버플래싱(타인에게 일방적으로 음란한 이미지를 전송하는 디지털 성폭력―옮긴이)은 말할 것도 없고, 온라인 혐오 범죄 관련 법안 개정 필요성에 대해 거의 관심이 없어요. 그런 맹점을 가진 태도를 견고한 여성 혐오로 보지 않기가 어렵죠."

클레어는 동의한다는 듯 웃음을 터뜨렸다.

"전혀 주저하지 않았네요. 해리가 '언짢을' 만해요!"

"너무 심했던 거지?"

당 대표에게 그렇게 공식적으로 이의를 제기하다니, 불필요한 도발처럼 보였을 것이다. 너무 취해 있었다. 댄과 유명 디자이너의 바지 정장, 메스꺼운 전율이 뒤따른 사진 촬영뿐 아니라 에스더의 관심에도 취한 것이다. 에스더가 나를 제대로 가지고 놀았다.

"이건 좀 그렇네요. '엠마 웹스터가 훌륭한 의원일지는 몰라도, 그녀의 마음은 지역 문제보다는 국가적으로 중요한 사안에 좀 더 치중되어 있다.' 지역구민들이 좋아할 만한 이야기는 아닌 것 같아요."

"내가 한 말이 아니야. 그리고 관련 항의라면 이미 하나 받았고."

나는 사이먼 백스터와의 만남을 그 자리에 있는 모두에게 말했다.

"와, 그 사람 좀 위험한 것 같은데요."

클레어가 심각해졌다.

"정말 괜찮겠어요?"

"그 사람 일은 신경 쓰지 않으려고. 다만 이게 신경 쓰여. 내가 해리를 두고 한 말, 그리고 내가 지역 문제에는 관심이 없는 사람이라는 암시. 역효과가 상당하겠지?"

"전혀요."

하원 소속 어시스턴트인 스물여섯 살 재즈가 말했다. 그녀는 솔직한 편이었다.

"지나쳤던 것 같지 않아?"

내 질문에 재즈는 코를 찡긋하고는 형광 젤 네일을 한 손으로 키보드를 두들겨 메시지들을 지운 뒤, 트위터를 확인하려고 마우스로 손을 뻗었다.

"제가 보기엔 지나치지 않았어요. 해야 할 발언이었어요."

"맞아요."

클레어가 맞장구를 쳤다.

"뒷자리에 조용히 앉아만 있으려고 여기 온 게 아니라고 늘 말했잖아요?"

클레어 말이 맞았다. 6년 전 노동당 소속 지방의회 의원으로 정치에 입문한 이유는 내 학생들의 가난에 분노했기 때문이었다. 푸드 뱅크에 가야 하는 아이들, 적절한 주택을 제공받는 대신 조악한 B&B에서 사는 아이들, 노동당이 정권을 잡았을 때보다 더욱 처절하게 외면당하는 아이들이 보였다.

"그럼 네가 무엇을 할 수 있을까?" 부두 노동자이자 자랑스러운 노동조합원, 이후 나와 마찬가지로 노동당 지방의회 의원이 었던, 돌아가신 아버지 그레이엄은 이렇게 물었었다. 10대 시절 내내 아버지는 이 질문으로 나를 도발했다. 내가 자본주의나 낮 은 최저임금에 대해 욕했을 때, 도로 개발에 항의했을 때, 페미 니즘을 접했을 때, 열여섯 살의 열정 어린 확신에 차서 설득이 변화를 불러올 수 있다고 말했을 때도.

"네가 무엇을 할 수 있을까?" 반복되던 아버지의 질문이 나를 정치와 역사 공부로 이끌었고, 가족 중 처음으로 대학에 가게 되 는 동기가 되었다. 20대 초부터는 신념을 잃고 가장 안전한 선택 들만 했다. 결혼에 있어서도, 직업에 있어서도. 하지만 마흔이 가 까워지자 아버지의 도발이 떠올랐고, 마침내 뜻을 펼칠 자신감 을 찾았다.

"인터뷰로 파장을 일으키고 싶었던 거잖아요."

이제는 클레어가 내게 상기시켜주고 있었다.

"리벤지 포르노에 대한 논의를 끌어내려고요. 의제 상위에 올 리려고요. 이 안건을 지원해주지 않는 해리에게 불만을 토로하 려고요. 이 인터뷰로 그 세 가지를 다 해낸 거죠."

그녀 말이 옳았다. 다만 에스더가 지나치게 많은 사진과 논평 을 실은 일이 놀라웠다.

"트위터는 잠시 멀리하는 중이야?"

"네."

지난 토요일 아침의 초기 반응 이후 재즈가 나를 대신해 트위 터를 지켜봤고, 나는 내무부 장관 특별 보좌관과의 회의 준비와 플로라 돌보기에만 집중했다. 그럼에도 사이먼 백스터와의 만남 등 인터뷰가 불러온 끔찍한 파장으로 인해 주말 내내 불안정하게 보냈다. 어느 것 하나 제대로 해낼 수가 없었다. 물론 노력은 했다. 닭고기를 굽고 크럼블 파이도 만들었지만, 플로라는 깨작거리기만 하다 유튜브를 보며 몇 시간이나 화장을 했다. 내가 같이 영화를 보자고 했음에도 말이다. "엄마 좀 보여줄래?" 어젯밤 9시경, 애원하는 것처럼 보이지 않으려고 조심하며 물었다. 아이는 화장실 문을 연 채로 무표정하게 나를 바라봤다. 예쁜 얼굴이 메이크업 리무버로 번들거렸다. 40여 분이나 공들여 만든 모습을 깨끗이 지운 것이었다.

"트위터를 보니, 빨간색 립스틱은 **절대** 발라선 안 된다는 게 확실해졌어."

내 말에 클레어가 대꾸했다.

"다 헛소리예요. 강한 모습 보일 때면 빨간색 립스틱을 바르셨잖아요. 회의장에서도 빨간색을 바르셨고요. 잡지 사진들은 그런 모습의 의원님을 보여준 거죠."

재즈가 내 앞에 머그잔을 내려놨다. 진하게 우러난 홍차였다. 유당불내증인 재즈는 우유를 많이 넣지 않았다. 재즈의 책상 쪽에서 다이어트 콜라 캔을 여는 딸깍 소리가 들렸다. 내가 가장 아끼는 이 머그잔은 도예 공방에서 만든 것 중 하나다. 플로라가 아기였을 때의 손도장이 찍힌 잔으로, 상하기라도 할까 싶어 항상 따로 설거지한다.

"플로라는 뭐라고 해요?"

줄리아가 근엄한 표정으로 사무실로 들어오며 말했다. 사실 줄리아는 항상 심각해 보이지만 짙은 감색 원피스 위에서 달랑거리는 밝은색 레진 목걸이는 그녀가 엄숙하지만은 않다는 것을 보여준다. 거기에는 원색의 강렬함으로 다소 파리한 안색을 가려보겠다는 고민의 흔적이 있었다. 마른 체형에 짧게 친 어두운 머리칼은 30대의 그녀를 미소년처럼 보이게 했지만, 특유의 반감 어린 표정이 더해져 엄격해 보이기도 했다. 그녀는 이곳에 온 나를 보살펴주었고, 자신과 클레어가 맡게 된 집의 방을 빌려줬으며, 내 결혼 생활이 파경을 맞았을 때도 따뜻하게 챙겨주었다. 하지만 4년째가 된 지금은, 진정한 우정이라기보다는 편의에 의한 친구 관계 같은 느낌이었다. 데이비드처럼 그녀 또한 내가 불안하게 여기는 문제를 곧장 짚어내는 능력이 있었다.

"10대 여학생이 어떤지 자기도 기억하잖아. 좀 당황스러워하지만 내심 날 자랑스럽게 생각하고 있을 거야."

"플로라는 엄마를 무척이나 존경하죠."

클레어는 이렇게 말하며 줄리아와 눈빛을 교환했다. 그 눈빛에서 그들이 이미 플로라의 반응에 대해 이야기를 나눴음을 읽을 수 있었다. 줄리아는 여전히 냉정한 표정을 유지하고 있었고, 나는 그 표정을 지우고 싶어 견딜 수가 없었다. 그녀의 입에서 내가 선을 넘었다는 진심을 내뱉게 만들고 싶었다.

"그러길 바라."

나는 대신 이렇게만 말했다. 내 반응이 모호하게 들릴 거라는 걸 알기에, 플로라가 오늘 아침 일찍 보낸 메시지를 다시 확인하려고 내 개인 휴대폰으로 손을 뻗었다. 엄마와 딸 사이에 핑크색 하트가 있는 이모티콘과 그 뒤로 노란색 엄지 척 이모티콘이 있었다. 달리 드러내지 않던 감정을 휴대폰으로는 마음껏 표현하다니 신기했다. 마음이 담긴 이모티콘들을 보니, 전날 밤 아이가 피했던 이야기들을 털어놓을지 모른다는 기대가 생겼다. 레아와 사이가 틀어졌다는 캐럴라인의 말이 무슨 뜻인지 설명해주고, 어쩌면 생리 시작 소식도 밝힐지 모른다는. (내가 아이 침대에 올려둔 탐폰 박스 하나와 생리대 한 팩은, 고맙다는 말 한마디 없이 사라져 있었다.) 아이가 그토록 갖고 싶어 한 아이폰은 매일같이 소통을 나누는 수단이 되어, 휴대폰에 시간을 많이 쏠까 우려했던 것과 달리 여러모로 이롭게 쓰이고 있었다.

"이것 좀 봐."

메시지가 너무나 다정하기도 했고, 딸이 나를 친밀하게 느끼고 있다는 것을 보여주고 싶었다. 그 순간, 무언가 눈에 들어왔다. 알 수 없는 번호로 온 문자였다. 심장이 죄여들더니 이내 갈비뼈에 닿을 듯 쿵쿵 빠르게 뛰었다.

몇 가지 일을 처리하기 위해 휴대폰을 무음으로 해두었는데, 그사이에 협박 문자가 들어와 있었다. 그것이 지금까지 내 핸드백 안에 숨어 있었다니 끔찍했다.

네가 꽤나 특별한 사람이라고 생각하겠지. 미친년, 너 조심하는 게 좋을 거야.

5

2021년 10월 6일
엠마

"존경하는 포츠머스 사우스 의원님을 모시겠습니다."

법무부 질의 답변 시간에 내 이름을 부르는 의장의 목소리는 권태로웠다. 전부 다 교묘한 쇼에 불과했다. 표면적으로는 공정한 척 내 뜻에 동조할 것임을 알고 있었다.

자리에서 일어났다. 수요일 오후 2시 30분, 녹색 모직 천이 덮인 의자들은 3분의 1도 차지 않았다. 앞선 총리 질의 시간에 조롱과 야유를 주고받던 하원의원들은 이 월례 질의 답변 세션엔 거의 참석하지 않았다. 수요일 점심시간은 총리 질의 시간에 대한 소감을 나눌 기회였다. 이런 부족 싸움에 득의만만해져서, 또는 이토록 시대착오적이고 낙담스러운 일이 여전히 벌어지고 있음에 절망하며 느긋하게 식사를 즐기면서.

의사당의 수요일 오후 일정은 기대와 달리 늘 실망스러웠지만, 얼마 되지 않는 참석자들은 개의치 않았다. 재즈는 내 질문을 기사로 바꿔 널리 퍼뜨려줄 기자들에게 이 자리에 참석을 요청하는 메일을 보냈었다. 나는 기자석을 흘끗 올려다봤다. 의회 의사록을 작성하는 속기사들이 키보드를 두드리고 있었고, 누군지 모를 두어 명이 고개를 숙이고 있었으며, 무엇보다 40분 내로 내 연설의 핵심 내용을 전국의 뉴스 보도국에 전송해줄 의회 출입기자들이 보였다. 모든 것이 완벽하게 준비되었다. 그럼에도 불안했다. 쉬운 주제가 아니었고, 맞은편 좌석에 늘어져 있는 사람들만큼이나 집에서 듣고 있을 사람들에게도 듣기 거북한 이야기가 될 수 있었다. 순간 위가 꿀렁하며 요동치더니 꾸룩 하는 소리가 났다. 중요한 사안이었다. 내게도 그랬지만 이 문제를 가장 효과적으로 제기한, 괴로움에 몸부림치는 내 지역구민에게 중요한 일이었다.

바스락거리며 종이를 넘기고, 헛기침을 하는 소리가 들렸다. 청중이 인내심을 잃어가고 있었다. 첫 발언과 몇 가지 핵심을 적은 카드를 내려다봤다. 간단명료하게 전달해야 했다. 질문이 연설로 바뀌면 곧장 주도권을 잃게 되겠지만, 사람들의 관심을 불러일으킬 방법은 있었다. '군대'나 '군부대 요원'도 툭 던지기 좋은 단어였다.

하지만 '애도'가 가장 효과적이었다. 사람들을 생각하게 만드는 데 지역구민의 죽음만큼 강력한 것은 없었다.

"제 지역구민인 에이미 존스의 가족에게 애도를 표해주십사 장관님께 요청해도 되겠습니까?"

내가 말을 시작했고, 그 순간 분위기가 달라졌다. 여느 때와 같이 계속되던 언쟁과 회피가 불편한 침묵으로 바뀌며 의사당은 일순간 정적에 휩싸였다. 사무 변호사이자 사려 깊은 정부 구성원 중 한 명인 리처드 칼슨 장관은 제일 앞좌석에 앉아 몸을 뒤로 기대며 고개를 살짝 숙였다.

"흔히 '리벤지 포르노'라고 불리는 범죄의 피해자였던 에이미는 비극적이게도 스스로 생을 마감했습니다."

픽 하는 웃음을 자제해야 한다고 판단한 몇몇 의원들과 내 이야기에 불편함을 느끼면서도 자기 딸 중 누구도 그런 처지가 아님에 감사하는 의원들 앞에서 나는 잠시 말을 중단했다.

"전 남자친구인 카일 그리핀이 성관계 영상을 찍어야 한다고 설득할 당시, 에이미는 겨우 열여덟 살이었습니다. 에이미는 굉장히 꺼렸지만 남자친구는 '나만 보겠다'고 안심시켰습니다. 3개월 후 에이미는 남자친구와의 관계를 정리하며 영상을 지워줄 것을 요청했습니다. 하지만 남자친구는 페이스북에 영상을 올리고, 에이미에게 극도의 수치심을 안기고자 자신이 아는 모든 사람에게 링크를 보냈습니다. 그중에는 복음주의 기독교인이자 막내딸이 성관계를 하는 줄 몰랐던 에이미의 부모님, 친구들, 그녀가 최근 취업한 사무 변호사 사무실의 동료들과 상사들도 있었습니다. 이것으로도 충분하지 않았던지 그는 그녀의 연락처와 주소, 그리고 영상을 캡처한 사진까지 성매매 웹사이트에 올렸습니다. 집에 잠재 고객이 찾아온 것을 계기로, 에이미는 이 사실을 처음 알게 됐습니다. 그녀의 아버지가 자신의 딸은 성매매업 종사자가 아니라고 말하자 그 남성은 거친 말을 내뱉었습니다."

"에이미는 그리 회복력이 강한 소녀가 아니었습니다. 이 일을, 어떤 남성들은 대단히 잔인해질 수 있다는 뼈아픈 교훈으로 삼을 수 있는 여성이 아니었습니다. 그녀는 침잠했습니다. 방에서 나가길 거부했습니다. 언니 프레야의 설득으로 결국 경찰서로 가서 이 일을 알렸습니다. 경찰 측은 그녀의 사정을 이해했지만, 고발하면 익명성을 보장받을 수 없을 거라고 경고했습니다. 왕립기소청(영국에서 기소 및 기소 유지를 담당하는 기관으로 우리의 검찰청에 해당한다—옮긴이)이 익명성 보장 신청을 따로 해야만 한다고요. 경찰은 해당 영상이 계속 유통되는 것 또한 막을 수 없었습니다. 카일의 행위가 징역형으로 이어질 수도 있지만, 초범인 만큼 반드시 수감되리라는 보장은 없었습니다."

"그날 오후 집으로 돌아온 에이미는, 언니와 부모님이 직장에 있는 동안 차고로 향했습니다. 그곳에서 그녀는 목을 맸습니다."

나는 잠시 말을 중단하고 의사당이 비난의 속삭임으로 가득 차는 것을 지켜봤다. 공포와 지지가 뒤섞인 웅성거림이 잦아들기를 기다렸다.

"에이미가 가족에게 남긴 유서에는, 자신이 가족에게 가져다준 수치심과 더불어 언제까지나 그 영상 속 여자로 알려질 거라는 사실을 견딜 수 없다는 말이 적혀 있었습니다."

또다시 나는 말을 중단했다.

"카일 그리핀은 지난달에 열린 공판에서 유죄 판결을 받고 사회봉사 150시간을 선고받았습니다. 상습법의 가장 심각한 위해에 선고되는 최고 형량은 2년입니다. 18개월째 여러 단체에서 리벤지 포르노 피해자들의 익명성을 보장해달라는 운동을 벌이고 있습니다. 이 사건은 익명성 보장이 얼마나 시급한 문제인지 여실히 보여주고 있습니다. 저희는 리벤지 포르노를 저지른 범죄자들의 형량을 늘리고, 이런 악랄한 행위로 망가진 또는 더는 견디기 어려운 삶을 떠안은 피해자들의 익명성을 자동으로 보장하는 방향으로 온라인 피해 법안이 개정되어야 한다고 생각합니다. 장관께서는 상정 예정된 온라인 피해 법안의 개정 방향에 대해, 에이미의 언니 프레야 그리고 저와 함께 논의하는 자리를 마련해주시겠습니까?"

"옳소, 찬성합니다"라는 외침과 더불어 다들 동조하는 분위기가 퍼졌다. 반대편 좌석에 앉은 트리스트럼 세일이 인정한다는 듯 눈썹을 치켜세웠고, 바너비 마일스의 도마뱀 같은 눈동자는 머릿속으로 내 벗은 몸을 그리듯 위에서 아래로 빠르게 움직였다. 등줄기 아래부터 소름이 올라왔다. 리처드 칼슨 장관은 자리에서 일어나 에이미 존스의 언니 프레야와 부모님에게 진정한 애도를 표했다.

"리벤지 포르노는 실제로 법 개정 위원회가 법안 상정에 앞서 고려 중인 사안이자 제 부서에서도 면밀하게 지켜보고 있는 문제입니다. 리벤지 포르노는 여성을 향한 또 다른 폭력으로, 이 정부가 척결을 약속해야 할 범죄입니다."

장관의 말은 나를 그저 스쳐 지나갔다. 새로울 것 없는 이야기를 반복하고 있기 때문이었다.

하지만 잠시 후 그는 나를 놀라게 했다. 늘 그렇듯 여성 혐오에 맞서 현재 진행 중인 여러 조치 중 성공적으로 보이는 사례들을 읊거나 공허한 감언을 늘어놓는 대신, 구체적인 약속을 했기 때문이다.

"온라인 피해 법안 개정이 에이미 같은 젊은 여성들을 보호하는 가장 빠른 방법일 겁니다. 저는 기꺼이 존경하는 포츠머스 사우스 의원님과 프레야 존스를 만나 우리가 할 수 있는 일들을 논의하고자 합니다. 제가 직접 프레야 존스에게 편지를 보내 자리를 마련하겠습니다."

내 행동이, 내 연설이 무언가를 이뤄냈다는 생각에 마음이 뜨거워진 나는 뒷줄 평의원석에서 활짝 미소를 지었다. 그간 모든 학대를—익명의 강간 협박 편지, 트위터에서의 공격, 사이먼 백스터 같은 인간과의 대면, 이런 일들이 플로라와의 관계에 미친 영향까지—당한 것이 결국 가치 있게 되었다.

아주 잠깐 내 아버지를, 내게 사회적 양심을 가르쳐준 남자를 떠올렸다. 간호사였던 어머니 웬디가 세상을 떠난 지 20년이 지난 3년 전에 눈을 감은 아버지는, 두 분의 외동딸이 하원의원이 되는 모습을 지켜봤다.

"이제는 정말 네가 무언가를 할 수 있겠구나."

선거 날 밤 아버지는 이렇게 말했었다. 자랑스러운 얼굴로 온몸에 흥분을 표현하면서.

"네게 진정한 영향력이 생긴 거야."

그 영향력이란 것이 아버지가 믿었던 것보다 훨씬 적은 것 같아 항상 두려웠다. 아버지가 내게 물려준 유산으로 너무 작은 일밖에 하지 못해 아버지를 실망시킬까 봐 겁이 났다.

하지만 지금 나는 정말로 무언가를 하고 있었다.

6

2021년 10월 6일

엠마

"엠마, 잠깐 이야기 좀 나눌 수 있습니까?"

회의장을 나서는데 『크로니클』의 정치부 기자 마이크 스톡스가 멤버스 로비 끝에서 나를 기다리고 있었다.

"그럼요."

고개를 끄덕이며 내게 다가와도 좋다는 표시를 했다. 하원의원의 초대가 없는 경우, 기자단 중 누구도 이 공간을 가로지를 수 없다는 특이한 규칙이 있었다.

"대단한 연설이었습니다."

그는 성큼성큼 걸어오던 속도를 늦추고는 이렇게 말했다. 그의 자연스러운 태도는 사전에 계획된 것이었다. 재킷 안주머니에는 수첩이 있을 것이고, 대화를 나누며 중요한 내용을 거기에 기록하다 슬쩍 눈썹을 치켜세우며 해당 발언을 기사에 실어도 될지 내 눈치를 살필 터였다. 이런 프로다운 모습은 환영이었다. 우리는 이미 두어 건의 기사를 내는 데 공조한 적이 있고, 기자라면 누구든 신뢰하는 나는 그 또한 믿어도 된다고 판단했다.

"그렇게 생각해주시니 기쁘네요."

나는 들떠 있었다. 연설을 하며 분비된 아드레날린이 아직도 온몸을 타고 흐르고 있었다. 동료들에게 큰 호평을 받은 덕분에 안도감에 젖어 있기도 했다.

"비극적인 사건입니다."

"정말 끔찍한 일이죠."

나는 고개를 저으며 말했다. 프레야가 내게 보여준 영상이 떠올랐다. 당시 얼마나 강압적인 분위기였는지를 확인하고는 장이 뒤틀리는 듯한 고통을 느꼈다.

"사건의 핵심만 언급한 거였어요. 세세한 이야기는 굳이 밝힐 필요가 없을 것 같아서 말았지만, 끔찍했죠."

"짐작이 갑니다."

그는 또다시 미소를 지었다. 마흔 초반은 족히 됐겠지만 모래 빛깔 머리칼과 군살 없는 몸매 덕분에 여전히 소년 같아 보이는 구석이 있었다. 생김새는 평범한 편이지만 눈은 그렇지 않았다. 짙은 갈색의 두 눈은 항상 무언가 신나는 일을 기대하는 듯 유쾌함으로 반짝였다.

무엇을 물으려 하는지는 뻔했지만, 센트럴 로비를 향해 천천히 걸어가는 동안 나는 미묘한 신경전을 즐기기로 했다. 분명 우리는 협력하게 되겠지만, 승낙하기 전에 그가 보답으로 내 지역 구민을 위해 무엇을 해줄 수 있을지 먼저 확인하고 싶었다.

"의원님께서 좀 더 자세한 이야기를 들려주실 수 있을지도 궁금하고, 피해자 가족이 우리와 대화할 의사가 있는지도 알고 싶습니다."

"우리요?"

"뭐, 제가 아니라도 신문사와요. 독자들이 에이미 이야기에 크게 공감할 것 같아요. 부모라면 누구나 끔찍하게 여길 일 아니겠습니까?"

뻔한 이야기를 늘어놓으며 멋쩍어할 정도의 체면은 있는 사람이었다.

"내 집에서 가장 소중한 공간이, 10대 딸의 침대가 침범당할지도 모른다는 공포요. 누구에게나 생길 수 있는 일이잖아요."

그는 본론으로 향하고 있었다.

"강압적인 통제와 여성을 향한 폭력만이 아니라 인터넷이 우리 삶을 얼마나 지배하고 있는지도 생각하게 만드는 사건이에요. 단순히 파괴적일 뿐 아니라 벗어날 수 없다는 점에서 말입니다. 어린 여성이 첫 남자친구에게서 상상하기도 어려운 가장 가슴 아픈 방식의 모욕을 당했으니, 무엇보다 한 인간의 비극적 사건이지만, 그보다 훨씬 큰 의미를 지녔어요."

"네, 바로 그거예요."

그의 말에 공감하며 고개를 끄덕였다. 그는 진정으로 이해하고 있었다. 그러면 한 개인의 이야기를 바탕으로 그런 종류의 폭력이 모든 여성에게 어떤 영향을 미칠 수 있는지 보여줄 수 있을 것 같았다. 조심해야 한다는 것을 알면서도 그를 향해 자꾸 미소를 짓게 되었다. 어쩌면 내가 너무 경계했던 것인지도 모른다.

사실 『크로니클』은 좌파 성향의 언론사인데.

"그래서 말인데, 프레야의 부모님께서, 아, 의원님이 그분들 성함을 밝히지 않으신 거 같은데요?"

"짐과 로나요."

"짐과 로나. 의원님이 보시기에 짐과 로나가 저희를 만나줄까요? 저희 측 간판 인터뷰어와 만나는 것도 가능합니다. 꼭 저일 필요는 없어요."

"아, 그건 저도 잘 모르겠네요, 마이크. 지금 두 분 다 무척 힘든 상황이라."

"뭐, 좋은데요."

나는 그에게 눈총을 보냈다.

"제 말은, 그런 감정이 좋다는 거예요. 이 사건으로 두 사람이 얼마나 충격을 받았는지를 잘 전달할 수 있으니까요."

"그분들은 인터뷰를 하지 않을 겁니다, 마이크."

그에게 나는 똑똑히 전했다.

"굉장히 내성적이고, 본인 이야기를 거의 하지 않는 분들이에요. 딸이 남자친구와 관계를 맺는다는 것을 생각조차 하지 못했던 복음주의 기독교인이에요. 그 영상을 봤을 때 두 분이 얼마나 큰 충격을 받았을지, 그리고 그 일로 딸이 내린 선택에 얼마나 큰 슬픔을 느끼고 있을지 짐작할 수 있을 거예요. 이 사건으로 두 사람은 무너졌어요."

그는 신발로 타일 바닥을 긁었다.

"언니는 어떨까요?"

"프레야요? 언니는 아마도 인터뷰를 할 것 같네요. 장관과의 면담 자리도 약속받았으니 더욱 그럴 것 같아요."

프레야가 지역구민 면담 자리에 찾아와 영상을 봐달라고 고집을 부렸을 때가 떠올랐다. 무언가 도무지 이해가 되지 않는 듯한, 창백한 얼굴이었다.

"분명 가능할 것 같아요."

"좋습니다."

마이크 스톡스의 얼굴에 환한 미소가 번졌다. 타이를 느슨하게 매고 양손을 주머니에 찌른 부스스한 글쟁이에게서 활기가 느껴졌다. 당장이라도 이 일을 기사화하고 싶은 사람처럼 보였다.

문득 그가 침대에서 재밌는 상대일지 궁금증이 일었다.

"프레야에게 말해볼게요, 알았죠?"

완전히 다른 상황에서의 그를 상상하다 당황하고 말았다. 목이 벌게지는 것이 느껴졌다.

"프레야에게 먼저 확인할게요. 그러고 나서 그쪽 번호를 전달하죠."

"아니면 저한테 그분 연락처를 주셔도 되는데요."

내가 멍청하다고 생각하는 게 분명했다.

"프레야가 당신에게 연락하는 쪽으로 하겠습니다."

"좋습니다. 훌륭해요. 감사합니다."

그가 흥분한 듯 까치발을 들었다 내렸다.

"오늘 바로 연락해보실 수도 있는 겁니까? 그분이 인터뷰할 마음만 있다면 우리가 함께 이 사건을 정말 제대로 터뜨려볼 수 있을 것 같아요. 아시다시피, 그렇게 되면 주요 의제로 올라가게 될 겁니다. 그동안 회의장에서의 의원님 연설과 장관이 약속한 내용을 바탕으로 뉴스 기사를 우선 내보내겠습니다."

"네, 그럼요."

안도감이 밀려들었다.

"좋습니다. 우리가 이 일을 하나의 캠페인으로 만들 수 있어요. 에이미 법이 통과되도록 로비 활동을 펼치는 겁니다. 어감도 좋지 않나요?"

그의 열정에는 전염력이 있었다.

"스크루스(섹스 스캔들 보도에만 치중한 나머지 '성관계'를 뜻하는 은어인 스크루스screws라는 별명을 얻은 『뉴스 오브 더 월드』를 가리킨다—옮긴이)가 세라 법을 도입했잖아요. 우리도 이 사건으로 캠페인을 벌이면 되지 않겠어요?"

『뉴스 오브 더 월드』는 이상적인 비교 대상이 아니라는 생각이 스쳤다. 하지만 아동 성범죄자의 신상 정보를 해당 지역 부모들에게 공개하는 세라 법이 훌륭한 법안임은 분명했다.

어느새 로비 복도의 엘리베이터에 도착했다. 이곳에서 그는 제 갈 길을 가고 나는 포트컬리스 하우스(국회의원과 그 직원들의 사무실이 마련된 건물—옮긴이)로 이어지는 뉴 펠리스 야드의 안뜰로 향해야 했지만, 불쑥 그가 걸음을 멈췄다. 오늘 나눈 이야기들을 확정 짓는 의미로 마이크에게 악수를 청해야 할 것만 같았지만, 대신 핸드백 안을 더듬거리며 휴대폰을 찾았다.

"제가 갖고 있는 연락처가 맞는지 확인 좀 할게요."

그가 이쪽으로 몸을 살짝 기울이며 자신의 번호가 내 휴대폰에 저장되어 있는지를 확인했다.

"아, 있네요."

나는 몸을 뒤로 물리며 말했다.

"프레야에게 바로 연락해볼게요. 우리는 그럼 나중에 다시 이야기하는 걸로 하죠. 기사에 인용할 제 말이 더 필요할지도 모르니까요."

내가 너무 간절해 보일 것 같았다. 에이미 이야기를 알리는 데 혈안이 된 것처럼 보일 수 있겠지만 타블로이드 신문에 실릴 인터뷰는 장관이 아무런 의미 없는 따뜻한 말 몇 마디로 이 일을 끝내지 않도록 압박하는 수단이기도 했다.

"좋습니다."

그가 다시 미소를 보였다.

몸을 돌려 포트컬리스 하우스를 향해 걷자, 낡은 포석 길에 구두 굽이 부딪치는 소리가 울렸다. 내가 멀어지는 모습을 그가 지켜보는 것이 느껴졌다.

7

2021년 10월 6일
엠마

    그날 저녁 8시 30분경, 자전거 자물쇠를 풀고 클리버 광장에 있는 집을 향해 출발한 나는 안도감에 들떠 있어야 맞았다. 복스홀 브리지 위를 거침없이 달리는 차량들에 맞서 속도를 높여 템스강을 건넌 후, 덜컹거리며 케닝턴 레인을 따라가면 10분이 채 걸리지 않았다. 퇴근하는 경로는 다양했지만 지하철을 타고 가서 역에서 집까지 걷는 것보다, 이렇게 자전거로 귀가하는 편이 더 안전하게 느껴졌다. 8시 넘어 퇴근하면 택시비가 나오긴 하지만, 지역구민들이 푸드 뱅크에 의존해 생활하는데 내가 어떻게 택시를 탈 수 있겠는가? 긴축 반대 캠페인을 펼쳤던 내가.

    내 연설이 소셜 미디어에서 어떤 반응을 일으킬지 불안했던 것 같다. (늘 있는 악플러들은 이미 악랄하게 굴고 있었다.) 어쩌면 회의장에서 열정 넘치는 연설을 가능케 했던 아드레날린 효과가 이후 몇 건의 방송 인터뷰를 끝내고도 방사성 염료처럼 내 몸 안을 돌아다니고 있었을지도 모른다. 어느 쪽이든, 국회의사당을 나설 때 나는 초조한 상태였다. 의사당 출입구를 향해 자전거 페달을 구르자 뒷덜미로 거센 바람이 스쳤고, 뒤를 흘낏 확인하고는 너무도 노출되어 있다는 기분에 시달렸다.

비바람이 몰아치는 밤이었다. 세찬 빗줄기에 빗물이 다리로 튀어 올라 바지를 적셨다. 템스강은 새카만 유리로 변해 있었지만, 강은 내려다보지 않고 페달만 밟았다. 고개를 숙인 채, 내 뒤에서 벌떡거리는 차량들에만 집중했다. 차들은 악의적이고 야수적이었으며 끈질겼다. 자전거 헬멧과 고어텍스 사이로 빗물이 스몄고, 블라우스 깃 아래로도 차가운 빗방울이 파고들었다.

신호등에 가까워질 즈음 화려하게 치장한 골프 GTI 차량이 엔진 출력을 높여 내 앞으로 끼어들더니 재빨리 좌회전을 돌았다.

"젠장!"

나는 놀란 나머지 깜빡이는 자전거 라이트 불빛과 입고 있는 형광색 조끼도 잊은 채 그를 향해 소리를 질렀다. 끼익 소리가 나도록 브레이크를 잡은 후 엠뱅크먼트 역을 향해 우회전했고, 화려한 국회의사당과 서서히 멀어져갔다.

블랙 프린스 로드로 틀자 길가의 풍경이 돌연 서늘하게 바뀌었다. 몇 안 되는 나무들이 거센 바람에 남은 잎들을 떨구고는 손짓하듯 마녀 손가락 같은 가지들을 흔들었다. 그때 라이트도 켜지 않고 자전거 경주를 벌이는 남자아이 두 명이 눈에 들어왔다. 후드를 뒤집어쓴 채 야윈 다리로 세차게 페달을 밟던 그들은 스케이터처럼 우아하게 미끄러지듯 방향을 전환해 내 쪽으로 다가왔다.

비가 여전히 퍼붓는 와중에 아이들의 자전거 바퀴가 젖은 도로를 번드럽게 나아갔다. 둘 중 나이가 더 많아 보이는 아이가 가까워졌을 때, 언뜻 희롱하는 듯한 표정과 창백하고 초췌한 얼굴이 눈에 들어왔다. 내 안에 자리한 교사는 아이들에게 라이트를 켜야 한다고 소리치고 싶어 했다. 켜지 않으면 자전거가 보이지 않아 차에 치일지도 몰랐다. 목숨은 너희들 생각만큼 값싼 소모품이 아니라고 말하고 싶었다. 하지만 어두운 밤길 위에서 자전거를 타는 여성인 나는 겁을 내고 있었다. 터보 엔진을 장착한 골프 차량에 놀란 마음이 아직 진정되지 않았고, 이 도시가 뿜어내는 공격성과 더불어 지금 내게 접근해오는 적대적인 기운에 마음이 불안했다. 쉬익, 쉬익, 쉬익. 형처럼 보이는 아이가―열서너 살쯤 될까, 머리카락이 만든 그림자가 윗입술까지 드리워져 있었다―내 쪽으로 접근했다. 종아리가 타들어가는 것을 느끼며 속도를 높였다. 두 눈은 신고전주의 양식 건물 곡면에 고정시켰고, 두 귀는 가까워졌다 멀어졌다 하는 아이의 쉬익거리는 자전거 타이어 소리에 집중했다. 나를 갖고 노는 걸까? 고양이가 먹잇감을 덮치기 전에 벗어날 기회를 주는 것처럼?

케닝턴 레인은 자동차, 패스트푸드점, 부동산 사무실이 내뿜는 환한 불빛과 소음으로 또 나를 깜짝 놀라게 했다. 나는 버스 뒤를 따랐다. 미등에 바짝 붙어 그 익숙한 빨간색 덩어리(영국 런던의 대중교통 버스는 빨간색이다―옮긴이)의 엔진 소리에 위안을 얻었다.

그러나 앞면이 평평한 조지 왕조 양식의 집으로 향하기 위해

샛길로 빠진 나는, 뒤에 아무도 없는지 확인하려고 위험을 무릅쓰고 뒤를 돌아봤다. 그곳에 그 아이가 있었다. 나른한 모습으로, 팔짱을 낀 채. 자신만만한 웃음을 띤 아이는 빼곡히 주차된 차들 사이 좁은 틈을 살짝 엉덩이만 틀어 능숙하게 빠져나가더니 빙글 반원을 그리며 거리 반대편으로 이동했다. 그러고는 인사를 하듯 한 손을 들어 보였다. 뒤돌아서 격렬하게 페달을 밟던 내 발이 리듬을 잃고 페달에서 미끄러졌을 때, 아이가 다시 내게 다가오는 것이 느껴졌다.

클리버 광장으로 방향을 틀어 우리 집 앞에 멈춘 후, 검정색 낡은 파슐리 자전거를 철제 난간에 거칠게 던지고는 굳은 손가락으로 자전거에 자물쇠를 채우려 더듬거렸다. **제발, 제발.** 심장이 요동쳤다. 아이가 텅 빈 눈으로 나를 빤히 바라보며 지나쳐 가자 심장이 멎는 것 같았다. 아이는 광장을 돌고 있었다. 젠장, 집까지 나를 따라온 것이다. 아이가 광장의 네 면을 다 돌고—잔인한 장난일까, 자신만의 내기일까?—다시 내 쪽으로 오기 전에 집 안으로 들어가야 했다. **지금 당장** 들어가야 했다. 겨우 자전거 자물쇠를 채우고 현관까지 다섯 계단을 뛰어 올라간 나는, 그곳에서 완전히 노출된 상태로 열쇠 꾸러미를 더듬거렸다.

집에는 아무도 없었고, 나는 계단 위에 선 채 공황에 빠져 맞는 열쇠를 단번에 찾지 못하고 있었다. 그러다 방범등이 딸깍 켜졌다. 마침내 잠금장치가 열려 집 안으로 들어왔다. 경보음이 요란하게 울리자 비밀번호를 입력한 뒤 문에 등을 기댔다. 그 아이가 문 반대편에 있을까 봐 두려웠다. 현관문에 달린 우편함에 무언가를 넣으려고 하는 걸까. 아니면 내 숨소리나 울음소리를, 내가 겁에 질렸다는 어떤 신호를 들으려고 귀를 기울이고 있는 걸까. 바닥이 솟아오르는 듯했고, 심장이 어찌나 쿵쿵대는지 아이 귀에 들릴 것만 같았다.

나는 진정하려고 심호흡을 하면서, 내가 터무니없이 군 거라고 스스로에게 말했다. 그냥 아이일 뿐이다. 아이가 이쪽으로 온 건 순전히 우연일 수 있다. 설사 쫓아온 거라 해도 내 반응이 시시해서 이제는 자전거를 타고 사라졌을 것이다. 하지만 심장은 계속 두근거렸고, 정신이 과도하게 각성되는 동시에 갑자기 머리로 피가 몰려 정신이 아득해졌다.

배낭에서 울리는 진동 소리에 휴대폰을 꺼냈다. 또 알 수 없는 번호였다. 마이크 번호가 아니었다. 사이먼 백스터일까? 아니면 좀 전의 그 아이? 말도 안 된다. 말도 안 되는 생각을 하고 있었다. 내 개인 휴대폰이다. 길에서 나를 놀라게 한, 처음 본 아이가 어떻게 이 번호를 알 수 있겠는가?

하지만 보아하니 누군가는 이 번호를 알고 있었다.

설핏 확인하고는 몸이 심하게 떨려 휴대폰을 떨어뜨리는 바람에, 화면에 대각선으로 미세한 금이 생겼다.

바로 이 문자 때문이었다.

미친년, 너 내가 지켜보고 있어.

8

2021년 10월 7일
플로라

그녀의 엄마가 또다시 뉴스에 등장했다.

좋은 일이었다. 진심으로. 적어도 엄마에게는, 엄마가 열정을 갖고 임하는 사안들에는, 엄마의 커리어에는 좋은 일이었다. 하지만 플로라에게는 그리 좋은 일이 아니었다. 이렇게 생각하는 자신이 이기적이라는 걸 알고 있었지만, 어쩔 도리가 없었다.

하원의원의 딸로 사는 것은 그리 쉽지 않았다. 지속적인 스트레스 외에—염산과 총, 칼이 엄마를 공격하는 장면이 떠오르면 혼자서 계속 내기를 하며 성공하면 엄마에게 그런 일이 벌어지지 않을 거라고 믿었다— 사람들이 그녀가 부유하다고 생각하는 것도 힘들었다. 상류층. 거만한 아이. 엄밀히 말하면, 초등학교 때 알던 사람들이 그녀를 그렇게 생각했을 것이다. 플로라라는 이름으로—도대체 누가 아이 이름을 플로라라고 지을까?— 좋은 집에 살고, 좋은 직장에 다니는 부모님을 두면 이런 오해를 산다. 한 명은 지방의원이자 교사였고(하원의원으로 당선되기 전이었다), 다른 한 명은 IT 업계에서 일했다.

엄마가 하원의원이 된다는 건 모든 것이 완전히 달라진다는 걸 의미했다. 플로라는 엄마가 자랑스러웠다. 말할 필요도 없는 사실이었다. 어찌나 자랑스러운지 처음 TV에 엄마가 나와 중요한 일들에 대해 열정적으로 이야기하는 모습을 봤을 땐, 말 그대로 가슴이 터질 것만 같았다. 하지만 플로라는 영어 선생님인 미스 하우드의 말처럼 '갈등'에 빠지기도 했다. 엄마는 그저 시키는 대로 투표하고, 주어진 일이나 하며, 가끔 지역 신문에 오르내리는 정도에 만족하는 평의원이 아니기 때문이었다. 지나친 말일지 몰라도, 엄마는 명성을 얻으려고 애쓰는 것처럼 보였다. 유명해지는 일을 굳이 피하려 들지 않았고 자신의 대의에 도움이 된다면 어떠한 위험도 정당하다고 생각하는 듯했다. 플로라는 엄마가 페미니스트의 이상을 옹호하고 싶어 한다는 것을 알게 되었다. 플로라는 괜히 약 올리려고 자기가 안티페미니스트라고 떠들고 다니는 동급생 남자아이들 외에는, 실제로 안티페미니스트를 본 적이 없었다. 그럼에도 엄마가 수위를 조금 낮추길 바랐다. 엄마는 대중의 관심을 받는 것이 좋을지 몰라도—플로라 눈에도 TV에 나온 엄마는 짜릿한 흥분을 느끼는 것처럼 보였다—사람들의 눈에 띄는 것을 원치 않는 사람도 있었다. 모두가 남들과 다르길 원하는 건 아니었다. 열네 살 플로라는 남들과 조금도 다르고 싶지 않았다.

엄밀히 말하면, 현재 플로라의 삶이 끔찍해진 건 엄마가 점점 더 유명해지고 있기 때문만은 아니었다. 하지만 엄마가 계속 교사였다면, 아빠와 헤어지지 않았다면, 평범한 엄마였다면, 그래서 네트볼 경기 때 자신과 레아를 데리러 오거나 자신을 태우고 친구들 집에 놀러 다닐 수 있었다면, 그렇게 **곁**에서 함께했다면, 이런 일은 결코 벌어지지 않았을 거라 생각했다.

솔직히 플로라는 '이런 일'이 무엇인지 인정하고 싶지 않았다. 아직도 어쩌다 이런 일이 벌어진 건지 이해할 수 없기 때문이었다. 그녀는…… **괴롭힘**을 당하고 있는 것 같았다.

셀러리, 아이들은 플로라를 이렇게 불렀다. 아니면 **꼬챙**이라고. 플로라는 그런 아이들과 함께 웃음을 터뜨렸다. 달리 뭘 할 수 있겠는가? 그렁해진 눈으로 가만히 서 있는 거? 목멘 소리로 **제발 날 그렇게 부르지 말아줘**라고 해야 할까? 농담을 받아줄 줄 모르는 사람을 좋아하는 이는 없다. 그래서 별명은 애칭 같은 거라고 스스로에게 말했다. 레아가 셀러리라는, 비교적 무난하고 우스꽝스러운 별명을 부를 때면 애칭이라고 여기고 넘어가는 게 쉬웠다. 하지만 꼬챙이라는, 좀 더 귀에 거슬리는 별명을 부를 때면 그러기가 힘들었다. 이런 별명들은 플로라가 사람도 못 된다는 소리처럼 들렸다.

플로라를 정말 힘들게 한 것은 스냅챗에 레아가 올린 게시물의 '여론'이었다. 레아와 레아의 친구가 부추기고, 불러들였던 댓글들. 그냥 장난이었어, 후에 레아는 이렇게 말했다. 플로라는 볼 수조차 없게 되어 있었다. 챗에서 차단당한 상태였다. '네가 알아야 할 것 같다'라며 케이트가 보여준 덕분에 레아의 게시물에 대해 알게 되었다. 그즈음 댓글이 여러 개 달려 있었다. 한 질문에

서 시작되어 서른 명 이상의 동급생 대부분이 익명으로 한마디
씩 해서 댓글이 급격히 늘어나자, 미지근한 관심에서 극도의 공
격으로 분위기가 달라졌다.

얼굴 무슨 일이야? 😵😵😵
너무 동그랗고, 창백해.
속눈썹은 또 왜 저렇게 연해?
알비노야?
내가 쟤처럼 생겼다면 진심 자살했을 거야.
자살이나 제대로 할 수 있을까?
머리는 좋은 애야.
맞아. 그런데 쟤는 세상이 어떤지 몰라. 슈퍼드러그에서 레아한테
어떻게 했는데.
그러니까.
맨날 도도한 얼굴 하고 있잖아.
제 엄마랑 똑같지 뭐. 다들 제 뜻대로 움직여야 한다고 생각하는 미
친년들.

"화난 거 아니지?"
댓글을 찍으려고 플로라의 휴대폰을 가져가며 케이트가 물었
다. (케이트가 스냅챗 화면을 캡처하면 레아에게 알림이 가기 때문에
그럴 수 없다는 것은 두 사람 다 알고 있었다.)
"괜찮아."

"누가 나에 대해 이런 이야기를 한다면, 나라면 알고 싶을 거같아서⋯⋯."

케이트가 동그랗게 눈을 뜨고 걱정스러운 눈빛으로 플로라를 바라봤다.

"괜찮다고 했잖아. 레아한테는 말하지 말고."

플로라는 두 눈이 뜨거워지는 모습을 케이트에게 들키지 않으려고 소매 끝으로 코를 훔치며 고개를 숙였다. 쟤 앞에서 울면 안돼. 쟤 앞에서 울면 안 돼. 케이트가 자신을 그냥 내버려두고 갔으면 싶었다.

별일 아니야. 한심한 짓일 뿐이야. 이 일을 엄마에게 알리면 엄마는 이렇게 말할 것이다(당연히 알릴 생각은 없지만). 요즘 10대 애들이 어떤지 엄마는 모른다. 툭 던지는 댓글과 날 선 농담은 치익 하고 그어지는 성냥불과 같았다. 순식간에 삶 전체가 화염에 휩싸였다.

한참 후에야 플로라는 슈퍼드러그에서 레아가 화장품을 슬쩍했을 때 자신이 보인 반응 때문에 이 모든 사태가 시작되었음을 깨달았다. 그 일 이후 플로라는 레아에게 거리를 두며 그 행동을 탐탁찮게 여긴다는 메시지를 제법 분명하게 표했었다. 『해리 포터와 마법사의 돌』에서 덤블도어가 네빌에게 어떤 말을 했던가? 적에게 맞설 때만큼 친구에게 맞설 때도 용기가 필요하다고 했다. 물론 플로라는 그 책에 나온 대사를 읊지는 않았다. 그랬다면 레아는─해리 포터 영화는 봤지만 책은 읽지 않은 아이였다─분명 면전에서 웃음을 터뜨렸을 것이다. 그럼에도 레아는 플로라의 불만을 눈치챘다.

"네가 레아를 깔봤잖아."

케이트가 말했고, 아비가 덧붙였다.

"엄마가 하원의원이라고 네가 다른 사람보다 잘난 건 아니야."

"우리 엄마가 하원의원인 게 내 잘못은 아니잖아."

플로라는 아이들에게 설명해보려 했다.

"표정은 나도 어쩔 수가 없다고."

플로라는 감정을 잘 숨기지 못했다.

뒤늦게야 이 모든 일이 찰리 모리스 잘못이라는 생각이 들었다. 레아가 찰리처럼 되고 싶다는 생각에 집착하지만 않았어도 이런 일들이 생기지 않았을 터였다. 교내 서열에서 올라가기 위해 레아는 짐스러운 친구들을 싹 정리해야 했다. 자신을 짓누르는 친구들을.

플로라는 대단히 짐스러운 존재였다. 초등학교 때만 해도 가까운 사이였으나—아비, 에비, 케이트와 함께 다 같이 어울리는 무리였다—레아는 야망이 큰 아이였다. 빅토리 아카데미의 여자 축구팀에 가입한 레아는 올해 가장 인기 있는 여학생인 찰리 모리스와 눈을 마주쳤다. 찰리는 본인이 제일 잘난 아이였다. 태도도 외모도 자신감이 넘쳤고, 못되고, 매정했다. 반항적으로 보일 정도로 새카맣게 염색한 생머리부터 매끈하게 다듬은 눈썹, 캐럴라인이 여름 내내 식전주로 마시던 아페롤 스프리츠 색의 피부, 마스카라를 잔뜩 칠한 속눈썹과 아크릴 같은 손톱까지 어디하나 여리게 보이는 구석이 없었다.

레아는 축구팀에 들어간 후부터 달라졌다. 얼마나 빠르게 변했는지, 학기 3주차부터 숱 많은 눈썹을 다듬고 태닝 제품을 바르는 것이 당황스러울 정도였다. 플로라는 인스타그램 계정에서 스무 살처럼 보이는 찰리가 어쩐지 안쓰러웠다. 그렇지만 레아에게 그런 심정을 말할 수는 없었다. 작년만 해도 다 같이 모여 찰리를 흉내 내며―뺨을 홀쭉하게 만들고, 눈꺼풀을 파르르 떨며 빠르게 깜빡이고, 입술을 내밀며―손바닥만 한 비키니 차림에 의도적으로 보드카를 배치해놓은 모양새가 속이 뻔하다며 키득거렸다. 하지만 지금 레아는 유머 감각을 잃은 듯 보였다.

그러다 지난주―스냅챗 댓글 사태가 있기 하루 전날―레아가 플로라를 없는 사람 취급하는 일이 있었고, 아비도 그 행동을 따라 했다.

잘 지내? 플로라는 왓츠앱으로 레아에게 메시지를 보냈다. 레아는 메시지를 확인했음에도 답이 없었다. 플로라는 눈이 X 자인 이모티콘이 오길 기다렸다. 하지만 아무런 소식이 없었다. 지리 시간에 선생님이 헤이든 시먼스에게 참지 못하고 성을 내자 플로라는 눈을 굴리는 표정을 기대하며 레아를 바라봤지만, 레아는 무심하게 몸을 돌렸다.

점심시간에는 레아와 아비가 테이블에 합석하려는 플로라를 가로막았다. 레아는 쳐다보지도 않고 말했다.

"미안, 자리 있어."

"빈자리잖아."

구내식당에 있는 아이들 전부가 이쪽을 보고 있는 것 같았다.

"맡아놓은 거라고."

플로라가 투명 인간이라도 된 듯, 레아는 초점 없는 눈으로 한 번 쓱 쳐다보며 말했다. 몇 마디 더 이어졌지만 플로라는 꼼짝도 않고 서 있었다. 새뮤얼 브릭스가 등에 멘 가방으로 플로라를 거칠게 치며 지나갔고, 마크 윌리엄스도 밀치고 지나갔다. 도무지 먹을 수 없을 것 같았지만 플로라는 샌드위치를 챙겨 운동장으로 나갔다. 수치심 속에서 퇴장하는 자신의 모습을 모두가 쳐다보고 있는 것만 같았다.

스냅챗 댓글 사태를 알게 된 다음 날, 변덕스럽게도 레아한테 메시지가 왔다. '미안'도 없이, 플로라를 무시한 일을 후회한다는 의미의 이모티콘도 없이. 왜 그런 게시물을 올려 댓글 사태를 일으켰는지에 대한 설명은커녕, 플로라가 댓글을 봤는지에 대해 아예 관심이 없었다. 그저 수학 숙제를 좀 봐도 되겠냐는 뜻으로 "가능?"이라고만 보냈다. ("좀 베껴도 될까?"라고 솔직하게 물은 적이 없다.)

"사실 나도 안 했는데."

플로라는 이렇게 말했지만 거짓말이었다. 플로라는 늘 숙제를 하는 아이였고, 그 사실은 레아도 안다. 플로라는 과제물을 제출하고 자리로 돌아오는 내내 레아의 시선을 느꼈다.

이후로 레아는 이틀 동안 말을 걸지 않았지만 금요일에는 다시 알은척을 했고, 잠시나마 플로라는 무리와 함께할 수 있었다. 일시적인 합류였다. 레아는 우정 부스러기만으로도 만족하며 관계를 이어갈 의사가 있는 에비, 케이트와 대화를 더 많이 나눴고, 플로라는 자신의 위치가 위태로움을, 곧 이 무리에서 떨어져 나갈 것임을 인정했다.

이런 식의 우정을 인정하는 자신이 싫었지만 달리 무슨 선택 권이 있을까? 자신이 괴짜일지 모른다고 생각한 적은 있지만, 그 렇다고 정말로 괴짜처럼 혼자서 운동장을 돌아다닐 수도 없는 노릇이었다.

"레아랑은 괜찮은 거지?"

지난주에 엄마가 물었다. 캐럴라인이 무슨 이야기라도 한 걸 까? 자신이 울고 있었다는 걸 눈치챈 캐럴라인에게만 알렸다는 데 죄책감을 느꼈다. 캐럴라인은 덜 바쁘니까, 늘 곁에 있으니까, 이야기를 하는 것이 좀 더 쉽긴 했다.

엄마에게는 어떤 이야기도 털어놓을 수가 없었다. 엄마는 하 원의원을 그만두고 플로라가 어렸을 때의 생활로 돌아가는 것이 더는 가능하지 않다는 점을 분명히 밝혔다. 또한 플로라의 친구 관계가 지금껏 그랬듯 끈끈하다고 믿었다.

때문에 엄마가 친구들 이야기를 꺼내면 플로라는 항상 미소를 지었다. 레아는 늘 마음에 든다거나―"성격은 좀 세지만 재밌는 아이잖아."―케이트는 믿을 수 있는 아이라고 말할 때도.

플로라는 엄마가 듣고 싶어 하는 이야기를 들려주었다.

9

2021년 10월 7일

엠마

Twitter Thread

BrizzleBert @BB1457433

페미니스트 괴물 @엠마웹스터의원이 죽은 창녀를 보호하고 싶다는데.

Andy Madeley @madmancunian

누구보다 걔네 마음을 잘 이해할걸. 😑😑😑

BrizzleBert @BB1457433

내 말이. 웃겨 죽음.

Dick Penny @EnglandRules

그 여자가 헤픈 년들을 보호하는 법안에 매달리는 이유가 있을 거야.

Andy Madeley @madmancunian

그년 완전 추잡할걸.

오전 6시 50분. 나는 지하 주방에 서서 아침 첫 차를 마시며 서서히 밝아오는 하늘 아래 비에 젖어 번들거리는 노면을 응시하고 있었다.

옛날에 이곳은 하녀와 요리사의 공간이었을 것이다. 조지 왕조 시대 상인들이 모여 그날그날의 일을 논의한 층고 높은 환한 방의 아래층. 지금은 이 지하실이 집의 중심 역할을 하고 있었다. 바닥부터 천장까지 꽉 메운 벽장들, 필수품인 아일랜드 식탁, 식사할 때보다 업무용으로 더 많이 쓰는 2미터짜리 오크 테이블. 테이블 너머에 있는 프렌치 도어를 열고 나가면 안마당 정원이 나온다. 거기엔 물 주는 것을 다들 깜빡한 화분들이 방치되어 있고, 전망이라고는 거대한 고층 건물 두 개뿐이다. 그 건물들이 주는 위압감 때문에, 날이 좋은 저녁이라도 정원으로 나가 부서지기 직전의 정원용 테이블에 앉아 있는 일은 거의 없었다.

지상 쪽은 세 개 층으로 나눠져 있어 각자 자신만의 공간을 가질 수 있었다. 제일 위층에 사는 줄리아는 화장실과 침실, 최고의 전망을 누렸다. 2층에는 클레어가 지내고, 내가 사는 1층에는 침실 또는 옷방이라고 할 수 있는 작은 여분의 공간이 있어 아주 드물지만 플로라가 자고 갈 때 사용했다. 지하실이 유일한 공용 공간이었다. 흩어졌던 셋이 뭉쳐 고상하게 페퍼민트 차를 마시고, 힘든 한 주를 보낼 때는 와인 한잔을 마시며 근황을 나누는 장소였다. 우리는—주로 클레어와 나는—이곳에서 소문을 주고받고, 모의를 하고, 세상을 바로잡기 위한 대화를 나누며 왜 우리가 이 직업을 택했는지 서로에게 상기시켰다. 서른두 살의 정책통 남자친구가 자신과의 미래와 자녀 계획을 그리고 있을지, 그와 끝내야 할지 아니면 커리어를 포기해야 할지 고민이 많은 클레어에게 조언을 해주는 공간이기도 했다.

이런 아이러니가 좋았다. 서로의 방에 잠깐 들를 수 있음에도 실용적이고도 은밀한 이 공간으로 모여드는 것이. 과거 이 지하 주방에서 일했던 여성들의 망령이, 늘 여성이었던 그 일꾼들의 망령이 어디서나 느껴지는 듯했다. 너무 망상 같다면, 이곳의 분위기가 포근하다는 정도로 말하겠다. 이 케닝턴 집은 진짜 내 집이 아니기에 일부러 침실을 간소하게 유지했다. 철제 침대 하나, 안 보이게 정리한 옷들, 플로라가 열 살 때 찍은 흑백 사진 하나가 다였다. 수녀의 방처럼 소박하고 깔끔한 공간으로, 놀이가 아니라 노동의 공간으로 삼는 것이 옳게 느껴졌다. 하지만 우리도 긴장을 풀 장소가 필요했고, 그러기엔 주방이 알맞았다. 염산 테러 협박 편지 이후 주방 창문에는 창살이, 뒷문에는 추가 잠금장치가 설치되긴 했지만.

하지만 오늘 아침에는 지하 주방에서 긴장을 풀 수 있을 것 같지가 않았다. 잠을 유난히도 설쳤다. 그 문자가—**미친년, 너 내가 지켜보고 있어**—머릿속에서 계속 재생되었다. 금이 간 휴대폰 화면만 봐도 현관문을 쾅 닫고 들어오자마자 받은 그 문자가 떠올랐다. 누가 내 개인 휴대폰 번호를 알아내 그런 문자를 보낸 거지? 그것도 선불 폰으로? (경찰이 선불 폰을 추적할 수 없다는 사실은 나도 알고 있었다.) 어젯밤 늦게 알 수 없는 번호는 차단되게 설정을 바꿨지만 연락이 닿아야 하는 업무용 휴대폰은 그럴 수 없었다. 의지가 충만한 사람이라면 어떻게 해서든 그런 메시지를 계속해서 보낼 터였다.

아삼 차 한 모금을 후룩 넘겼다. 센 블랙커피 전에 마시는 첫 차였다. 동이 트고 있는지 하늘은 플라밍고 핑크빛이 섞인 희미한 파란색을 띠고 있었다. 하루 중 내가 가장 좋아하는 시간임을 애써 떠올렸다. 하우스메이트들이 깨는 7시가 되기 한 시간 전인 이때가 평화와 고요가 보장되는 시간이었다. 주로 전날 발표된 장관 성명서를 읽으며 보냈고, 플로라 걱정을 할 때도 많았다. 하지만 오늘은 그 문자에, 자전거로 퇴근하던 길에 나를 향해 사악한 미소를 짓던 철없는 사내아이에 대한 공포감에 사로잡혀 있었다.

우연이었을 것이다. 그 아이 그리고 그 문자는. 더는 생각하지 말아야 한다. 회의장에서 에이미 사건을 발언한 일로 촉발된 지나친 욕설들, 나를 **정확히** 어떻게 해야 한다고 자세히도 나열한, 물밀듯이 쏟아진 트윗들도. 마음을 집중시키는 데 뉴스가 도움이 될지도 몰랐다. 라디오를 켜자 둔탁한 소음과 함께 전기가 나갔다. 짜증스러울 정도로 자주 벌어지는 일이었다. 집주인의 보수 계획에는 전기 배선 전면 공사는 포함되어 있지 않았다. 여러 기기의 플러그를 다 뽑고, 1층 계단 아래에 있는 두꺼비집을 향해 터덜터덜 걸음을 옮겼다.

전기가 다시 들어온 후, 라디오를 켜자 BBC 라디오 채널 4의 「투데이」가 방송되고 있었다. 익숙한 목소리가 들리자 선득한 기운이 꼬리뼈에서 내장 깊은 곳까지 나를 관통했다. 몸이 떨리기 시작했다. 그 남자다. 그 망할 남자 마커스 제이미슨. 유니버시티 칼리지 런던의 정치학 교수지만, 논란 많은 시사평론가이자 극우주의 신문사 칼럼니스트로 잘 알려진 인물. 미디어에 주기적으로 등장해 한바탕 분란을 일으키며 여론을 이끄는 데 능한 인간.

"문제는 워크(woke: 인종, 성별, 페미니즘, LGBT 등 다양한 차별이나 불공정 문제에 깨어 있는 것—옮긴이) 로비 활동이⋯⋯."

그는 비웃음을 흘리며 말을 이었다.

"이제는 의회 의제를 지배하고 있다는 겁니다. 평범한 중산층의 중년 백인 남성은 목소리를 내지 못할 정도로요."

"하지만 당연하게도⋯⋯."

이렇게 입을 뗀 진행자의 말을 마커스가 잘랐다. 브라이턴 대학에서 내 정치학 교수였을 당시 익혔던, 런던 토박이 억양을 흉내 낸 부드럽고 세련된 말투는 지금은 자취를 감춘 상태였다. 특권을 누리는 남성이 된 그가 더는 가식을 떨 필요가 없어졌기 때문이다.

"지금 이 주제는 토론의 여지가 없습니다. 세상 물정 모르고 정의만 외치는 여리디 여린 눈송이들 밭이 되어, 이제는 여성을 칭찬하면 포식자로 보이고 누군가의 성별에 의문을 갖기만 해도 트랜스포비아가 됩니다."

아, 정말. 독창적인 구석조차 없는 인물이었다. 그를 좀 닥치게 하려고 볼륨 다이얼을 돌려대자 틱 소리가 나며 조용해졌다.

그 남자는 항상 내 안에서 최악을 이끌어냈다. 어쩔 수 없이 4년 전 그와 나눈 마지막 대화가 떠올랐다. 음흉한 웃음기가 어린 목소리, 거기에 담긴 분명한 멸시. 그가 내 교수였고 나는 수업을 따라가지 못하던 학생이었을 때와 조금도 달라지지 않은, 그의 쪽으로 단호하게 기운 권력의 추. 엿이나 먹길. 그를, 그 남자아이를, 트위터 악플러들을 떨치고 중요한 문제에 집중해야 했다. 숟가락으로 커피 가루를 떠서 포트에 넣은 다음 레인지에 올리며, 프레야를 가장 잘 도울 수 있는 방법을 찾는 데 집중했다.

2주 전 처음 그녀를 만났을 때로 돌아갔다. 카일에게 보잘것없는 형이 선고된 지 일주일이 된 때였다. 그녀는 어깨를 떨군채 초등학교 교실에 앉아 있었다. 분노에 떨던 그녀는 이내 슬픔에 잠식되었다. 처음에는 자신의 감정을 표현할 길이 없다는 듯 속삭여서, 그 스무 살 여성의 말을 알아들을 수가 없었다. 하지만 이후 그녀는 이해할 수 없는 것들에 대한 이야기를 봇물처럼 터뜨렸다. 그녀는 카일이라는 남자에게만 분노하는 것이 아니었다. 동생은 그를 고발하면 또다시 수치스러운 일을 겪어야 함을 알고는 죽음을 택할 수밖에 없었다. 프레야는 동생을 그렇게 몰아간 시스템에도 분노했다.

"동생은 계속 살아갈 수가 없었어요. 동생의 상사도 봤고, 아버지도 봤으니까요. 여기요, 제가 보여드릴게요."

"괜찮아요. 그럴 필요 없어요."

하지만 프레야는 휴대폰 속 동영상을 눌렀다.

"그 남자가 동생에게 **어떤 짓**을 했는지 의원님이 아셨으면 좋겠어요. 왜 동생이 그토록 수치스러워했는지를요."

깜빡이던 화면에 갑자기 남성의 성기를 입안에 밀어 넣은 여성의 정수리가 등장했다. 위에서 촬영된 영상 속 여자는 움직임을 멈추고 수줍게 웃었다. 녹화가 되고 있다는 것, 그리고 이런 행동을 해야 한다는 것 자체를 어색해했다. 어느 순간 여자는 자신의 연인을 올려다봤고, 바로 그 눈빛에 내 가슴이 찢어졌다. 내가 잘하고 있는 거야? 이렇게 말하는 표정이었다. 당신 믿어도 되는 거지? 비웃지 않을 거지? 내가 비슷한 눈빛을 했던 때가 떠올라 몸서리쳐졌다. 상대를 기쁘게 하는 것이 내게 세상에서 가장 중요한 문제였던, 오래전 그때가 떠올랐다.

"네, 충분히 본 것 같군요."

헛기침을 하고 노트들을 정리하기 시작했다.

"좀 더 보셔야 해요. 이 남자가 뭐라고 하는지 들으셔야 해요."

프레야는 물러서지 않았다.

"정말 괜찮아요. 더는 볼 필요 없어요."

나는 단호하게 말했고 그녀는 혼란스러워했다.

"하지만 보셔야만 해요. 이 남자의 표정도 보고 제 동생에게 하는 말을 들어야 한다고요."

"나중에요. 오늘은 충분히 봤습니다. 끔찍한 영상이에요."

나는 프레야를 달래려 했다.

"동생분이 얼마나 참담한 심정이었을지 짐작이 가요. 얼마나 큰 배신감을 느꼈을지가요."

"그 새끼. 그 나쁜 새끼. 그 사람이 제 동생 인생을 망가뜨렸어요. 동생 목숨을 앗아가놓고, 교도소에도 안 간다고요."

프레야는 떨고 있었다. 나는 공포에 기습당한 상태였지만, 프레야는 공포가 아닌 분노에 깡마른 몸을 떨고 있었다.

"우리가 할 수 있는 게 아무것도 없어요."

그녀는 자신의 말이 틀렸다고 반박해달라는 표정으로 계속 말을 이어갔다. 그 순간 나는 선택에 직면해 있음을 깨달았다. 안타까운 마음을 전하되, 법을 바꾸기 위해 할 수 있는 일은 거의 없다고 이야기할 수도 있었다. 아니면 내가 나서볼 수 있는 사안이라고 약속할 수도 있었다. 하원의원으로서 내 존재를 정의할 무언가가 될 수도 있지만, 더욱 중요하게는 사회를 조금이나마 바꿀 일이 될 수도 있었다. 카일 그리핀 같은 인간들이 제대로 된 벌을 받도록 말이다. 섣불리 사적인 영상을 인터넷에 올리기 전에 한번쯤 망설이도록, 훨씬 강화된 징역형을 마련할 수도 있었다.

7시 10분. 9시에 프레야에게 전화를 걸 생각이었다. 마이크의 동료와 인터뷰하는 게 진심으로 괜찮은 건지 확인하려고. 프레야가 너무 선뜻 수락한 건 아닐까? 의심스러운 생각이 눈에 들어간 모래알처럼 자꾸 나를 괴롭혔다.

"그리고 『크로니클』과 이야기할 의향 있어요?"

어젯밤 장관과 만나게 될 거라는 이야기를 전한 후, 프레야에게 물었다.

"마이크 스톡스는 좋은 사람이에요. 그렇지 않다면 제가 이런 이야기를 꺼내지도 않았을 거예요."

무자비하기로 소문난 특집 기사 전문 기자인 제니 콜린스에 대한 꺼림칙함은 언급하지 않았다.

"엄마, 아빠 이야기만 나오지 않는다면 괜찮아요."

잠시 말을 멈춘 그녀는 그 어느 때보다 단호한 어조로, 확신에 가득 찬 목소리로 이렇게 말했다.

"에이미를 위해서 해야만 하는 일이에요."

10

리벤지 포르노에 희생당한 피해자 언니의 슬픔

제니 콜린스

에이미 존스가 언니 프레야에게 마지막으로 한 말은 사랑한다는 말이었다. 프레야는 놀랐다.

"우리 가족은 애정 표현을 많이 하지 않아요. 자매 사이에도 그런 말은 안 했어요."

부모님과 함께 사는 깔끔한 2가구 단독주택에서 만난 그녀는 이렇게 말했다.

한 시간 후, 그녀는 열여덟 살 동생이 왜 그런 말을 했는지 알게 되었다. 차고 문을 열려고 아무리 밀어도 문이 열리지 않았다.

동생은 그곳에서 목을 맸다.

"제 자신을 절대로 용서할 수 없을 거예요."

이제 스무 살인 프레야는 눈물이 가득 맺힌 눈으로 말했다.

"절망적인 상황이라는 건 알았지만, 동생이 다른 방법이 없다고 생각했을 줄은 몰랐어요."

비난의 대상은 비단 자신만이 아니다. 그녀가 가장 크게 분노하는 대상은 카일 그리핀이다. 에이미의 전 남자친구인 그는 에이미의 성행위 영상을 그녀의 부모님과 직장 상사, 동료들에게 보내고 소셜 미디어에도 올렸다. 그가 그렇게 동생을 죽음으로 몰았다고 프레야는 설명했다. 지난달, 카일은 유죄 관결을 받고 고작 사회봉사 150시간을 선고받았다.

"에이미가 감당하기 어려운 상황이었어요."

마이크는 『크로니클』 한 부를 책상 위로 던졌다. 그의 사무실은 국회의사당 로비 복도 안쪽에 있었다. 양면에 걸친 기사는 슬픔과 분노가 적절하게 뒤섞인 표정의 프레야 사진으로 완성되었다. 프레야에게 이 신문을 전해줘야 했다. 운이 좋았던 건지 판단력이 좋았던 건지는 몰라도, 그녀는 딱 필요한 만큼의 역할을 정확하게 해주었다.

데스크는 흥분 상태였다. 독점 기사가 부족하다고 몇 달간 싫

은 소리를 해대던 뉴스 편집자는 전화를 건 마이크에게 거친 목
소리로 내질렀다.

"잘했어. 이런 것 좀 더 가져와!"

그의 입장에서는 충분히 할 수 있는 말로, 마이크로서는 따를
수밖에 없었다. 저널리즘이 쇠퇴해가는 상황에서 글쟁이는 누구
나—경험과 감을 갖춘 정치부 기자라 해도—마지막으로 보도한
기사로만 평가받는 시대였다. 젊은 피들이 개떼처럼 바짝 뒤쫓
고 있는 만큼, 그는 독점 기사를 더 많이 가져와야 했다.

정신을 좀 차리려는 듯 그는 한 손으로 얼굴을 쓸어내렸다. 그
는 이 기사에 대단한 공이 없었다. 보도자료로 손에 쥐어졌을 뿐
아니라 회의장에서 발표되고 중계까지 된 건이었다. 하지만 그
의 인맥이 아니었다면 잘해야 단신 뉴스로 그쳤을 것이다. 인간
적인 요소들이—프레야의 슬픔, 카일이 배포한 영상에서는 찾아
볼 수 없는, 신부 들러리를 선 사진 속 열네 살 에이미의 수줍은
모습—이 기사를 널리 회자되게 하는 힘이었다. 또한 그가 엠마
를 설득하지 못했다면 프레야에게 접근할 기회가 없었을 것이
다. 엠마는 『가디언』의 에스더 엔필드에게 연락했을 것이고, 동
정심을 유발하는 기사를 경멸하는 전통 언론사의 특성상 이 이
야기는 버려졌을 것이다. 잘해야 6면 하단 기사로 났을까.

그는 엠마에게 고맙다는 인사와 더불어, 커피 한잔하며 앞으
로 이 기사를 어떻게 끌고 갈지 상의하자고 문자를 보냈다. 답장
은 금방 올 것 같았다. 그녀는 에이미 사건에 의욕이 넘쳤다. 매
스컴의 관심도 좋아하겠지만—마이크는 잡지 표지에서 턱을 든

그녀의 사진에 주목했다―무엇보다 큰 동기가 있었다. 그녀는 그 어느 때보다 매력적인 자신감을 풍겼다. 신념의 정치인, 이것이 그녀의 정체성이었고 이를 더욱 환기시킬 기회였다. 요즘 시대엔 보기 드문 종류의 정치인이었다.

"멋진 작품이었어요, 빅 보이."

『크로니클』 정치부 막내인 가이 블랙이 비좁은 사무실로 불쑥 들어와 춤추듯 우아한 몸놀림으로 의자에 가방을 휙 던지고는, 옷걸이에 재킷을 거는 동시에 책상에 테이크아웃 커피 두 잔을 내려놓았다.

"고마워."

마이크는 마법처럼 등장한 커피를 향해 고갯짓을 했다. 그는 포트컬리스 하우스의 커피가 과대평가되어 있다고 여겼고, 맛이 강한 피지 팁스 차를 선호했다. 하지만 사립학교와 옥스브리지(옥스퍼드와 케임브리지, 두 명문대를 일컫는 혼성어―옮긴이) 출신의 신문사 수습 직원 가이가 뜨거운 물이 담긴 머그잔에 티백을 우려 마시는 모습은 본 적이 없었다. 가이는 돈이 남아도는 것처럼 보였다.

마이크는 자세를 고쳐 앉았다. '빅 보이'라는 호칭이 자신의 체격 때문은 아니라 생각했고, 자신의 잠자리 테크닉을 두고 한 말도 아니길 바랐다. 20개월 전 아내 리암과 사별한 후 누구도 만나지 않았다. 새로운 관계를 고려하는 것보다 신경 쓰지 않으면 사라질 위기에 처한 커리어에 집중하는 편이 훨씬 쉬웠다. 이 닉네임은 그러니까 사무실 내 마이크의 위치를 뜻하는 것이었다. 다만 사냥개 품종인 래브라도 리트리버 새끼처럼 열정적인 데다 교양 있는 스물네 살 청년 가이가, 언젠가 그의 자리를 수월하게 대체할 것임은 의심의 여지가 없었다. 영리한 가이는 빠르게 적응하고 있었다. 말할 때면 특이한 성문 폐쇄음이 자주 들렸고, 고등학교 때 했던 럭비가 아닌 축구 관련 인용구를 언급했으며, 장관 보좌관들과 자주 대화를 나눴다. 사무실에서도 다들 가이를 좋아했다. 『크로니클』은 노동자계급의 유산을 자랑스러워하고 다양성을 옹호한다면서도, 내심 상류층을 흠모했다.

"프레야 존스가……"

가이가 붙임성 있게 말문을 열자 마이크는 서둘러 말했다.

"내 거야, 가이."

조금만 틈을 보이면 덥석 물어갈 게 뻔했다.

"알겠어요, 주장."

수습 직원은 아이폰 11과 커피 외에는 아무것도 없는 책상 아래로 긴 팔과 다리를 밀어 넣었다. 반면 마이크의 책상은 종이 뭉치와 기자 수첩들, 뚜껑 없는 펜들, 어제 먹은 차 찌꺼기가 바닥에 붙어 있고 우유 거품이 굳어 있는 머그잔까지 난장판이었다.

마이크는 신선한 커피를 입술에 댔다. 가이에게 모나게 군 것이 걸렸다. 그는 가이의 멘토가 되어야 할 사람이었다. 이 건방진 인간에게 도움이 필요할 거라는 생각 자체가 우스웠지만. 관계가 틀어지게 놔두기에는 사무실이 너무 좁기도 했고 건너편을 흘낏 보니 가이는 지하철을 타고 오는 동안 혹시 놓친 이야기가 있는지 『가디언』의 정치 블로그와 트위터를 훑고 있었다. 가이가 열정이 넘친다는 점은 그도 인정했다. 아니면 열정이 넘치는 사람처럼 보이는 법을 잘 알거나.

"그냥 하는 말인데, 네가 데스크라면 이제 에이미 존스에 대한 어떤 기사를 보고 싶을 것 같아?"

마이크가 물었다.

"글쎄요……."

가이가 의자에 몸을 기대고는 양손을 머리 뒤에 괴었다. 바짓단이 위로 들리자 상류층 양말과 상류층 발목이 드러났다.

"카일에 대한 새로운 추문이 없다면……"

마이크는 손을 내저으며 가이의 말을 일축했다.

"그건 다른 사람이 알아볼 거야. 제보도 올 거고.『레코드』가 아니라 우리한테 오길 바라야지. 분명 다른 여자가 있었겠지. 그 추잡한 짓거리로 망가진 또 다른 인생이."

"네."

마이크의 기세에 가이는 좀 놀란 듯 보였다.

"그런 게 아니라면, 저는 에이미 법 캠페인에 힘이 실릴 만한 구체적인 무언가를 원할 것 같아요. 장관 인터뷰 같은 거요."

"그런 일은 없을 거고……."

리처드 칼슨은『타임스』의 진중한 토요 인터뷰 같은 쪽을 선호했다.

"그럼 에이미 부모님의 비통함?"

"좋아. 하지만 현재로선 아무 말도 하지 않으려고 해. 뭐라 할 수만은 없는 일이지. 어떤 아버지가 딸이 오럴하는 영상을 시청한 소감을 말하겠어? 제니라도 밀어붙이지 못할걸."

"그럼 제일 센 인맥을 동원해보세요."

가이가 음흉하게 웃었다.

"기자님의 MPILF."

"진정 좀 하지."

"진정이 아니라 참담하네요."

마이크의 직속 부하인, 서른두 살의 영리하고 성실한 레이철 마틴이 사무실로 들어왔다. 연예부에서 정치부로 옮긴 그녀는 미모와 주눅 들지 않는 성격이라는 환상적인 조합을 갖춘 인물이었다.

"죄송해요, 레이철."

가이는 머리로 날아올 손길을 예상하며 고개를 수그렸다.

"안타깝지만 맞는 말이긴 하죠."

그녀는 가이에게 눈길조차 주지 않은 채 그의 옆, 제일 끝 자리로 쏙 들어갔다. 부산하게 업무를 시작한 그녀는 서류 더미를 한쪽으로 밀어내고 리모컨을 눌렀다. 화면이 깜빡이다 독약 같은 초록색 바탕 위로 '개회 전'이라는 문구가 떴다. 사무실이 갑자기 바쁘게 돌아가는 듯했고, 마이크는 자신이 너무 늘어져 있었음을 깨달았다.

"엠마 웹스터는 마이크의 비밀 병기죠."

레이철은 자신의 상사를 곁눈질하며 한쪽 머리를 귀 뒤로 넘겼다.

"그리고 본인이 그렇게 생각하든 안 하든, 마이크는 엠마 쪽 사람이고요. 우리가 에이미 법을 떠들어댈수록 엠마 웹스터 몸값이 올라갈 테니 그녀는 어떻게든 우리를 도와주려고 할 거예요. 제 말이 맞죠?"

그들이 모두 이의를 제기해도 그녀는 키보드만 타닥거렸다.

"그래서, 엠마를 어디로 데려갈 생각이에요?"

레이철의 질문에 마이크가 답했다.

"부담 없이 이탈리아 음식점으로 갈까 하는데."

레이철이 인상을 찌푸렸다.

"너무 구닥다리예요. 너무 평범하고. 저라면 좀 더 고급 레스토랑으로 갈 것 같은데. 싸구려 데이트 상대가 아니잖아요."

"그녀는 절대 데이트 상대가 아니라고."

"데이트 상대는 아니죠. 하지만 **중요한 인맥**은 맞잖아요."

레이철이 자신의 발언을 수정했다.

"그리고 중요한 인맥은 약간의 돌봄과 대접을 받을 자격이 있어요. 뭔가 특별한 곳, 소호에 있는 레스토랑이면 여기서 좀 떨어져 있으니 서로 조심스러운 분위기도 덜할 거예요. 엠마가 자신을 확 내보일 수 있는 그런 장소로 가는 게……"

"진정 좀 하셔야겠는데요."

주변 사람까지 따라 웃게 만드는 경쾌한 웃음과 함께 가이가 말했다.

"너나 잘해."

레이철은 컵을 들었지만, 가이에게 한마디하느라 컵 테두리에 붉은색 키스 마크만 남겼다.

"내무부 특별 위원회에 참석해야 하지 않아? 위원회 회의실

17호."

가이가 얼굴을 찌푸렸고, 마이크는 컵을 입에 가져다 댄 채 슬쩍 웃었다. 가이는 레이철을 싫어했다. 레이철은 10년간 자기 지위를 이용해 부하 직원들을 톡톡히 부려먹으며 열심히 달려왔고, 가이에게 할애해줄 시간 따위는 없는 사람이었다.

어디선가 마이크 휴대폰의 진동 소리가 울렸다. 어딘가에 갇힌 벌처럼 리드미컬한 진동이었다.

"서류 밑에 있어요."

컴퓨터 화면에 시선을 고정한 채 레이철이 말했다.

마이크는 자기 옆쪽에 쌓인 서류와 보도자료와 명함 더미를 뒤져 휴대폰을 찾았다.

엠마, 그는 낡은 휴대폰을 집으려고 『스탠더드』지를 치우면서 가이를 향해 입모양으로 말했다.

"의원님 귀가 간지러웠을 것 같은데요."

동료들을 등진 채 전화기에 대고 말하는 자신의 목소리가 이상할 정도로 친밀하다는 것을, 마이크는 자각하고 있었다.

가이와 레이철은 웃음을 참다가 이상한 콧방귀 소리까지 냈다. 마이크는 그런 나지막한 비웃음을 뒤로한 채 자리에서 벌떡 일어나 복도로 나갔다.

11

2021년 10월 8일
플로라

안녕. 너 몇 번 봤는데.

플로라는 처음에는 스냅챗 메시지를 무시했고, 모르는 남자 메시지라서 지우려고 했다. 하지만 먼저 프로필 사진을 확인했다.

제이크 커민스.

설마, 11학년인 그 제이크 커민스? 밴드에서 색소폰을 불다가 별로 멋지지 않다는 이유로 그만둔 아이였다.

그의 스냅챗 스토리들을 클릭하며 마주한 사진 한 장은, 플로라의 기억처럼 그가 멋지다는 것을 확인시켰다. 큰 키에 멋진 속눈썹, 깨끗한 피부까지. 남자애들이 하는 전형적인 포즈를 취하고 있었다. 한 손을 턱에 괸 모습은 세상 모든 것을 조롱하는 듯 보였다. 기울어진 고개가, 과장된 포즈가 그런 분위기를 암시했다(영어 시간에 선생님이 암시에 대해 설명했었다). 쓸쓸한 클래런던 필터도 한몫했다.

친구들 때문에 힘든 시간을 겪는 것 같아 유감이야.

손을 데인 것처럼 휴대폰을 침대로 떨어뜨렸다. 어떻게 알았지? 구내식당에서 있었던 일을 본 걸까? 아니면 인스타에서 @Freeeeee-akyasF 계정을 본 걸까? 이 계정이 레아의 최근 '장난'이었다. 플로라에게 호의적이지 않은 사진들이 게시되어 있지만 정작 플로라 본인은 편집할 수 없는 계정. 이중 턱 얼굴, 구부정한 자세, 이상한 표정을 짓는 얼굴. 사진 찍는 것을 싫어하기에 항상 카메라 앞에 서면 어색했다. 필터 때문에 더 이상해진 그 사진들 앞에서 다들 망설이지 않고 댓글을 달았다. 병신. 개병신. 별종.

이 남자애가 지금 놀리는 걸까? 플로라에게 잔인하게 굴 이유는 전혀 없지만.

괜찮아, 이렇게 남기고는 상대방이 메시지를 입력 중일 때 나오는 점들을 바라보며 그의 답을 기다렸다.

그가 곧장 답했다.

걔네 때문에 우울해하지 마.

어떻게 지내?

그럭저럭.

애들이 여전히 괴롭히는구나.

응.

나한테는 털어놔도 되는데.

플로라는 잠시 주저했다.

뭐 별거 없는데. 👩

레아가 사흘째 말을 걸지 않아서 케이트와 에비, 아비도 플로
라를 무시하는 중이었다. 오늘 저녁 플로라는 자해를 하려 했었
다. 주방에서 챙긴 채소용 칼을 들고 화장실에 앉아 칼날을 허벅
지 안쪽에 가져다 대고는, 연약한 피부를 한번 그으면 달콤한 해
방감을 맛볼 수 있겠지, 생각했다. 하지만 그때 캐럴라인이 문을
두드리며 괜찮은지 물었고, 플로라는 수건 속에 칼을 숨겼다가
나중에 주방에 가져다놓았다. 플로라는 의지력이 없는 편이
었다.

딩, 소리와 함께 어리둥절한 표정의 이모티콘이 왔고, 물음표
도 뒤따랐다.

이 남자애에게 더 말해야 할까? 위험을 무릅쓰고 솔직해져
볼까?

밤 10시 15분, 늦은 시간이었다. 자신의 방에 있는 플로라는
마음이 편안해졌다. 침대 맡 램프가 따뜻한 온기로 포근히 감싸
주었고, 제이크는 진심으로 자신에게 관심이 있는 것 같았다. 학
교에서 알은척하지 않는 것은 좀 슬펐지만, 사실 남자들은 진짜
특별한 사이가 아니면 그러는 편이니까.

솔직히 걔 어떻게 생각하는데?

말 안 할 거지?

플로라는 확인하듯 이렇게 물었다.

😐 걔네랑 어울리기에는 네가 너무 똑똑해. 🧑🧑 솔직히 말해서,

난 이해가 안 돼. 너 예쁘거든.

플로라는 어떻게 답해야 할지 망설였다.

난 내가 싫어.

? 😟

애들이 날 정말 싫어해. 날 꼬챙이라고 불러. 본 적 있지 않아?

응. 😟😟 나랑 이야기하면 되지.

제이크를 믿다간 자칫 위험해질 수도 있다는 걸 알면서도, 플로라는 누군가에게 터놓고 이야기하며 안도감을 느끼고 싶었다. 그래서 자신의 심정을 길게 이야기하기 시작했다. 제이크는 들어주고 용기를 주었다.

걔가 널 싫어하는 것 같아?

그런 것 같지만, 막상 인정하려니 망설여졌다.

응.

아직도 걔가 네 평생 베프야?

이번에는 망설이지 않았다. 😏을 보낸 뒤 이렇게 적었다.

전혀. 절대 아냐.

진짜 속마음을 고백해도 될까 잠시 고민했다. 안 될 건 또 뭔가? 제이크는 레아와 잘 모르는 사이니까, 그가 레아에게 말할 일은 없었다. 플로라가 말했다.

나는 걔 정말 싫어.

이후로 메시지를 주고받는 일이 잦아졌다. 이성 간 대화 같은 느낌은 오가지 않았고, 플로라는—제이크를 향한 뜨거운 마음을 감당할 수 없었던 플로라는 묘한 위안을 느끼며—그가 사실 게이인 것은 아닐까 생각했다.

플로라에게 달리 털어놓을 상대가 있는 것도 아니었다. 친구들은 일주일째 말을 걸지 않았고, 그런 냉담함은 같은 학년 전체로 전염되었다. 다들 플로라를 꼬챙이라고 불렀다. 말라비틀어진, 감정이 없는, **생명이 없는**(영어 선생님이라면 이렇게 표현했을 것이다), 개에게 던져줄 무언가. 불에 탈 무언가.

케이트와 에비는 혼란스러워 보일 때도 있었다. 본인들의 행동이 잔인하다는 걸 알고 있는 듯 어쩔 줄 몰라 하는 모습이었다. 플로라는 그들은 비난하지 않았다. 적자생존의 현실이었다. 플로라 웹스터가 대화할 가치가 없는 상대라고 레아 스미스가 정했다면 당연히 다들 따라야 했다. 플로라는 레아가 화장품을 훔칠 때 자신이 어떻게 반응했는지를 계속 떠올렸다.

"그러지 마, 레아. 어리석은 짓 하지 마."

자신이 못마땅해한다는 걸 왜 숨기지 못했을까? 왜 표정을 조금이라도 감추지 못했을까?

플로라는 잘못 대처했고, 이것이 그 결과였다. 그나마 제이크에게는 털어놓을 수 있었다. 그나마 그의 메시지가 플로라의 삶을 조금 괜찮게 만들어주었다.

유독 힘든 하루를 보낸 플로라는 고마워, 라고 스냅챗 메시지를 보냈다. 영어 시간에 이런 일이 있었기 때문이다. 플로라가 선생님 질문에 답을 하자, 레아가 눈을 굴리더니 중얼거렸다.

"강간당하고 싶어 난리네, 아주."

"지금 뭐라고 했지?"

선생님이 물었다.

"아무것도 아니에요."

레아가 툴툴대듯 답했다. 하지만 플로라는 레아가 분명히 그렇게 말했다고 확신했다.

뭐가 고마워?

제이크의 답이 도착했다. 플로라는 심호흡을 했다. 실제로는 입 밖으로 낼 용기가 없는 말들을 메시지로는 할 수 있었다. 엄마라면 이것이 바로 소셜 미디어의 위험이라고 말했을 터였다.

그 미친년을 견딜 수 있게 도와줘서.

*

그러고는 모든 것이 무너져 내렸다.

"그러니까, 내가 미친년이라는 거지?"

다음 날이었다. 레아는 옆에 찰리 모리스를 끼고 여자 화장실 출입구에 서 있었다.

"뭐라고?"

플로라는 얼굴을 찡그렸지만 당황하지는 않았다. 이미 느낌이

왔다.

"나는 그런 말 한 적……"

"내가 미친년이라며. 네가 그런 말 쓰는 거 엄마도 알고 계시니? 그리 바람직하지가 않은데? 하원의원 딸이 엄마의 지역구민에게 그런 식으로 말하다니. 하기야 너는 예전부터 네가 우리보다 잘났다고 생각했지."

"지금 무슨 소리를 하는 거야?"

레아와 찰리가 세면대들이 늘어선 공간으로 들어와 문으로 향하는 길을 막아섰다. 플로라는 아는 척할 가치도 없는 인간이라는 듯, 찰리는 플로라 쪽으로 턱짓만 했다.

"미안하지만, 무슨 소리인지 모르겠어."

"아니, 잘 알고 있는 것 같은데."

레아는 이런 소식을 전하는 게 하나도 즐겁지 않다는 듯, 지겹다는 말투로 말했다. 레아가 잠깐 말을 멈춘 사이, 플로라의 속은 타들어가는 것만 같았다.

"고마워. 그 미친년을 견딜 수 있게 도와줘서. 제이크가 꽤나 착했지. 지금껏 네가 징징대는 소리를 다 들어줬으니."

"무슨 말을 하는지 모르겠어."

플로라는 다시 한번 반복해서 말했다. 당연하게도, 그가 레아에게 말했을 리 없으니까.

"이러지 좀 말자."

찰리 모리스가 억지웃음을 터뜨렸다.

"정말로 제이크 커민스가 너한테 관심이 있다고 생각한 건 아니지?"

플로라의 귀에 수도꼭지에서 똑똑 물이 떨어지는 리드미컬한 소리와 찰리가 느리게 껌을 짝짝 씹는 소리가 들렸다. 크로스컨트리 경기를 하고 있는 것처럼 쿵쿵대는 심장 소리, 그에 맞춰 거세게 쉭 피가 돌며 머리가 지끈하는 소리도. 지난 몇 주간 의지했던 한 가지 확실한 진실이 사라져버리자, 그 빈자리로 자기혐오가 빠르게 찾아들었다.

"나, 나는……"

"걔가 널 좋아하는 줄 알았구나?"

아이 다루듯 레아가 물었다.

"하!"

레아의 웃음소리가 화장실 곳곳을 울렸다.

"걔는 관심도 없어."

"하지만 걔가……"

"너랑 스냅챗에서 채팅했다고? 너 정말 귀엽다. 인터넷에서는 보이는 대로 믿어선 안 되는 거 몰랐어?"

플로라는 어떻게 답해야 할지 몰랐다. 얼굴이 새빨갛게 달아오른 것이 느껴졌다.

찰리가 덧붙였다.

"특히나 사람을 사진만 보고 믿어선 안 된다고. 제이크 커민스 같은 애들 얼굴이 붙어 있다면 더욱."

"몸도 마찬가지고."

레아가 끼어들었다.

찰리는 본인이 직접 그런 일을 겪어봤다는 듯 느릿하게 "그렇지"라고 말했다. 그런 뒤 멋쩍은지 시선을 피하고는 자기 손톱을 들여다봤다.

레아가 플로라를 향해 자신감 넘치는 시선을 던졌다.

"너무 걱정하지 말고. 남자애들이야 많은데 뭘. 그저 제이크 급이 아닐 뿐이지."

주먹을 날리고 싶을 정도로, 레아는 너무도 크고 과장되게 호들갑스러운 웃음을 터뜨렸다. 레아 머리로 주먹을 날려 금이 간 세면대에 처박히게 만들고 싶었다.

"하지만 앞으로는 남자애들이랑 말할 때 입조심하라고. 알았지?"

12

2021년 11월 17일

엠마

당당한 '언피씨(un-pc)' 그룹(왓츠앱)

@BarnabyMilesMP

세상에, 그 여자 너무 신성한 척 군다니까.

@TristramSaleMP

그래도 섹시하잖아? 특히나 잘난 맛에 취해 있을 때는.

@PJacksonMP

오늘 밤에는 축배를 들겠네.

@TristramSaleMP

뭐야, 뭐 아는 거 있어?

@PJacksonMP

어디서 들었는데 오늘 약속이 있으시다네. 그리 건전하지 않은 상대랑.

@BarnabyMilesMP

추잡한 년. 오늘 재미 좀 보겠는데.

"여기 자주 와요?"

나중에 우리 둘 사이가 어디서부터 어긋난 건가 되짚어봤을 때, 이때 내 말투가 잘못된 것이었나 싶었다. 어둑한 테이블에 자리한 후 툭 내뱉은 이 말이, 시작부터 잘못된 인상을 심어줬던 걸까.

마이크의 뺨 위쪽이 연한 핑크빛으로 물들었다. 순간, 어려 보였다. 사실 꽤 잘생긴 남자였다. 정치부 기자로 매일같이 시달리는 근심이 지워진 듯한 얼굴이었다. 그의 정체성이 한 겹 벗겨져 있었다.

"미안해요. 평범한 점심 한 끼를 하기에는 웨스트민스터에서 거리가 좀 있는 곳이라는 뜻으로 한 말이에요."

물론 이때는 저녁 식사였지만, 당황한 나는 이렇게 말하고는 덧붙였다.

"전 여기 처음 와봐요."

국회의사당에서 1.6킬로미터 이상 떨어진 곳으로 향한다는 사실을 택시 안에서 알게 되었다. 소호 중심에 자리한 작은 골목 안쪽, 촛불을 밝힌 이곳은 다른 세계 같았다. 슈트를 입은 남성 종업원들, 새하얀 테이블보, 성 입구처럼 위에서 내려오는 쇠창살문이 덜컹이는 소리, 어항 모양 좌석 덕분에 원할 때만 다른 사람들에게 얼굴을 노출할 수 있는 것까지.

짙은 목재 테이블과 제각각인 의자가 마련된 이 18세기 타운 하우스는 비밀스러운 공간이었다. 거래가 오가고, 클라이언트를 설득하고, 정사가 시작되는. 메뉴판의 굴 요리를 의식하지 않을 수 없었다. 트러플도. 15년 전 플로라를 임신했을 때 휴가를 보낸 이탈리아에서 먹은 것이 마지막이었다. 나는 습관처럼 다리를 꼬았다. 오늘 저녁에는 트러플을 먹지 않을 생각이었다.

"웨스트민스터 근처 식당들은 밀실 공포증이 느껴질 정도라서 오늘처럼 벗어나보는 것도 좋겠더라고요. 런던에 좋은 곳이 많다는 걸 이렇게 깨닫는 거죠. 게다가 여기 음식도 괜찮아요. 제가 신세 졌잖아요."

"아, 전혀요."

그가 내게 신세 진 것은 없었다. 그 점을 명확히 해야 할 것 같았다.

"저는 그렇게 생각합니다. 우리 지금 이거 축하하는 자리 맞죠?"

조심스럽게 주변을 서성이던 젊은 웨이트리스가 때맞춰 다가왔다.

"샴페인으로 시작할까요?"

"샴페인 사회주의자로 매도할 건 아니죠?"

나는 이 말을 뱉자마자 후회했다.

"우리가 이제 그런 사이는 지나지 않았나요?"

그는 내 말에 놀란 기색을 보이며 유감스러운 미소를 짓고는 말을 이었다.

"엠마, 정말 큰 신세 졌어요. 덕분에 간신히 퇴사를 면했어요."

"정말요?"

"뭐, 정말 그렇다는 소리는 아니고."

그가 어깨를 으쓱했다.

"하지만 데스크가 좀 몰아세우긴 했죠. 닦달하자고 들면 꽤 무자비하게 굴거든요. 그러니, 한잔해야죠? 전 마시겠습니다. 우리가 그 정도 자격은 있는 것 같아요."

그가 유혹하는 듯한 눈빛을 보냈다.

"아, 그럼, 그렇게 하죠."

긴장을 좀 풀어야 할 것 같기도 했고, 우리에게 그 정도 자격은 있다는 그의 말이 맞기도 했다. 뿐만 아니라 힘든 하루를 보낸 뒤였다. 사이먼 백스터의 끔찍한 이메일을 읽고도 경찰에 신고하지 않은 게 너무 순진한 처세였나 싶었다. 물론 구체적으로 두려워할 만한 일은 없었지만, 위협을 느낀 것만으로 불안해졌다. 이후에 업무용 휴대폰으로 들어온 익명의 문자는—너무 승리감에 취해 있지는 말고—내 유명세가 커지는 것을 거슬려 하는 의원이 보낸 것일 수도 있지만, 어쨌거나 협박으로 읽힐 수밖에 없었다. 화이트홀에서 열리는 회의에 참석하기 위해 그레이트

조지 스트리트를 건너려고 기다리던 중에도, 그 일들에 정신이 팔려 있었던 모양이다. 보행자 한 명이 나를 옆으로 밀어냈다. 신호를 무시하고 달려오는 자전거가 있었기 때문이다. 빠르게 지나치는 그 자전거를 보며, 일부러 나를 치려 했다는 생각을 애써 떨쳐내야 했다.

이런 이유로 저녁 약속을 취소하고 싶은 마음도 있었다. 하지만 함께 일하기 시작했을 때부터 마이크가 식사 한번 하자고 했었고, 오늘이 아니면 다시 약속을 잡아야 한다는 부담감도 느꼈다. 게다가 우리가 축하할 만한 일을 함께한 것도 사실이었다. 우리로 인해 법이 바뀌었으니까! 에이미 법 캠페인 덕분에 다른 성범죄 피해자들과 더불어 리벤지 포르노 피해자들 또한 자동적으로 익명이 보장되도록, 온라인 피해 법안이 개정된 것이다. 형량 또한 과학기술법 위반이 아니라 성범죄를 적용해 달라질 예정이었다. 카일 그리핀은 구금형을 모면했지만—우리의 기사 덕분에 나타나기 시작한 전 여자친구들에게도 그런 범죄를 저질렀는지 경찰이 조사 중이다— 미래의 카일은 최대 7년형이 기대된다.

금세 나온 샴페인은 내 바람처럼 산뜻하고, 드라이하고, 차갑고, 감미로웠다. 여덟 시간 동안 아무것도 먹지 못한 상태라 취기가 곧장 오르는 것 같았다.

맞은편에 앉은 마이크는 미소를 짓고 있었다. 지난 몇 주간 연락을 자주 했다. 잠깐 커피 한잔하고 간단한 통화나 하는 식이 아니라 문자로 모의를 하고, 뉴스 기사가 나오거나 회의가 끝날 때마다 서로에게 보고해 진행 상황을 확인했으며, 압박을 높일 다른 방법이 떠오르면 밤 9시에도 이메일을 주고받았다. 장관이 더 빨리 움직이도록 힘을 합치는 동료가 생긴 기분이었다. 그와 협력하는 것이 즐거웠고, 그와 그의 신문사가 내 생각에 힘을 실어주며 칭찬해주는 말들도 좋았다. 서로를 향한 신뢰와 호의는 에이미 사건뿐 아니라 점점 더 자주 마주치게 되는 일상적인 여성 혐오를 해소시켜주는 힘이 되었다(내가 에이미를 언급한 날 이후로 트위터에서 나를 향한 강간 협박이 급격히 늘었다. 그렇다. 무슨 비겁한 중독자처럼, 나는 가끔씩 인터넷을 염탐했다). 회의장에서 계속 야유를 받음에도 불구하고, 자전거로 퇴근할 때나 모욕적인 문자가 올 때마다(이제 모욕적인 문자는 업무용 휴대폰으로만 왔다) 흠칫함에도 불구하고, 괜찮은 남자도 있다는 것을 마이크가 상기시켜주었다.

그는 말을 멈추고는 이상할 정도로 친밀한 눈빛을 보내며 나를 향해 미소 지었다. 와인 한 병이 3분의 2쯤 비워지고 있었다. 따뜻해지는 기분을, 누군가의 애정을 받는다는 익숙지 않은 기분을 느꼈다.

"에이미를 위하여."

그가 잔을 들며 말했다.

"에이미를 위하여."

조금 정신이 든 나도 곧장 외쳤다.

"그리고 프레야를 위하여."

"프레야를 위하여."

"그리고 엠마를 위하여. 정말 잘해줬어요."

"네."

좀 불편했지만 칭찬을 받아들여야 했다. 나 스스로를 낮추는, 지극히 영국인스럽고 상당히 여성스러운 행동을 보여선 안 되었다.

"우리가 함께 멋지게 해낸 거죠."

나는 그의 말에 수긍했다. 그의 말이 진심이라고 마음 깊은 곳에서 느끼고 있었으니까.

"우리가 정말 가치 있는 일을 한 거예요. 삶에서 다른 실수들을 바로잡는 것도 이 정도로만 쉽다면 얼마나 좋을까요."

시간이 한참 흐른 후에, 내가 왜 이런 말을 했는지 생각해보았다. 왜 내가 정치적인 사이에서 그보다 좀 더 친밀한 관계로 선을 넘은 걸까. 의도적으로 그랬던 걸까, 아니면 당시 스스로에게 말했듯 그저 실수였던 걸까. 모든 것이 달라진 후, 내가 되돌아볼 순간 중 하나가 바로 이때였다. 인맥이나 동료가 아니라, 진짜 친구로 대화를 시작한 순간이었다.

"그러니까요."

슬쩍 넘어가려 했는데, 자신도 수많은 실수를 저질렀다고 그가 말했다. 마이크는 양손으로 얼굴을 쓸어내렸다. 전남편 데이비드가 코를 만지는 것과 비슷한 느낌이었지만, 사랑스러워 보였다.

"미안해요. 이런 이야기는 들을 필요 없는데."

그가 말했다.

"해보세요."

내 실수를 말하기보다 다른 사람 실수를 듣는 쪽이 편했다. 알고 보니 그는 자신의 잘못으로 삶이 망가진 것이 아니었다. 사별을 한 것이었다. 그가 일전에 리암이란 이름을 언급했을 때, 나처럼 커리어를 중시하는 태도가 결혼 생활에 피해를 줘 이혼한 것으로 짐작했었다. 하지만 그의 아내는 뒤늦게 발견된 대장암으로 2년 전 세상을 떠났다고 했다. 그렇게 마이크의 12년 결혼 생활이 끝난 것이다.

아내에 대한 이야기를 하며 두 사람이 어떻게 만났는지를 떠올리는 마이크의 얼굴이 아련해졌다. 신문사 교열 기자였던 그녀는 그의 원고를 손봐주었고, 글 잘 쓰는 법도 가르쳐주었다. 아내가 자신의 일중독 성향과 한 번씩 욱하는 성질을 참아주었다며 그는 자조적인 미소를 지었다. 그 미소가, 크고 분명하게 울린 경고의 종소리를 희미하게 퇴색시켰다. 그리고 아내가 안식년과 커리어 전환을 계획하던 시기에 병세가 나타났다.

"무척 창의적인 사람이었어요. 주얼리를 만들었는데, 실력이 점점 더 좋아지고 있었죠. 이거 보세요."

마이크는 오른팔을 내밀어 복잡한 켈트 문양 반지를 보여주었다. 아무 생각 없이 그의 손을 잡은 나는 그의 약지에 끼워진, 그녀가 엮은 순금 반지를 손을 뒤집어가며 감상했다. 정교한 공예품이었다. 그의 손바닥은 건조했고, 손가락은 따뜻했다. 조금 당황한 채로 그의 손을 놓기 전, 그의 얼굴에서 슬픔과 자부심, 그리고 한 남자의 진정한 사랑을 읽었다. 다른 기색도 스쳤다. 화제를 바꿔야 한다고 생각하는 듯했다.

"아이는요?"

"사별한 아내 사이에서는 없어요."

그는 이렇게 말하고는 살짝 표정을 찌푸렸다.

"아들 조시가 있어요. 열여섯 살이죠. 엄마, 새아빠와 함께 미들즈브러에서 살아요. 아이가 어렸을 때 첫 아내 캐스와 이혼했어요. 물론 아들을 사랑하지만, 딱히 가깝다고 말하진 못하겠네요. 제가 그리 잘하지 못했던 거겠죠? 오스카 와일드라면 아마도 불찰이라고 표현했겠죠? 아내 한 명이 아니라 둘을, 게다가 실질적으로 아들까지 잃었으니……."

마이크는 아들과 멀어지게 된 이야기를 시작했다. 어렸을 때는 자주 봤지만 어느새 2주에 한 번만 만나는 아빠가 되었단다. 만나는 날엔 아이를 축구장에 데려가는데, 자신이 없는 토요일엔 새아빠 맷이 그 역할을 한다고 했다. 그뿐만 아니라 학부모 상담과 축구 훈련, 그리고 그 사이에 있는 모든 경기에도 맷이 참석한단다. 처음 아빠가 됐을 땐 이렇게 발을 반만 걸친 양육자가 될 줄은 몰랐을 것이다. 그럼에도 그는 순전히 자기 탓이라고 말했다. 그의 직업이 모든 걸 소모시켰고, 그는 균형을 잘 잡지 못했다. 320킬로미터 떨어진 곳에서 동생들과 여자친구를 챙기고 사교 활동도 하는 조시가, 이제는 자신을 필요로 하지 않음을 그는 알고 있었다. 일주일에 한 번씩 하는 통화를 끝낼 때면, 아들의 목소리에서 안도감이 느껴진다고 했다. 그리고 DNA 절반을 주었지만 자신의 책임을 다하지 않은 남자를 향한 의무감도. 그는 고블릿 잔에 담긴 레드 와인을 비워냈다.

"때가 되면 아이가 저랑 같이 시간을 보내고 싶어 하기를 바랄 뿐이죠."

"물론 그럴 거예요."

나는 조시가 여전히 아빠와 통화를 하는 것은 긍정적인 신호라고 말했다. 내색하진 않아도 아빠와 함께 축구장까지 가는 길, 아빠와 나누는 문자, 이메일 모두 고맙게 여길 거라고.

"표현하지 않을 수도 있지만, 아이들은 항상 부모가 곁에 있어 주길 바라요."

부모보다는 교사 경험에서 나온 말이었다. 이렇게 말하고 나니 플로라에 대한 걱정을 털어놓고 싶었다.

"이 이야기는 공개하지 않는 겁니다."

내가 확인시키자, 그는 적당히 받아 넘겼다.

"그건 더 말할 필요 없을 것 같은데요. 한 병 더 주문할까요?"

금세 와인 한 병이 나왔다.

"딸이 제게 거리를 두는 게 낯설게 느껴져요. 제가 함께하지 않아 멀어진 걸까요? 월요일 아침부터 목요일 밤까지는 아이를 만나지 않아서?"

플로라는 아빠 집이 학교와 더 가까워서 주중에는 그 집에 있는 편을 선호했고, 그러다 보니 실제로는 금요일까지 얼굴을 보지 못할 때도 많았다.

"아니면 아이가 10대라 그런 걸까요? 열네 살이거든요. 물론 아이가 항상 어디서 뭘 하고 있는지 제가 알아야 할 이유는 없죠. 그런 건 괜찮아요. 다만 예전과 달라졌다는 게 신경이 쓰여요. 불과 1년 전만 해도 안 이랬거든요. 아이를 불안하게 하는 무슨 문제가 있는 건지 걱정돼요. 자기 방에서 인터넷을 할 때가 많아요. 늘 인터넷으로 공부를 한다고 생각했는데, 그게 아닌 것 같아요."

"그루밍(성인이 성적 착취·학대 목적으로 미성년자와 신뢰를 쌓는 것―옮긴이)을 당하고 있을까 봐 걱정하는 건 아니죠?"

"아뇨, 그건 아니에요. 분별력이 뛰어난 아이에요. 아이 아빠와 제가 그런 문제는 단단히 주입시켰거든요. 남자친구가 있을 수는 있겠죠. 하지만 공부를 열심히 하는 편이에요. 중등교육자격시험 준비를 시작해서 과제가 정말 많아요."

"학교에서 괴롭힘을 당하는 건 아니고요?"

"아니요. 사이가 아주 끈끈한 친구들이 몇 명 있어요. 그저 아이가 어딘가에 정신이 쏠려 있는데 제게 말을 못 하는 것 같아서 조바심이 나는 거예요. 신경이 쓰여서요……."

메인 코스가 나왔다. 나는 농어 요리를, 그는 오리 요리를 먹었다. 맛이 어떤지 음미하지도 않고 먹었다. 아이 이야기를 하우스메이트들에게는 하지 않았다. 클레어는 아이를 간절히 바라지만 어쨌거나 둘 다 아이가 없는데, 그런 그들 앞에서 아이 이야기를 길게 늘어놓는 건 무례한 짓 같아서. 마이크는 대화하기 편한 상대였다. 기자라서 그런 거라고 생각했다. 그가 질문을 하면 대답하지 않을 수가 없었다.

"미안해요. 좀 우울한 이야기였네요."

배가 좀 차고 나자 그에게 이렇게 말했고, 그는 와인을 더 따랐다. 취하는 것이 마땅히 해야 할 일처럼 느껴졌다. 우리는 더는 직업적 성공을 축하하는 것이 아니라, 부모로서의 결함을 공유하고 있었다.

"대화 주제 좀 바꿀까요?"

"좋아요."

"그럼…… 왜 하원의원이 된 건가요?"

"아, 좋은 질문이네요!"

내가 가르치던 여학생 하나가 영양실조라는 걸 알게 된 이야기를 해주었다. 겨울 코트가 없던 남학생들 이야기도. 그리고 내 아버지와 그가 내게 가졌던 높은 기대치에 대해서도 털어놨다. 어떤 일이든 도전해봐야 한다고 엄마보다 더욱 나를 다그쳤으며, 항상 옳은 일을 하려고 노력해야 한다고 말씀하셨다고. 마흔이 가까워지자 아버지 말씀대로 살지 않으면, 나를 괴롭혔던 사회적 불평등을 바로잡으려는 **시도**조차 하지 않으면, 더는 기회가 없을지 모른다는 두려움이 생겼다고.

"미안해요. 이번엔 좀 무거운 이야기였네요. 대화 주제 좀 바꿀까요?"

나는 민망한 웃음을 지으며 말을 이었다.

"초콜릿 토르테, 아니면 티라미수?"

"다른 선택지도 있죠. 브랜디?"

"퇴폐적이네요."

"아니면 토르테와 커피를 시켜도 되고요."

"그리고 브랜디 두 잔도?"

"뭐, 안 될 거 없죠."

이런 식으로 우리는, 진심 어린 대화에서 다정하게 소호 골목 거닐기로 넘어간 걸까? 입안에서 커피와 초콜릿 토르테와 브랜디 맛이 느껴졌다. 몇 년 동안 이렇게 무모해진 적은 없었다. 문득 젊은 시절의 내가 그리워져 미소를 지었다. 당연하게 여기던 젊음을 더 누리며, 더 많은 것을 경험했어야 했다. 내 자존감을 갈기갈기 찢어놓은 나이 많은 남자와 얽히지만 않았더라면 그럴 수 있었으리라.

어느 순간 나는 마이크의 팔짱을 끼고 아까보다 더 고요해진 소호 골목을 걷고 있었다. 그의 팔 윗부분이 내 왼쪽 가슴에 닿자, 감미롭고도 아슬아슬한 분위기로 변했다. 아까 우리 옆 테이블에 이제 막 데이트를 시작한 것으로 보이는 젊은 연인이 있었다. 여자가 머리를 만지작거리다가 남자의 뺨에서 무언가를 털어내자, 그들의 대화엔 기대감이 가득 찼다. 마이크가 옥스퍼드 스트리트의 좁은 골목길에서 나를 향해 고개를 돌리는 순간, 나도 그 연인과 같은 감정을 느끼고 싶다는 걸 깨달았다. 달콤한 무언가를 기대하며, 그 가능성을 즐기고 싶었다. 방치된 중년의 몸에 충격을 주고 싶었다. 그래도 되지 않을까? 그 결정적인 순간에―머지않아 후회하게 될 순간, 공판이 이어지는 내내 사무칠 그 순간에― 나는 그를 믿고 말았다.

"어디 다른 데 갈래요?"

내가 물었다.

13

2021년 11월 18일
엠마

처음에는 여기가 어딘지 종잡을 수가 없었다. 방이 너무 어두웠다. 완전히 닫히지 않은 묵직한 커튼 틈 사이로 빛 한 줄기가 새어 들어왔다. 매트리스는 너무 푹신했고, 베개들이 과할 정도로 많아서 몸을 일으키기가 어려웠다. 머리는 둘로 쪼개진 듯, 관자놀이 안에 칼날이 박힌 듯 욱신거렸다. 조금만 고개를 돌려도 아팠다. 편두통인가? 입안에선 쥐라도 잡아먹은 것 같은 맛이 났고, 이내 끔찍한 숙취임을 깨달았다. 충분히 막을 수 있었던 일인 만큼 엄청난 수치심이 밀려들었다.

이런 경험을 마지막으로 한 게 족히 20년은 더 된 것 같았지만 그럼에도 기억하고 있었다. 잠재의식 깊은 곳에서 술 한 병을 사면 한 병을 더 주는 학생의 밤이 떠올랐다. 하우스 음악 소리, 테킬라, 구토 뒤에 입안에 느껴지던 시큼함, 다시는 그렇게 마시지 않겠던 다짐도.

하지만 다시 이 꼴이었다. 물과 두통약, 어쩌면 탄수화물도 필요했다. 속에서 음식을 갈구했고, 음식을 떠올리는 것만으로도 꼬르륵 소리가 났다. 땀과 수치심을 씻어낼 샤워도 필요했다. 내 몸에서 나는 듯한 악취도 씻어내야 했다. 어쩌면 내게서 나는 게 아닐지 모르는 사향 냄새도 느껴졌다. 흙 향, 성적인 향, 남성의 향이.

침대 옆자리에 웬 남자가 있었다. 엎드려 누운 몸의 형태를 보며 상황을 깨닫는 동시에, 간밤의 기억들이 맞춰야 할 직소 퍼즐 조각처럼 흩어져 떠올랐다. 그러다 구역질이 올라온 나는 취기와 믿기지 않는 현실에 비틀대며 화장실로 향했다.

변기 뚜껑을 닫고 수돗물을 들이켠 뒤 얼굴에 물을 끼얹었다. 몸에서는 여전히 냄새가 났지만 아직은 샤워를 할 수 있을 것 같지 않았다. 낡고 얄팍한 수건을 몸에 둘러 가슴과 배, 그리고 허벅지까지 간신히 가렸다. 스커트와 블라우스는 우리 둘 중 누가 던져버린 그대로 어두운 색 더러운 카펫 위에 널려 있었다. 조용히 움직이면, 화장실에 갇혀 어쩔 줄 몰라 하는 일 없이 옷을 회수할 수 있을 것 같았다.

화장실에서 나오니 여전히 남자는 곤히 잠들어 있었다. 코로 숨을 뱉으며 작게 코고는 소리가 들렸다. 등에는 털이 없었고, 내 쪽으로 향해 있는 그의 얼굴은 잔뜩 구겨져 있었다. 섹스는— 이제는 어젯밤 일이 꽤 많이 떠올랐다—놀랄 정도로 좋았다. 내 본능이 옳았다. 어쩌면 누군가의 손길을 받아본 것이 너무 오랜 만이라 좋았다고 생각하는 건지 몰라도. 이혼에 따른 불가피한 결과라고 생각했던 섹스 없는 생활은 얼마 지나지 않아 의도적인 선택이 되었다. 이성 관계를 생각할 여유가 없었고, 원나이트 스탠드는 예전부터 그리 매력적으로 느껴지지 않았다. 그 오랜 척박한 세월 때문에 너무 취하고, 감각이 고조되고, 몸짓은 **간절**해졌던 걸까?

하지만 그건 아니었다. 좋은 섹스와 나쁜 섹스를 구분하지 못할 만큼 감을 잃지는 않았다. 몇몇 이미지가 연달아 스쳐 지나갔다. 그의 입, 눈, 허벅지, 손, 어깨, 등, 입술. 내 입술에서 얼얼함이 느껴졌고, 잠깐 동안 그의 에너지와 힘, 움켜쥔 손을 가만히 떠올렸다.

몸서리가 쳐졌다. 배에서 시작된 소름이 가슴으로 퍼져나가는 것을 느끼며 바닥으로 손을 휘저어 옷가지를 집고 팬티를 찾았다. 팬티는 말려 올라간 채로 침대 끝에 던져져 있었다. 팬티스타킹과 브래지어는 어디에도 보이질 않았다. 샤워부터 하면 된다. 일단 옷을 반이라도 챙겨 입고 나서 나머지를 발견할 수 있기만 바랐다. 전혀 웃긴 상황이 아닌데도 잠시나마 너무도 재밌게 느껴졌다. 타블로이드 신문 기자와 잤다니. 그러고는 무슨 명함마냥 속옷을 남겨두고 갈 생각을 하다니. 증거처럼. 마치 자기파괴적인 구석이 있는 사람처럼 말이다.

섹스가 좋았다는 것도, 서로 합의하에 벌어진 일이라는 것도, 이 모든 일을 내가 시작했다는 것도, 옥스퍼드 스트리트의 럭셔리 인이라는 어울리지 않는 이름의(실용적이고, 별 특색이 없으며, 가격은 적당하나 로맨틱하지 않은) 숙박업소에 들어가자고 내가 제안했다는 것도 신경 쓰지 말자. 그에 앞서 상점 문에서 문으로 몸을 숨기며 절박한 10대들처럼 서로의 몸을 밀어붙였던 것도, 내가 밤에는 절대로 진입하지 않을 좁은 골목길을 찾아 들어가 서로를 움켜잡았던 것도 말이다. 나는 그를 원했다. 그의 입에서 전해지는 맛과 누군가의 품 안에 갇혀 있는 느낌 이상으로, 해서는 안 되는 퇴폐적인 짓을 하고 있다는, 현실에서 완전히 동떨어진 짓을 하고 있다는 자각 이상으로 그를 원했다. 이 남자를 알고 싶었다. 나를 뜨겁게 바라보는 그를 지켜보고 싶었으며, 완전히 발가벗고 나면 저녁 식사 때 느꼈던 그 감정이 더 발전할 수 있을지, 확대될 수 있을지 알고 싶었다.

그를 클리버 광장 집으로 데려가 줄리아의 평가를 견디는 일은—클레어는 괜찮다고 여길 터였다—결코 선택지에 없었다. 그의 집으로 가는 것도 마찬가지였다. 택시 운전사나 그 외 다른 사람이 나를 알아볼까 봐—나는 평가받는 두려움 속에서 사니까—그런 것이 아니라, 그의 집에 도착하기 전에 내가 정신을 차릴 것 같아서였다. 그런 일이 가능하려면 욕구가 즉각적이고 강렬해야 했다. 나의 목, 입술, 가슴에 닿던 그의 입술. 노골적인 눈빛. 순수하게 정제된 욕망. 내가 싸구려 문을 쾅 닫고 1분도 채 지나지 않아, 그는 내 안에 들어와 있었다.

내가 그토록 빨리 흥분할 수 있어서, 그를 그토록 완벽하게 흥분시킬 수 있어서 대단히 기뻤던 게 떠올라 옷을 입던 손길이 멈칫했다. **자만이 몰락을 부른다.** 하지만 잠들어 있는 줄 알았던 내 일부가 깨어났다는 데 무척 안도했다. 내 화장실에 있는 난초에 의례적으로 물을 주니 버석하게 마른 줄기에서 갑자기 꽃이 피어난 것과 비슷했다.

이제부터 우리 사이에는 그 기억이 자리할 것이다. 서로의 발가벗은 몸뿐 아니라—그는 내 허벅지 안쪽에 미세하게 남은 튼살을 봤고, 나는 그의 성기가 왼쪽으로 휘어 있는 것을 봤다—우리가 가장 적나라했던 순간을 기억할 것이다. 이 일을 빌미로 나를 모함하지는 않겠지만—그가 일에서만큼은 인정사정없다 해도 쓰레기는 아니었다—그런 내 모습을 알고 있으니, 혼잡한 로비에서 눈이 마주친다면 그가 능글맞게 웃을까 봐 두려울 것이다. 그는 내가 절정에 이르는 모습을 봤다. 그가 나를 절정에 이르게 했다. 신음 소리를, 몸을 떨며 내지르는 비명을 들었다. 내가 기억의 문을 쾅 닫아버리기 직전에 눈을 가늘게 뜬 그의 표정이 머릿속을 가득 메웠다. 또 할 기회가 있을까? 정말 너무나도 좋았고, 그가 마음에 들었다. 그가 진심으로 좋았다. 하지만 나는 타블로이드지 글쟁이는커녕 그 누구와도 관계를 맺을 시간이 없는데, 그가 무슨 수로 내 삶에 적응하겠는가. 이 일을 좋은 경험으로 남겨두고 온전히 일로만 만나는 사이로 되돌아가는 것이, 안타깝지만 현명한 처사였다.

그가 알아채기 전에 사라지는 편이 최선일 것 같았다. 라디오 시계를 보니 5시 37분이었다. 그나 하우스메이트들이 깨기 전에 케닝턴에 도착할 수 있을 것이다. 화장실 문을 닫고는 엉킨 머리에 싸구려 샴푸를 비비고, 양팔 아래와 가슴 아래와 다리 사이에 비누칠을 하며 급히 샤워를 했다. 미지근한 물이 닿자 피부가 얼얼했다. 몸을 말리는 동안 사타구니가 아팠다. 내 행동이 프로답지 못하고 천박했다고, 내면의 목소리가 따끔하게 외쳤다. 한심한 창녀, 트위터 악플러들이 떠들어댈 터였다. 성적 해방, 이라고 작은 목소리가 답했다.

피부에 아직 물기가 남아 있었지만 옷을 입었다. 팬티스타킹과 치마는 하원의원이 입을 만했으나 브래지어 없이 걸친 실크 블라우스는 아니었다. 잠시나마 짜릿하게도 음탕한 기분이 들었다. 축축한 가슴에 밀착된 천 위로 어두운 유두가 도드라졌고, 머리는 흐트러져 있었으며, 입술은 그의 까칠한 수염에 부어올라 있었다. 샤워와 술, 그리고 수면 부족으로 피부가 발그레하게 상기되어 있었다. 재즈 가사처럼 말하자면, 밤새 사랑을 나눈 사람처럼 보였다. 하지만 마스카라가 번진 얼굴은 행복해 보이지 않고, 어딘가 망가진 것처럼 보였다. 그리고 굉장히 긴장돼 보였다.

애인을 두고 몰래 나가는 게 처음이라 쉽지가 않았다. 이불 아래를 손으로 이리저리 훑으며 브래지어를 찾다가, 이내 무릎을 꿇고 앉아 브래지어 후크가 손에 닿길 바라며 바닥을 더듬거렸다. 아무것도 보이지 않는 상태에서 가방 안으로 손이 들어갔고, 손가락에 휴대폰이 닿았다. 음식점에서 설정을 방해 금지 모드로 바꿨다는 걸 까맣게 잊고 있었다. 휴대폰을 확인하니, 부재중 전화 세 통과 플로라와 데이비드에게서 온 문자 네 개가 보였다. 무언가 단단히 잘못됐다는 섬뜩한 확신에, 문자들을 확인했다.

데이비드: 전화 좀 줘. 플로라 일이야.

데이비드: 가능한 한 빨리 전화 줘. 중요한 문제야.

데이비드: 엠마, 늦은 시간에 미안한데, 제발 전화 좀 부탁해.

플로라: 엄마, 정말 죄송해요. 제가 끔찍한 짓을 저질렀지만 아빠가 생각하는 그런 건 아니에요.

데이비드가 남긴 음성 메시지 두 개도 있었다. 나중에 온 음성 메시지를 재생하며, 그의 목소리가 새어나가지 않도록 휴대폰을 귀에 바짝 댔다.

"엠마, 아까 문자도 보냈는데, 아무리 늦어도 상관없으니 전화 좀 줘."

전남편 목소리는 사무적이었지만, 마지막에 살짝 올라간 것이 패닉에 빠졌음을 드러냈다. 무엇 때문인지 두려워하고 있었다. 이런 목소리는 들어본 적 없었다.

해진 카펫 위에 쭈그리고 앉아야 명확하게 생각할 수 있을 것만 같아서, 그 자세로 꼼짝도 하지 않았다. 마지막 문자가 들어온 시간이 새벽 1시였고, 몇 통의 전화가 잦아든 것은 12시 50분이었다. 채 다섯 시간도 지나지 않았다. 두 사람은 내 침묵 속에 방치되었다. 케닝턴 집에 있었다면 당연히 연락을 받았을 것이다. 침대 옆에서 휴대폰이 충전되고 있었을 테니. 여기서 휴대폰은 스웨이드 가방 안에 박혀 있었고, 나는 다른 데 정신이 팔려 있었다. 하원의원이 되고 플로라와 떨어져 산 지 4년 만에 딱 하루 잠들기 전 휴대폰을 확인하지 못한 것인데, 하필 이런 일이.

"세상에, 컨디션이 말이 아니네요."

마이크가 일어나 한쪽 팔꿈치로 몸을 지탱한 채, 손으로 이마를 움켜쥐었다. 그는 조금씩 정신을 차리기 시작했고, 내가 옷을 다 입은 채로 카펫 위를 손톱으로 할퀴고 있음을 깨달았다.

"뭐하고 있어요? 침대로 와요."

"가야 해요."

나는 일어서려고 하다가 비틀거렸다.

"간다고요?"

그는 당황스러운 얼굴을 했다. 잠기운에 유순하던 얼굴이 상황을 깨닫기 시작하며 날카로워졌다.

"몰래 가려 했어요?"

"정말 미안해요. 일이 좀 생겼어요. 어제는 즐거웠어요."

순간 내가 지금 무례한 말을, 우리 둘 다 분명 느꼈던 육체적 정서적 유대감이 조금도 느껴지지 않는 말을 하고 있음을 깨닫고는 말을 멈췄다.

"그게 아니라, 그 이상이었어요. 정말 좋았어요……."

사실이었고, 내가 다른 삶을 살고 있다면 다시 경험할 수 있기를 바랄 정도라고 새삼 생각했다. 갈등에 빠진 채로 침대 위, 그의 옆에 앉았다. 그를 만지고 싶었다.

"하지만 실수였던 것 같아요."

그의 얼굴이 굳었고, 실망감과 불신이 또렷하게 전해졌다.

"잘 처신해주리라 믿어도 되죠?"

믿을 수가 없다는 듯 그는 목소리를 높였다.

"무슨 **계략** 같은 게 아니었어요……."

"아니죠. 그건 알아요."

"저기…… 너무 이른 시간이잖아요."

자세를 바로잡은 그는 이마를 문질렀다.

"컨디션이 엉망이네요. 당신도 그래요?"

"전 괜찮아요."

생각과 다른 말투가 나왔다. 너무 딱딱했다.

"난 다른 뜻이 아니라……"

"미안하지만 가봐야 해요. 플로라에게 연락해봐야 해요……."

"무슨 일 있어요?"

"애한테 일이 생겼어요."

자리에서 일어난 나는 이런 대화를 나눌 시간이 없는데 이러고 있는 것이 짜증스러웠다. 패닉에 빠진 목소리가 나왔다.

"플로라가 계속 문자를 보냈어요. 정말 가봐야 해요……."

"그래요. 전화할게요."

"아니요. 제가 할게요."

이 일의 주도권은 내가 잡아야 했다.

"그리고 부탁인데."

내 말투는 매몰찼다. 권위적이면서도 약간 신경질적이었다.

"부탁이니 플로라에 대한 이야기는 전부 잊어줄래요?"

방이 어두웠음에도, 내가 그에게 상처를 줬다는 걸 알아볼 수 있었다. 그의 얼굴이 몰라볼 정도로 굳었다. 물론 앞으로 마주하게 될 얼굴도 이럴 테지만. 그의 어깨에 손을 올렸다. 어떻게든 상황을 바로잡아보려 하는 본능이었다. 하지만 그는 토라진 아이처럼 어깨를 비틀며 내 손을 떨궜다. 그러거나 말거나. 그의 에고는 내 우선 사항이 아니었다.

"그냥 나란 사람을 잊어요. 이제 가야 해요. 아이에게 무슨 일이 생겼는지 확인해야 해요."

14

2021년 11월 17일
플로라

두 시간 연속 체육이었다. 그 첫 시간. 플로라는 예전부터 체육 시간이 싫었다. 운동 자체가 싫은 건 아니었다. 애들이 전부 보는 앞에서 옷을 갈아입는 것이 싫었다.

괴롭힘을 당하기 전에도 그랬다. 플로라는 구석으로 가 굽은 등만 노출되도록 옷걸이를 마주하고는, 복잡한 동작으로 교복 셔츠를 벗고 체육복 셔츠를 입었다. 누가 흘낏이라도 작은 가슴을 보지 못하도록 신속하게 움직였다. 그럼에도 레아는 굴하지 않고 빈정거렸다.

"사춘기가 뭔지는 알아, 셀러리?"

"브래지어는 뭐 하러 입는지 모르겠네."

"생리를 안 하면 얼마나 이상할까."

농담하듯 항상 웃음을 터뜨리며 말하곤 했다. 말 속에 담긴 악의를 무마하려고. 플로라가 어떻게 나오든 과민 반응이라 일축하려고. 플로라를 혼자 오버하는 사람으로 보이게 만들려고.

괴롭힘이 시작된 후에는 옷을 갈아입는 모든 과정이 더욱 고통스러워져, 혹독한 고난처럼 느껴졌다. 옷이 사라지는 일이 벌어질 때면, 플로라는 탈의실 중간에 서서 이렇게 물어야 했다.

"누가 내 셔츠 못 봤어? 네 체육 가방에 있는 건 아니지? 한번 봐줄 수 있어?"

그럼 아이들은 느린 속도로 마지못해 몸을 움직이며 플로라에게 멸시 어린 시선을 쏟았고, 옷은 흙 묻은 발자국이 찍힌 채 벤치 아래서 발견되곤 했다. 플로라는 무릎과 손으로 땅을 짚은 채 그걸 주워야 했다.

플로라가 스냅챗 프로필에 속았다는 사실이 알려진 후로 잃어버린 옷을 찾기까지 시간이 더 오래 걸렸다. 때문에 반 아이들이 전부 옷을 갈아입고 난 후에야 사라진 교복 상의와 치마가 우연히 '나타나는' 현상이 벌어졌다. 모든 것이 달라진 그날, 플로라는 5분이나 교복을 찾아 헤맸다. 결국 못 찾아 방과 후에 남아야 하는 벌을 받게 될 상상을 하자 가슴이 죄어드는 것 같았다.

마침내 레아가 플로라를 구원해주었다.

"어머! 이거 찾는 거야?"

한 손에는 치마를, 다른 손에는 상의를 든 레아는 차마 만질 수도 없다는 듯 경멸 어린 표정으로 얼굴을 일그러뜨렸다.

"어디서 찾았어?"

한심한 질문이었다. 레아가 직접 숨긴 바로 그 장소에서 찾았을 테니까. 플로라가 그 사실을 알고 있다는 걸 레아도 알았지만, 그렇다고 플로라가 뭘 어쩌겠는가? 레아는 전혀 당황하지 않고 짓궂은 미소만 보였다. 9학년 때 『파리대왕』을 읽었는데, 과장하고 싶진 않지만 레아의 행동은 잭과 비슷한 면이 있었다. 그럼 플로라는 피기가 되는 건가? 플로라는 자기 연민에 빠지지 않으려고, 요즘 들어 눈가에 항상 차올라 있는 것만 같은 눈물을 막아보려고 볼을 살짝 깨물며 통증에 집중했다.

당연히 다른 아이들은 관심이 없어 보였다. 어찌어찌 트램펄린 체조를 마쳤다. 이후 플로라는 탈의실 중간에 있는 벤치에 구부정하게 앉았다. 그녀의 모습은 아이들이 벗어놓은 체육복 더미에 반쯤 가려져 있었다. 이대로 작아져 사라지고 싶었다. 학기 내내 한 번도 빨지 않은 체육복의 불쾌한 냄새와 막힌 변기에서 풍기는 악취를 무시한 채, 자신의 존재를 지워보려 했다. 체육 시간은 끔찍했다. 트램펄린에서 뛰어 올라 가장자리에 비틀대며 서는 플로라를 보고, 여자아이들은 폭소를 참으려는 노력조차 하지 않았다. 눈을 감고 수치스러운 기억을 막아보려 했지만 레아의 너무도 요란한 목소리가, 천연덕스러운 잔인함을 농담인 척 가장한 그 목소리가 계속해서 플로라를 괴롭혔다.

"어머, 에비. 그건 좀 너무하잖아!"

보아하니 에비가 레아의 다음 제물이었다. 체육복 더미에 몸을 숨긴 플로라는, 체육 가방 두 개 사이의 틈으로 무슨 일이 벌어지고 있는지 살폈다. 레아의 본성을 왜 일찍 알아채지 못했을까? 얼굴이 새빨갛게 달아오른 불쌍한 에비를 향해 냉소적으로 한쪽 눈썹을 치켜드는 오만함. 조심스럽게 재빨리 옷을 갈아입는 애들 속에서 속옷(검은색 레이스 팬티와 체육 때문에 입은 스포츠

브래지어) 차림으로 탈의실 한가운데 서 있는 그 자신감. 레아처럼 자기 자신을 사랑할 수 있는 사람은 그리 많지 않았다.

플로라는 레아의 그런 면이 **너무도** 싫었다. 본인 몸에 그토록 자신 있는 모습이 싫었다. 통통한 배와 브래지어 주변으로 툭 튀어나온 살에도 불구하고, 한껏 모아진 더블 D컵 가슴을 내밀고 고개를 한쪽으로 기울인 채 탈의실을 누빌 만큼 레아는 자신을 사랑했다. 그러다 레아는 에비 앞에서 브래지어를 풀더니, 스트립쇼를 하듯 엉덩이와 어깨를 흔들어대며 자신이 가진 것을 한껏 과시했다. 에비는 34A의 가슴을 부끄럽게 생각했으니까. 바로 이런 모습 때문에 그럴 수밖에 없었다고, 이후 플로라는 자신의 행동을 합리화했다. 플로라는 아이폰을 꺼내 옷더미 사이에 대고 살짝 카메라 버튼을 눌렀다. 우쭐거리는 레아의 모습을, 비쭉 솟은 커다란 가슴을, 한 손에 걸려 달랑대는 검은색 브래지어를 찍었다. 휴대폰이 무음으로 되어 있어 플로라가 라이브 포토를—위가 아니라 아래에서 찍어 레아의 배가 날씬하게 보였다—찍는 것을 아무도 눈치채지 못했다. 거들먹거리며 걷는 레아의 미소가 눈 흘김으로 변하는 순간을 포착한 사진이었다. 플로라는 초점이 맞았는지 확인해볼 엄두조차 내지 못한 채, 레아의 약점을 잡았다는 우월감을 느끼며 가방 안 깊숙이 휴대폰을 쑤셔 넣었다. 아주 작은 힘이나마 되찾은 기분이었다.

레아는 그리 **매력적**이지 않았다. 본인은 그렇다고 생각하겠지만. 플로라는 이제 그 사실을 증명할, 사라지지 않을 증거를 갖게 되었다. 레아가 다른 사람들에게 보여주고 싶지 않을 사진을.

"꼬챙이 어딨어? 어디 숨어버린 거야?"

레아의 목소리가 탈의실을 울렸다. 플로라가 갑자기 복수를 마음먹게 된 것은 그 목소리 때문이었다. 흥분과 대담함에 취한 찰나의 순간에, 무모한 일을 저질러버렸다. 물론 몇 초 만에 한심한 짓이었음을 깨달았지만.

전송 버튼을 터치한 후, 연락처를 선택해 재빨리 사진을 보내버린 것이다. 자신이 번호를 가지고 있을 줄 꿈에도 몰랐던 어느 남자아이에게.

15

2021년 11월 18일
_____
엠마
_____

도착해서 보니 경찰이 와 있었다.

"경찰들이 지금 플로라와 있어요."

캐럴라인이 문을 열며 반쯤 속삭이는 목소리로 내게 말했다. 9시가 다 된 시각이었다. 워털루에서 출발하는 첫 열차를 타러 서둘렀지만, 정신이 없는 바람에 역마다 모두 정차하는 느린 열차를 타고 말았다.

가는 동안은 끔찍한 시간이었다. 데이비드가 문자 한 통으로 그간 있었던 일을 간략히 설명해주긴 했지만, 그에게 전화를 걸자 통화가 자꾸 끊겼고 이내 배터리가 나가고 말았다. 가방에 충전기가 없었다. 깨끗한 옷도. 역 중앙 홀에서 두통약, 물, 큰 사이즈 커피와 함께 칫솔과 치약을 급히 집었다. 몰골이 말이 아니었고, 세상과 연결되는 기본 수단이 사라진 지금 어딘가 붕 떠 있는 기분이었다. 마이크에게는 간신히 문자 하나를 보낼 수 있었다. 어젯밤 정말 좋았어요. 급히 나와서 미안해요. 의도적으로 안 좋게 끝내고 나와버렸지만, 그럼에도 피해를 줄일 대책을 마련해야 했다. 그가 돌아설 가능성을 생각해야 했다.

"플로라는 좀 괜찮아졌어요. 굉장히 힘들어하긴 했지만 울음은 그쳤어요."

나를 복도로 안내하며 캐럴라인이 말했다. 거실 문이 닫혀 있음에도 속삭이는 굵은 목소리들이 들렸다.

"바로 들어갈래요, 아니면 잠깐 시간을 줄까요?"

내 입에서 별난 웃음소리가 터지자, 안쪽에서 속삭이던 목소리들이 멈췄다. 시간을 준다고? 점잖은 완곡어법일까, 아니면 내 모양새를 빈정대는 것일까?

"네…… 그럼, 잠깐."

갑자기 대용량 커피를 들이켠 신호가 와서 아래층 화장실로 급히 향했다.

이 집 안 다른 곳들과 마찬가지로 화장실 또한 최근 리모델링을 마쳤다. 후사가 없는 데이비드의 고모할머니가 남긴 막대한 유산으로 석회암 타일과 값비싼 방향제 스프레이, 윤이 나는 세면대를 마련했을 게 뻔했다. 내 모습을 꼼꼼하게 살폈다. 블라우스 매무새를 바로하고, 머리도 다시 빗고, 충혈된 눈을 가려보려고 빨간 립스틱을 덧칠했다. 전투 준비가 끝났다. 『가디언 위캔드』 사진 속 그 거만한 여자까지는 아니라도 당당한 여성으로 보였다. 조금 전 복도에서는 무방비 상태, 심지어 분열 상태로 보였을지 몰라도. 이제 다시 내 갑옷을 둘렀다.

거실로 들어서자 너무도 가냘퍼 보이는 플로라가 눈에 들어왔다.

"엄마."

작은 목소리에 아이의 예전 모습이 겹쳐 보였다. 데이비드와 내가 헤어지게 되었다는 이야기를 들으며 조용히 앉아 있던 열 살 때의 플로라가. 그런 순간에도 착한 딸이었다.

"세상에, 내 딸."

아이를 안아주려 다가갔지만, 플로라는 창백한 얼굴을 굳히며 자세를 바꿨다.

"잘 해결할 수 있어."

아이의 어깨를 쥐며 약속하는 것으로 만족했다.

나는 자신들을 맷 블랙웰, 캐런 스원번 형사라고 소개한 경찰들 쪽으로 몸을 돌렸다.

"엠마 웹스터예요. 오래 걸려서 죄송해요."

나는 난감했다는 듯 눈을 굴리며, 다들 하는 불평을 늘어놨다.

"사우스웨스트 열차가 언제나 그렇듯이 어찌나 시간을 잘 지키던지……."

30대 초반의 블랙웰 형사가 입술을 양옆으로 당기며 인상을 찌푸렸다. 20대 중반의 스원번 형사는 별 반응을 보이지 않았다.

"이제 다들 앉아서 이야기를 좀 나눠보면 어떨까요."

데이비드가 자신과 플로라가 앉아 있는, 새로 장만한 L자형 소파를 가리켰다. 푹신한 소파에 몸을 앉히니, 데이비드에게 고마움이 솟구쳤다. 내 옆에 있는 플로라는 간신히 희미한 미소를 짓고 있었다.

"블랙웰 형사께서 어떤 일로 여기 오셨는지 설명하던 중이었어."

데이비드가 앞선 상황을 내게 간단히 말해주고는, 형사에게 말했다.

"다시 말씀해주시면 좋을 것 같습니다. 소통에 어려움이 좀 있었거든요. 평소에 그렇다는 것이 아니라 오늘만 좀…….''

농담에 실패하자 그의 목소리가 잦아들었다.

"엠마, 괜찮지?"

"응, 고마워. 좋아."

솔직히 말해 그가 비즈니스 회의처럼 대화를 주도해줘서 안심이었다. 어쩌면 빨리 끝날지도 몰랐다. 나는 형사들을 향해 말했다.

"아이 아빠에게서 레아가 찍힌 사진이 있다는 말을 들었는데, 솔직히 말해 경찰까지 관여할 일인지 납득이 잘 안 되네요."

"어제 연락을 받았습니다."

블랙웰 형사가 말했다.

"셉 프린턴 부모에게서요."

"셉 프린턴이요?"

모르는 이름이었다.

"레아가 좋아하는 남자애예요."

플로라가 이렇게 말했는데, 목소리가 너무 작아 귀를 곤두세워야 했다.

"프린턴 부부가 연락한 이유는, 셉이 따님의 휴대폰에서 전송

된 레아 스미스의 사진을 받았기 때문입니다."

"그렇군요. 그렇다고 플로라가 연루되었다는 뜻은 아니잖아요. 누군가 아이 허락 없이 휴대폰을 쓴 것일 수도 있지 않나요?"

블랙웰 형사는 참을성 있게 미소를 지었다.

"본인이 사진을 보냈다고 확인해줬어요."

"그게 사실이니?"

플로라는 잘 보이지 않을 정도로 살짝 고개를 끄덕였다.

"그럼 정확히 어떤 사진이에요?"

나는 가벼운 목소리를 유지했다.

데이비드가 헛기침을 하며 매서운 눈으로 아이를 바라봤고, 아이는 얼굴을 찌푸리고 있었다. 어렸을 적 혼이 날 것 같으면 보이던 표정이었다.

"플로라?"

나는 부드럽게 아이의 이름을 불렀다. 설사 납득할 수 없는 설명을 내놓는다 해도 분명 어떤 오해가 있으리라 생각하면서. 하지만 아이는 왼쪽 엄지 손톱 거스러미를 뜯어내고만 있었다.

"레아가 옷을 갈아입는 동안 찍힌 사진입니다."

내 딸이 입을 열지 않을 거라는 게 분명해지자 블랙웰 형사가 말했다.

"나체였나요?"

그가 아니라고 말해주길 바랐다.

"나체는 아니었습니다. 팬티는 입고 있었지만 상의는 탈의한 상태였습니다."

그는 이 말의 의미가 충분히 전해지도록 여유를 두었다.

"레아가 카메라를 향해 포즈를 취하고 찍은 사진인가요?"

레아는 건방진 구석이 있었다. 거만한 자신감이 있는 아이였고, 레아가 플로라에게 사진을 찍어 남학생에게 보내라고 시키는 모습이 그려졌다. 그래, 그럴 수도 있다! 마음이 가벼워졌고, 어쩌면 데이비드도 내게 힘을 실어주지 않을까 그를 힐끗 바라봤다. 하지만 이 일을 해결하느라 열두 시간이나 시달린 그는, 해쓱해진 얼굴로 불길하게도 침묵을 지켰다.

스윈번 형사가 처음으로 말문을 열자 놀라울 정도로 부드러운 에든버러 억양이 흘러나왔다.

"레아는 플로라가 사진을 찍은 것도, 그 사진을 전송한 것도 몰랐던 것 같아요."

체구가 작은 스윈번 형사는 어딘지 여우를 떠올리게 하는 생김새였다. 숱이 상당한 적갈색의 짧은 머리와 하트 모양의 얼굴형, 반짝이는 짙은 색 눈동자까지.

"그게 사실이니, 플로라? 네가 그랬다는 걸 레아가 몰랐어?"

또다시 보일 듯 말 듯 고개가 끄덕여졌다.

"세상에나…… 셉은? 같은 학년 아이니?"

"같은 학년이 아니라 11학년이에요."

"열다섯 살짜리 남학생에게……"

"셉 프린턴은 열여섯입니다."

블랙웰 형사가 말했다.

플로라가 훌쩍이기 시작했다. 아이가 그토록 어리석을 수 있다니, 친구에게 그런 짓을 할 수 있다니…… 머리가 멍해졌다. 하지만 아이의 흐느끼는 소리에 정신이 들었다. 아이의 어깨에 팔을 두르자, 아이가 굳어 있던 상체의 긴장을 풀고는 마침내 내게 기댔다.

"쉬, 쉬, 괜찮아."

아이의 머리카락에 입을 맞추며 말했다.

블랙웰 형사가 목을 가다듬자 플로라는 꿈틀대며 내 품에서 벗어나 바로 앉았다. 데이비드가 휴지를 건네자, 플로라는 눈물로 얼룩진 얼굴을 휴지로 꾹꾹 눌러 닦은 후 요란하게 코를 풀고는 손을 뻗어 내 손을 잡았다.

"그 사진을 왜 전송한 거야?"

마침내 아이에게 물었다.

플로라는 어깨를 으쓱하며 답했다.

"레아가 저에 대한 이상한 게시물을 올렸어요. 다른 사람인 척절 속였고요."

이 몇 마디 말에 너무도 큰 고통이 담겨 있었다. 정확한 이야기를 들으려고 데이비드를 바라봤지만, 입을 연 것은 스윈번 형사였다.

"플로라가 지속적으로 온라인 괴롭힘을 당했고, 이번 일이 나름의 복수였다고 저희에게 털어놨어요. 자세한 이야기는 플로라에게 들으실 수 있을 거예요. 어머님도 아시겠지만, 문제는 그것이 라이브 포토였던 탓에 사실상 아동 외설물을 제3자에게 전송한 사건이 되었다는 거예요. 플로라가 미성년자의 외설적인 모습을 담은 움직이는 이미지를 유포한 겁니다."

"괴롭힘에 대한 보복이었다고요!"

내 목소리가 높아지는 것이 내 귀에도 들렸다. 열네 살짜리 딸이 아동 포르노를 유포한 사람이 될 수 있다는 사실에 절망했다.

"물론 그런 사진을 전송한 건 용납할 수 없는 행동이고, 플로라도 그 점은 잘 알고 있어요. 하지만 분명—이 지점에서 회유의 말투를 쓰려고, 형사들을 향해 미소 지으려고, 가장 매력적인 모습을 보이려고 노력했다. 물론 아무도 내 수에 넘어가지 않았지만—전후 사정을 참고할 수 있잖아요, 같은 부모 입장에서요. 당연히 아동 포르노 유포만큼 심각한 사안은 아니잖아요?"

스윈번 형사는 살짝 미소를 보였지만 짙은 두 눈은 여전히 차가웠다. 많아야 스물다섯쯤으로 보이는 이 여성이 내 딸 인생에 이토록 큰 영향을 끼칠 수 있다는 것이 터무니없게 느껴졌다.

"도착하시기 전에 이미 플로라와도 이야기했고, 웹스터 씨에게도 설명했습니다."

블랙웰 형사가 말했다.

"따님은 자신이 한 행동의 심각성을 인지하고 있습니다. 형사상 범죄가 될 수 있다는 사실을요. 이번 사안은 왕립기소청과 논의할 것이고, 앞으로 어떻게 진행해야 할지 숙고가 필요하다는 점도 모두 설명을 드렸습니다."

그는 자리에서 일어나며 용무가 끝났음을 표한 뒤, 양복 상의를 한 차례 말쑥하게 당겼다.

"배웅해드리겠습니다."

데이비드가 두 사람을 서둘러 밖으로 안내했고, 나는 조용히 눈물을 흘리고 있는 플로라 곁에 남았다.

"플로라……."

순간 무슨 말을 해야 할지 알 수가 없어 아이의 손을 꼭 쥐었다.

"엄마."

플로라는 눈물이 가득 차오른 눈으로 나를 바라봤다. 아이의 표정에서 혼란과 수치심, 공포가 읽혔다.

"다 괜찮아질 거야. 잘 이겨낼 거야. 괜찮을 거야."

딸아이만이 아니라 스스로를 안심시키려는 말이었다. 데이비드가 결혼 생활이 끝났다고 했을 때, 나 자신에게 들려주던 주문이었다. 경찰에게서 염산 테러 협박 편지의 발신자를 추적할 수 없다는 이야기를 들었을 때도 외던 말이었다. 잘 이겨낼 거야. 괜찮을 거야.

훗날 나는, 아이가 다른 여자아이의 명예를 훼손한 일이, 그리하여 자신의 명예까지 위험하게 만든 일이 내 명예를 무너뜨리는 결과를 불러온 또 하나의 결정적 사건이었음을 뒤늦게 깨달았다. 마이크와의 하룻밤처럼, 모두 연결된 사슬 속 한 고리였다.

하지만 나는 내면에서 울리는 비판적 목소리를, 위선의 속삭임이 더해진 그 목소리를 잠재웠다. 플로라가 걷잡을 수 없을 정도로 흐느꼈기 때문이다.

"우리는 잘 이겨낼 거야."

내 딸의 인생이 이 사건으로 정의되어야 한다는 사실을 부정하고 싶었던 나는 다시 한번 말했다.

"이번 일은 네가 교훈을 얻게 될 하나의 실수일 뿐이고, 우리는 잘 극복할 거야."

우리 중 누구도 아이의 행동이 어떠한 파문을 불러올지 예상할 수 없었기에, 그저 아이를 꼭 안고 이렇게 말했다.

게다가, 달리 내가 뭘 할 수 있었겠는가?

16

2021년 11월 20일

엠마

엠마 웹스터 하원의원 페이스북
팔로어 12,867명

온라인 피해 법안이 리벤지 포르노에 대한 징역형을 강화하는 정부 지원 개정안으로 하원을 통과하게 되어 기쁘게 생각합니다. 여성과 여자아이를 대상으로 한 폭력에 문제를 제기한 데 자부심을 느끼고, 고인이 된 제 지역구민 에이미 존스를 대신할 수 있음을 자랑스럽게 생각합니다.

맷 히슬롭

저런, 엠마. 오만함이 정말 대단하네. 자만이 몰락을 부른다는 소리도 못 들어봤어?

메리 태너

남성과 남자아이를 대상으로 한 폭력 문제는요?

> **백스 S**
>
> 대단한 뉴스거리는 아니지만, 우리 엠마 의원께서는 스포트라이트를 좋아하시지. 하지만 그녀가 세상의 관심 속에서 어떻게 처신할지는 우리가 지켜보고 있을 거야. 그 화려한 불빛이 그녀의 눈을 멀게 하는 순간, 우리가 그곳에 있을 거라고.

이게 도대체 무슨 뜻일까?

공식 페이스북 페이지를 보지 않으려는 편이지만 지금은 게으름을 피우는 중이었다. 어려운 전화를 미루고 있었다. 페이스북은 다른 소셜 미디어에 비해 댓글이 유한 편이어서, 그간 내 지역구민들이 겪는 문제를 좀 더 정확하게 보여주는 창구가 되어주었다.

우리가 지켜보고 있을 거야. 그 화려한 불빛이 그녀의 눈을 멀게 하는 순간, 우리가 그곳에 있을 거라고. 사이먼 백스터가 쓴 글이겠지만, 무언가를 알고 비꼬는 걸까 아니면 암호 같은 협박인 걸까? 지역구민 면담에서 내게 했던 협박과 연관이 있는 댓글일까? 아니면 그 위협적인 문자들과 연관이 있는 걸까? (그 문자들을 보낸 사람이 반드시 그라는 보장은 없지만—경찰이 문자 발신 번호를 추적할 수 없었기에 아무런 증거도 찾지 못했다—만약 그가 아니라면 상당한 우연의 일치인 셈이다.) 우리가 지켜보고 있을 거야는 미친 년, 너 내가 지켜보고 있어보다는 완곡한 말인 만큼 어쩌면 쓸데없는 걱정을 하는 건지도 모른다. 나란 사람은 이런 일에 큰 의미를 부여하는 편이니까.

손마디로 눈가를 눌렀다. 불면의 밤과 지난 몇 시간의 감정적 소요가 내 판단력을 망가뜨리고 있었다. 페이스북을 보는 건 해로운 행동이지만, 플로라 소식이 어디선가 흘러나올 것 같은 망상에 시달리고 있었다. 때문에 정신없이 스크롤링하며 피드를 확인했고, 내 딸에 대한 이야기가 있을까 샅샅이 뒤지는 동안 일상적인 모욕은 무시해버렸다. 플로라 이야기는 없는 것 같았다. 다만 그 댓글이, 내가 영원히 감시 속에 살아갈 거라는 현실을 상기시켜 신경을 곤두서게 만들었다.

페이스북 페이지를 닫고 연락처를 클릭했다. 현 상황을 바로잡는 데 집중해야 했다. 경찰 지서장에게 딸아이를 본보기로 처벌하는 일은 없게 해달라고 강력하게 요청했다. 이번 사건이 혹독한 징계를 받아야 할 사안이 아니라면 말이다. 그러고 나서 반드시 필요하고 대단히 불편한 전화를 걸었다.

"스테프?"

"네?"

수화기 반대편에서 경계하는 목소리가 들렸고, 곧 내 목소리를 알아채고는 회의적이고 방어적이 되었다. 이해할 수 있었다. 지난 몇 년간 이야기를 거의 나누지 않은 사이였다. 딱히 어떤 이유가 있어서라기보다는 아이들 사교 생활을 더는 우리가 나서서 계획할 필요가 없어졌기 때문이었다. 이제 와 전화를 한 이유는 분명 내가 잘못한 일이 있어서였다.

스테프 스미스는 레아의 엄마이자 내가 사과를 해야 할 사람이었다. 딸에게는 모든 것이 다 괜찮아질 거라고—너를 지지한다고, 그렇게 해선 안 되었지만 그런 행동을 했다고 네가 끔찍한 사람인 건 아니라고, 학교에서 2주 정학 처분을 받았지만 이겨낼 수 있다고— 안심시켰지만, 내 아이가 다른 여자아이에게 그런 짓을 저지른 것에 깊은 수치심을 느꼈다.

그렇다고 레아에게 아무런 잘못이 없는 건 아니었다. 레아는 정말 맹랑한 계집애처럼 굴었다(플로라에게는 이런 말을 하지 않았다). 남학생인 척 속여 내 딸의 입에서 본인을 비하하는 말이 나오도록 유도했고, 내 딸을 조종했으며, 내 딸을 매력적으로 생각하는 사람은 없을 거라는 뉘앙스를 풍기는 말을 했다("남자들은 가슴을 좋아해, 플로라"는 내 딸이 들었다고 털어놓은 모욕적인 말 중 그나마 무난한 축에 속했다). 또한 스냅챗 댓글 사태를 일으키고, 내 딸을 조롱하는 인스타그램 계정까지 시작해 모욕감을 안겼다. 플로라가 자신에게 행해진 조직적인 괴롭힘의 규모를 털어놨을 때, 나는 극도의 슬픔과 원시적인 분노를 느꼈다. 플로라가 한 짓은 내가 지닌 페미니스트 원칙들에 반하는 것이었음에도, 왜 내 딸이 보복이 필요하다 느꼈는지 완벽히 이해할 수 있었다. 사실 딸의 이야기를 들은 순간 나의 첫 번째 반응은, 레아의 얼굴을 주먹으로 계속 내려치는 장면을 상상하는 것이었다. 곧장 떨쳐내기는 했지만. 그다음 반응은 분노를 억제한 것이었다. 플로라에게 내 분노를 전염시키면 안 되었다. 세 번째 반응은 당연하게도 상반신을 탈의한 어린 여자아이 사진을 전송한 내 딸의 행동에 심각한 문제가 있음을 인정하는 것이었다.

얼마나 역설적인 상황인지 잘 알고 있다. 누군가를 모욕할 의도였던 플로라의 행동은 내 정치 생활을 바쳐 싸워온 모든 것, 가장 극단적으로는 카일 그리핀의 연장선상에 있었다. 하지만 이런 사실과는 별개로, 내가 부모 역할을 잘못했다는 죄책감과는 별개로, 레아에게 크나큰 동정심을 느꼈다. 그녀의 상의 탈의 사진을 셉 프린턴과 그의 부모뿐 아니라 햄프셔 경찰서 및 플로라 기소 여부를 결정할 왕립기소청 소속 사람들까지 봤기 때문이다. 내가 레아의 엄마라면 어떤 심정일지 자꾸 헤아릴 수밖에 없었다.

　이것이 현재 내 상황이었다. 불리한 입장이었다. 아이들이 초등학생이던 시절에는 자주 만났으나 그 후로는 연락을 주고받지 않던 여자에게 상황을 바로잡아야 한다는 간절함으로 전화를 건 것이었다.

　"엠마 웹스터예요."

　활기와 따뜻함을 더한 목소리로 말했다. 그런 뒤 "플로라 엄마요"라고 덧붙였다.

　"아, 그래요?"

　목소리가 여전히 딱딱했다. 그녀는 나를 힘들게 할 생각이었고, 그런 그녀를 탓할 수는 없었다.

　"플로라의 행동에 제가 굉장히 죄송해한다는 말씀을 드리려고 전화했어요. 물론 이제 경찰로 사건이 넘어갔고, 플로라는 학교에서 정학 처분을 받기도 했지만, 플로라가 레아에게 그런 행동을 한 걸 굉장히 부끄럽게 여긴다는 점을 꼭 말씀드리고 싶어요.

또 아이들이 결국에는, 잘 해결하고 넘어갈 수 있기를 바란다는 말씀도요…….”

수화기 건너편에서 잠시 정적이 흘렀다. 그런 뒤 그녀는 믿지 못하겠다는 듯 비웃었다.

“지금 농담하는 거죠?”

“아니요. 그럴 리가요. 무척 진지하게 말씀드리고 있어요. 저희 둘 다 정말 유감스럽게 생각하고 있어요.”

“걸려서 유감스럽다는, 그런 말이죠?”

“아니요. 그런 뜻이 아닙니다.”

너무 정제된 톤으로 말하고 있었다. 그러지 않아도 나를 너무 고상하다고 여기고 있을 스테프인데.

“그럼 뭔가요?”

“플로라가 그렇게 행동한 걸 제가, 저희가 무척 죄송스럽게 생각한다는 뜻이에요. 레아가 큰 충격을 받았을 거예요. 레아 어머님과 크리시도요.”

레아 언니 이름이 떠올라 덧붙였다.

“플로라도 깊이 반성하고 있어요.”

잠시 말을 멈춘 나는 내 딸이 얼마나 괴로워하고 있는지 설명하기 위해, 플로라가 타인에게 미칠 영향을 고려하지 않은 채 그런 행동을 한 소시오패스는 아니라는 점을 설명하기 위해 말을 이었다.

“플로라도 괴로워하고 있어요.”

“세상에나, 정말 뻔뻔하네요.”

그녀도 하고 싶은 말을 해야 한다는 것을 알기에 아무 말도 하지 않았다.

"당신네 소중한 딸이 느끼는 **괴로움** 따위를 내가 **신경이나** 쓸 것 같아요? 레아, 내 딸도 자기 사진이 그 남학생 부모와 경찰에게 노출됐다는 게 매우 괴로울 거예요. 당신과 플로라가 자기를 이렇게 하찮게 대한다는 것도 **괴로울 거고요.**"

"레아를 그렇게 생각한 적 없어요."

무언가 오해가 있었다. 서로의 말을 오해하고 있었다.

"사진 문제만 얘기하는 게 아니에요. 내 딸과 관계를 끊은 때를 말하는 거죠. 레아가 그쪽 집에 놀러 가는 걸 얼마나 좋아했는데, 갑자기 레아에게 시간을 내주지 않았잖아요. 내 딸이 당신 딸에 비해 수준이 떨어진다는 듯이. 플로라도 레아를 딱 그렇게 대했고요."

"레아와 '관계를 끊은' 게 아니에요."

나는 너무 당황스러워 멍해질 지경이었다.

"그건 그냥…… 살다 보니 그렇게 된 거잖아요, 스테프. 제가 의원이 되고, 이혼도 하고, 거처도 옮겼잖아요. 제 딸과도 시간을 충분히 보내지 못하고 있어요. 혼자 일하며 아이를 키우는 게 어떤 건지 아시잖아요."

스테프도 레아와 크리시가 어렸을 때 주 사흘, 열두 시간씩 일했었다. 뒤늦게야 떠올랐다. 내가 하원의원이 된 후에도 레아가 최소 일주일에 한 번은 우리 집에 왔다는 게. 네트볼을 마치고 오는 목요일마다 나는 레아가 좋아하는 음식을 만들어주고, 두 아이의 우정이 계속될 수 있도록 레아에게 관심을 쏟았다. 어쩌면 잠재의식적으로 그때부터 플로라를 지키기 위해 두 아이가 함께 공유할 경험을 만들어주고, 아이 친구에게 아낌없이 따뜻함을 베푼 건 아닐까? 레아가 우세한 쪽인 건 확실했으니까. 충성스럽거나 한결같은 모습은 덜한, 좀 쿨한 아이였다. 태세 전환이 빠르다고 해야 할까? 레아가 정서적으로 강하고, 회복력과 자존감이 높은 아이라고 생각했었다. 다만 우리와의 관계가 그 아이에게 얼마나 중요했을지는 미처 생각하지 못했다.

"네, 뭐. 어쨌거나 오늘 왜 전화했는지는 알아요."

스테프는 내 말에 일리가 있다는 듯이, 말투를 누그러뜨렸다.

"사과를 드리고 싶어서요."

"아이가 기소되지 않도록 경찰에 말해달라는 거잖아요."

그녀는 의기양양한 목소리로 말을 이었다.

"하지만 저희가 어떻게 할 수 있는 일이 아니에요. 저희 결정에 따라 달라지는 게 아니라고 형사가 말했다고요. 왕립기소청이 결정할 일이에요."

"제가 레아 어머니한테 어떤 영향을 미치겠다는 상상은 해본 적도 없어요."

내가 정치인처럼 말한다는 생각이 들었다. 그녀에게 영향을 미치는 걸 상상해본 적은 없어도, 대단히 그러고 싶기는 했다.

"지금 전부 다 과열된 것 같은데……"

내 말에, 수화기 건너편에서 불신의 탄식이 흘러나왔다.

"레아 어머니께서 제 말을 전부 받아들여줄 거라는 기대는 없었어요."

나는 말을 이었다.

"하지만 제 이야기를 들어주신 점 정말 감사해요."

"진짜 대단하네요."

그녀의 노골적인 적대감이 내 뺨을 후려치는 것 같았다. 잠깐 동안 말문이 막혀 대화를 어떻게 이어가야 할지 알 수가 없었다.

"그럼 안녕히 계세요……. 그리고 죄송합니다."

그녀 편에서 먼저 전화를 끊는 것으로 통화가 끝났다.

나는 엄청난 불안에 휩싸였다. 상황을 바로잡은 것이 아니라 도리어 훨씬 악화시킨 기분이었다.

17

2021년 11월 26일
사이먼

도대체 저 말라빠진 의원 년에게 무슨 일이 있는 걸까?

엠마 웹스터가 경찰서 계단을 오르는 동안 사이먼 백스터는 뒤편, 조금 떨어진 곳에서 걸음을 멈췄다.

그녀의 사무실에서 그의 이메일에 제대로 된 대응을 하지 않았을 때부터 약 2주간 그녀 뒤를 밟고 있었다. 답장이라고 보낸 건 다음과 같았다. 귀하의 관심에 감사드립니다. 웹스터 의원은 바쁜 일정으로 개인적인 답장을 드리기 어렵습니다. 일괄적으로 발송되는 회신이었다.

완전히 무시당하는 것보다 더 기분이 나빴다. 그래서 그녀를 감시하기로 결심한 것이다. 강박적으로 매달리진 않았다. 자제력이 중요했기에 당장은 그녀가 지역구에 머물 때만 감시하기로 했다. 그저 자신이 상황을 통제하고 있다는 느낌이 들 정도면 충분했다. 이메일을 보내고, 소셜 미디어에 날 선 댓글을 달면서 그녀의 반응을 상상해보는 것도 꽤 만족스러웠지만, 그녀가 정말 그것들을 읽었는지 확신할 수는 없었다.

당분간 그녀를 계속 따라다닐 생각이었다. 고고한 척하던 그녀의 모습이, 그를 무슨 깡패처럼 대하던 말투가—이제 그만 나가주셔야겠습니다, 미스터 백스터. 선생님께서 제 직원을 그런 식으로 위협하게 둘 수는 없습니다—마음에 박혔기 때문이다. 그가 이 조국을 위해 한 게 아무것도 없다는 듯한 태도였다. 북아일랜드는 말할 것도 없고, 아프가니스탄과 이라크 파견도 아무것도 아니라는 듯! 그렇다면 월은? 선거공보에 가족 이야기를 밝힌 엠마와 달리, 그는 자신의 가족을 팔 생각이 없었다. 하지만 그녀가 동정심을 보였다면 아들 이야기를 들려줬을지도 모른다. 헬만드에 다녀온 후 어떻게 달라졌는지를 말이다. 잠을 자지 못하고, 술은 너무 많이 마시며, 과거의 기억들에 시달리고 있었다. 지역 보건의는 PTSD를 언급하면서, 정신과 의사의 진료를 받으려면 6개월 이상 기다려야 한다고 덧붙였다. 예산 삭감으로 정신 건강 서비스 제공이 타격을 입었다면서. 어쩔 수 없는 상황이었지만, 아들이 몸을 떨고 구토를 하자 가만히 있을 수만은 없었다. 스물여덟 살 남성 그 누구도 그런 상태에 놓여서는 안 되었다. 물론 **여성** 문제만 우선시하며 남성은 개떡같이 여기는 엠마 웹스터에게는 중요한 문제가 아니겠지만. 하지만 이제부터는 자신이 하는 말을 들어야 할 터였다. 그녀에게 망할 월급을 주는 게 바로 자신이기에.

그는 이런 이유로 그곳에 있는 것이었다. 그녀의 집에서부터 미행을 하는 것은 지극히 쉬웠다. 아침 6시부터 그녀의 집 앞에서 기다렸다. 주차장 건너편에 차를 세우고는, 거리를 두고 그녀 뒤를 밟았다. 그는 경찰서 맞은편에 있는 한 사무실 문 앞에 자리를 잡았다. 좋은 위치였고, 그때까지 그녀는 단 한 번도 그를 알아보지 못했다.

저기 보이는 10대 여자애에게 정신이 팔려 있는 탓이기도 했다. 아이 어깨에 팔을 두르는 것으로 보아 딸이 분명했다. 그가 아들을 보호한 것처럼 그녀도 자신의 딸을 보호하고 있었다. 하지만 아이를 경찰서에 데려가다니 이상하지 않은가?

어쩌면 신고해야 할 일이 있는 건지도 몰랐다. 온라인 학대 때문인가? 그는 페이스북에서는 조심했다. 멍청하지 않으니까. 욕설도 쓰지 않았다. 그녀가 경찰에게 무슨 불평을 늘어놓고 싶은지 알겠지만, 할 테면 해보라지! 불평을 할 거면 자기 잘못도 인정해야 마땅하지만, 저 여자는 그럴 줄 모르는 게 분명했다. 안쓰러울 정도로 비판자들을 설득하려고 애쓰는 트위터에서도, 감정적인 모습을 내보이는 방송 카메라 앞에서도, 직접 대면할 때도 마찬가지였다. 저 여자는 위선자였다. 특별 보호라도 받아야 마땅하다고 생각하는 게 분명했다. 지금 경찰서로 급히 들어가는 것도 짐작건대 그 때문이리라.

다만 왜 딸을 데려가는 걸까? 혹시 저 딸아이가 경찰과 무슨 문제라도 있는 걸까?

두 사람의 얼굴이 눈에 들어오자 그는 아이의 표정을 주시했다. 그는 사람을 분석하는 데 능했다. 군에서 배운 것이다. 반응을 읽고, 겁을 먹었는지 판단하는 것. 경찰서로 들어가는 아이의 마른 몸이 굳어 있는 것으로 봐서 잔뜩 겁을 먹고 있었다.

마크가 안내 데스크에서 일하다니 잘된 일이었다. 전우였던 그는 퇴역 후 경찰서 관리직 자리를 얻었다. 그리 명민하지 않은 마크가 그런 자리를 얻는 재주를 발휘했다는 게 여전히 찜찜했다. 그럼에도 나름 쓸모가 있었다. 다행히도 마크는 생각이 없었다. 맥주 두어 잔이면 꾈 수 있었다. 마크가 엠마 웹스터의 방문에 대한 답을 바로 주지 못한다 해도, 방문 기록에 쉽게 접근할 수 있을 것이다. 미심쩍게 여기는 사람은 없을 것이다.

그는 서 있는 문간에서 자세를 바꿨다. 망할 엠마 웹스터의 비밀을 폭로할 생각을 하니, 그녀를 누를 수 있다는 생각을 하니, 이상할 정도로 흥분이 되었다.

이제 그녀는 그의 손바닥 안이었다.

18

2021년 11월 29일

엠마

마이크에게서 온 문자에 뱃속이 얼어붙었다.

플로라 관련 기삿거리로 연락을 받았어요. 당신 쪽 이야기도 들어보면 좋을 것 같네요. 빅토리아 타워 가든에서 10?

재빨리 답장을 보내고는 그가 무엇을 알고 있는 걸까 고민하며, 제보를 받은 게 아니길 간절히 바라며 바삐 국회의사당 옆 잔디밭으로 향했다. 경찰이 방문했던 것이 11일 전이었다. 플로라와 경찰서에 가서 경고 처분을 받은 것은 사흘 전이었다. 불안해하는 아이를 달래고, 2주간의 정학 처분을 따르고, 여파를 최소화하려 애쓰느라 상당히 힘든 시간을 보냈다.

럭셔리 인을 나선 이후로는 그를 본 적이 없었다. 열차에서 그에게 문자를 보내고 몇 시간 뒤, 통화로 플로라는 별일 아니었다고, 그냥 10대의 불안이었다고 하고는 우리 사이에 있었던 일은 다시 반복하고 싶지 않다고 확실히 말했다. 그것을 마지막으로 서로 연락하지 않았다.

그의 문자가 분명 공적인 사안임을 암시하고 있는 만큼, 이제 프로다운 대화를 나눌 수 있기를 바랐다. 경찰 방문 후 타블로이드지 기자와의 만남은 고려하는 것조차 미친 짓임을 깨닫고 나눈 마지막 통화가 그에게 상처로 남았을지라도 말이다.

"엠마."

나에게 다가오며 내 이름을 부르는 그의 목소리는 냉담했다.

"마이크."

나는 과장된 톤으로 인사했다. 본능적으로 그의 팔에 손을 대고 싶었다. 하지만 다른 것은 차치하더라도, 우리가 아군이라는 확신이 부족한 탓에 거리를 유지했다.

"잘 지냈어요?"

결국 나는 이렇게만 물었다. 그는 퉁명스럽게 고개를 한 번 끄덕였다.

"좀 걸을까요? 의견을 듣고 싶은 일이 있어요."

"좋아요."

나는 웃으며 그와 시선을 마주치려 했다.

"긴장되는데요. 플로라에 관한 일이라고 했잖아요……."

나는 너무 정신없이 말을 뱉고 있었다.

강을 향해 걷는 동안 그는 침묵을 지켰고, 1분 1초가 흐를수록 불안은 커져만 갔다.

"저기요, 이제 이야기해줄 수 있어요?"

잠시 걸음을 멈추고 어두운 강물을 내려다보다가 그에게 말했다.

"딸 이야기를 하고 싶다고 했잖아요. 내 의견이 필요하다고도 했고요."

몸을 돌려 내 눈을 똑바로 응시하는 그의 얼굴에 연민에 가까운 어떤 감정이 스쳤다. 알고 있구나. 젠장, 알고 있는 거야. 하지만 나는 포커페이스를 유지하려고 애썼다.

"말을 꺼내기가 쉽지 않네요."

그는 말을 이었다.

"플로라가 아동 포르노 유포 혐의로 경찰 조사를 받은 것을 알고 있습니다. 간신히 기소를 면한 것도요. 이제 우리 쪽에서 신랄하게 파고들 수도 있고, 아니면 당신 도움을 받아서 좀 더 보기 좋게 꾸며볼 수도 있죠. 어때요?"

빠르게 판단해. 그러나 내 교사 경험과 하원의원으로서의 경험은 전부 사라지고, 머릿속이 하얘졌다.

"무슨 말을 하는지 모르겠네요."

마침내 나는 이렇게 말했다.

"그럼, 부인하지는 않는 거네요?"

그는 비웃음처럼 느껴지는 미소를 띠었다.

"저는…… 저는 아무 말도 하지 않겠어요. 노코멘트, 완전한 노코멘트예요. 이에 관해서는 말하지 않겠습니다."

나는 자리를 벗어나기 시작했다.

"말을 하는 편이 당신을 위해서도 좋을 것 같아요, 엠마. 진심이에요……."

그의 목소리에 담긴 무언가가, 그날 밤 그가 보여준 진정성이 내 걸음을 멈추게 했다.

"플로라가 상체를 탈의한 열네 살 여자아이의 움직이는 이미지를 전송해 경찰 수사를 받은 것을 알고 있어요. 우리 쪽에서 상세한 이야기를 전부 알고 있다고요."

그는 플로라에게 전과 기록이 생긴 것도 알고 있었다. 청소년 조건부 경고 조치였다. 그래서 플로라는 레아에게 사과 편지를 쓰고, 소년범죄 대응팀과 함께하는 프로그램도 이수해야 했다. 이런 전과 기록은 조회 시 자동으로 노출되진 않지만 의사나 사무 변호사, 교사 같은 범죄인 교화법이 적용되지 않는 직업이나 특정 대학 지원을 원할 경우엔 표시된다. 그는 플로라가 학교에서 정학을 당한 것도 알고 있었다. 경고 조치가 내려지자 플로라가 몹시 괴로워했고, 경찰서를 나서며 눈물을 쏟았다는 것도 모두 알고 있었다.

"알겠어요. 그만해요."

더는 듣고 있기가 괴로웠다.

"그럼 협조하겠다는 것으로 알겠습니다. 플로라 쪽 이야기를 들려줄래요?"

나는 경악한 얼굴로 그를 바라봤다. 그는 제대로 이해하지 못하고 있었다.

"어림도 없어요."

"이런, 엠마."

명백한 실망감이 담긴 톤이었다.

"꿈도 꾸지 마요. 이 문제는 말하지 않겠어요. 당신은 내 딸에 대한 어떤 기사도 낼 수 없어요. 아이라고요. 18세 미만이요. 이 사건에 손대면 법을 위반하는 거죠. 『크로니클』이 정말 아이한 테 그런 짓을 하겠다고요?"

그는 미안한 기색 하나 없이 어깨를 으쓱했다. 그의 쓰레기 같 은 신문사는 언론사 가이드라인은 말할 것도 없고 명백한 위법 행위라는 위험도 기꺼이 감수할 생각이었다.

"진정해요."

그는 상황을 더욱 악화시키는 말을 했다.

"한번 생각해봐요. 크게 공감을 얻을 수 있는 이야기라고요. 기사를 보도할 방법은 우리가 어떻게든 찾을 테지만, 당신이 이 사건에 대해 솔직하게 먼저 나서서 우리 쪽에 합류해준다면 모 두에게 훨씬 이롭겠죠."

"그게 도대체 무슨 뜻이죠?"

이 일을 공개적으로 밝힐 마음이 생길 시나리오는 단 하나도 떠오르지 않았다. 그리고 내 반대에도 불구하고 어떻게 기사를 내겠다는 것일까?

"이봐요, 우리가 살살 할게요."

그는 내 분노는 아랑곳하지 않는 듯했다. 나를 달래듯 양팔을 들어 손바닥을 내보였다.

"사실…… 이 사건은 부모라면 누구나 끔찍해할 일이잖아요? 아이가 휴대폰 속 소셜 미디어에서 한심한 일을 저질러 어느 순 간 경찰을 마주하는 상황이요."

그를 때리고 싶었다. 그는 뻔뻔하게도 에이미 사건 때 내게 했던 말을 그대로 반복하고 있었다. 내가 기억하지 못하는 줄 알고 또 이렇게 나를 어르면 내가 넘어갈 거라고 생각하다니. 교활하게 날 엿 먹이려는 거였다! 심호흡을 하고 열까지 숫자를 세었지만 별 효과가 없었다. 푹 끓인 잼처럼 부글부글대던 분노가 마침내 끓어올랐다.

"플로라를 이 일로 노출시키지 **않을** 거고, 감히 그 아이 이름을 신문에 싣는다면 당신을 가만두지 않을 거예요."

그에게 삿대질을 했다.

"오늘 이 대화도 없었던 거예요. **엄격히 오프더레코드입니다.**"

이렇게 이야기하지 않으면, 그는 자기가 낼 기사 내용을 내가 인정하는 것으로 받아들일 뿐 아니라 내 말을 인용할 터였다.

나는 몸을 돌려 폭우로 불어난 잿빛 템스강을 향해 걸었다. 바람이 강해 강 표면에 거친 물살과 소용돌이가 일었다. **빌어먹을.** 이런 게임은 정말 자신이 없었다. 마음을 진정시킬 시간이 필요해, 강 하류로 나아가는 유람선에 집중했다. 추위에 몸을 떠는 우비 차림의 몇몇 여행객들이 파리한 얼굴로 국회의사당과 빅벤 시계탑을 바라보고 있었다. 그들은 지저분한 타협이 아니라 세련된 논쟁이 오가는 공간을 떠올리고 있을 터였다. 좀 더 가까이 다가가면 보게 될 부정한 모함 같은 것이 아니라, 지적인 토론이 벌어지는 공간을. **집중하고 생각하자.** 좀 나아지는 기분이었다. 호흡은 여전히 빨랐지만. 내 몸이 또다시 날 배신하고 있었다.

"저기요, 엠마……."

뒤따라온 마이크의 말투는 나쁘지 않았지만, 입에서 나온 말들은 냉소적이었다. 함께 밤을 보낸 날에는 그의 이런 모습을 상상도 할 수 없었다.

"당신 도움이 없어도 기사는 낼 수 있어요. 토리당 의원 한 명을 섭외해 국회의사당에서 온라인 피해 법안 관련 질문을 하게 만들면 되니까. 의원 발언은 특권으로 보호받을 거고, 그럼 보도가 가능해집니다. 아니면 어느 웹사이트에서 얘기가 흘러나올 거예요. 그때부턴 온갖 매체가 달려들 거고. 우리 쪽과 얘기하는 게 당신한테 훨씬 나아요. 그러면 내러티브를 당신이 어느 정도 통제할 수 있으니까. 분위기를 만들어갈 수 있을 거예요."

"대상이 미성년자라는 건 차치하더라도, 당신이 나한테 이런 짓을 할 생각을 했다니 믿을 수가 없군요. 맙소사, 당신을 믿었다고요. 우린 같이 잔 사이잖아요."

"우리 관계와는 무관한 일이에요."

그는 침착한 눈빛으로 나를 바라보았고, 나는 그가 정말로 그렇게 생각하는지 의심이 들었다. 독점 기사를 터뜨려야 한다는 부담감 외에 상처 받은 자존심도 크게 작용한 것 같았기 때문이다.

"좋은 기삿거리예요. 탕비실 잡담 소재로 최고죠."

"제발 좀요."

내 목소리가 커졌다.

"인간미라는 게 없어요?"

"이러지 마요, 엠마. 엠마가 그런 말을 하다니."

이제 그의 말투에는 경멸이 어려 있었고, 나는 제 새끼를 지키려는 고양이처럼 그를 할퀴고 침을 뱉고 싶었다. 감히 내 딸에게 그런 짓을 하려 하다니. 나는 뒷걸음질하며 그와 국회의사당을 뒤로하고 강 서쪽을 따라 걷기 시작했다. 바람이 거세지고, 낙엽에 신발이 미끄러졌다. 뒤쪽에서 나를 따라오는 그의 발소리가 들렸다. 내게서 제대로 된 답변을 듣기 전에는 나를 보내줄 생각이 없는 것이었다. 내 말이 전혀 통하지 않으니, 이 일을 중단시킬 방법을 찾아야 했다. 생각해, 엠마, 생각하라고. 하지만 생각은 뒤죽박죽 곤죽이 되어버렸다.

그의 입을 막는 대가로 다른 기삿거리를 주면 어떨까 하는 무모한 생각이 잠시 스쳤다. 해리가 같은 노동당 소속 유부녀 의원과 불륜 관계라는 이야기(소문이 파다했다). 하지만 실제로 누가 신경이나 쓰겠는가? 게다가 이런 거래는 내 스타일이 아니었다. 내 원칙을 지켜야 했다. 품격을 잃으면 도대체 내게 무엇이 남겠는가?

뻔뻔하게 나가야 한다. 단호한 태도를 유지해야 한다. 협조할 마음이 없다고 계속 밀고 나가야 한다. 변호사와 상의해야 한다. 사무 변호사의 엄중한 편지를 『크로니클』 측에 보낼까? 그렇게 해도 될까? 그것으로 해결될까?

나는 몸을 돌려 그가 걸음을 늦추는 모습을 바라봤다. 소호의 촛불 밝힌 테이블 너머에 있는 그를 보며 진실한 남자라고, 심지어 좋은 남자라고 생각했었지만, 이제는 나약한 남자가 보였다. 양심이라고는 없는, 있다 해도 조금의 죄책감 없이 그걸 내팽개칠 수 있는 남자의 얼굴.

함께 밤을 보낸 이후로 그는 내 뒤를 파고 다녔던 걸까? 플로라에게 연락해봐야 해요. 애한테 일이 생겼어요. 이 말이 그의 흥미를 자극한 걸까? 아니면 내 퉁명스러운 말이—실수였던 것 같아요—그를 도발한 걸까? 그가 돌아설 것을 감지했었다. 부루퉁해진 모습에서, 자기 어깨에 얹힌 내 손을 떨쳐내는 몸짓에서, 그의 변덕을 눈치챘었다. 다만 그가 어느 정도까지 잔인해질 수 있는지는 생각하고 싶지 않았고, 결과적으로 그를 과소평가한 것이다. 그래서 어떻게 됐는가? 나를 어느 정도까지 공격할 수 있는지가 뼈아플 정도로, 분명해졌다.

하지만 템스강 옆에 서 있는 지금, 나는 그를 충분히 다룰 수 있다는 생각이 들었다. 내게는 타당한 이유가 있고, 내가 옳으니까. 내가 확실하게 이 일을 멈출 수 있지 않을까? 그를 설득하지 못할지라도 그를 멈추게 할 수는 있지 않을까?

상쾌한 강바람이 불어왔다. 나는 잡지 표지 속 내 모습을 떠올렸다. 날렵하게 그려진 립스틱, 딱 떨어지는 슈트, 강렬한 고갯짓. 그 이미지가 담고 있는 결단력과 강인함으로, 그에게 말했다.

"내게선 아무것도 얻지 못할 거예요."

19

2021년 12월 1일

엠마

Twitter Thread

FiremanFred @suckmycock

면도기로 @엠마웹스터의원의 그 오만한 얼굴 좀 갈아주고 싶어.

Richard M @BigBob69

얼굴을 갈기갈기 찢어발길 만해.

Dick Penny @EnglandRules

그 여자를 아예 벗겨버리는 게 나을 듯.

FiremanFred @suckmycock

별로. 에너지가 아까워.

마이크에게는 허세를 부렸지만, 공포의 순간으로 남은 빅토리아 타워 가든에서의 만남은 나를 좀먹어갔다.

익명의 문자들이 다시 시작된 것도 한몫했다. 그 엄마에 그 딸이네. 업무용 휴대폰으로 들어온 가장 최근 문자. **미친년**이 빠졌음에도 그 단어가 보이는 것만 같은, 악의를 억누른 이 문자는 마이크가 보낸 것일까 아니면 다른 사람일까?

잠들기 직전, 그리고 아침에 눈뜨자마자 트위터를 확인하는 것도 불안을 증폭시켰다. 플로라 사건을 냄새 맡은 다른 누군가가 있는지 확인해야 한다고 나 자신을 다독였지만 이내 세상에서 나를 제일 증오하는 사람들의 마음이라는, 가상의 토끼 굴로 떨어지고 말았다.

자기혐오에 가득 차 있던 와중에 딥페이크 포르노 링크를 발견했다. 나체에 내 얼굴이 붙어 있었고, 그렇게 위조된 나를 상대로 입에 담을 수조차 없는 일들이 행해지고 있었다. 결국 나는 의원들의 안전을 보호하는 런던 광역경찰청 소속 전문팀 PLaIT에 연락을 취했고, 이들은 조사를 약속했다. 그럼에도 그리 안심이 되지 않았다. 포르노를 만든 사람을 찾아낸다 해도 내게 상처 주고 싶은 사람은 또 있을 테니까.

마이크와 만난 지 이틀 후, 칼리지 그린 공원 쪽으로 걷던 나는 누군가 내 뒤를 따르고 있다는 것을 처음 느꼈다. 수요일 점심시간이었고, 의회 광장은 늘 그렇듯 시위자들로 어수선했다. 유럽기를 두르고, 성추문에 휩싸인 총리 가면을 쓴 백신 접종 거부자는 토리당이 집권한 이래 매일 그랬듯 오늘도 나와 있었다.

인도가 북적였다. 얼마 전까지만 해도 군중 속에 휩싸여 있는 것이 편안했다. 위협적인 존재가 숨어 있을지도 모를 골목이나 기다란 지하도보다는 사람들이 많은 곳이 더욱 편안하게 느껴졌다. 여러 사람들과 함께 있는 편이 안전하다고 생각했기에. 하지만 마이크가 보여줬듯, 위험은 훤히 잘 보이는 곳에 숨어 있을 수도 있었다.

또각또각, 한 몸처럼 울리는 발소리가 나를 불안하게 했다. 나와 정확히 일치하는 그 소리가. 어깨 너머로 돌아보자 빠르게 흘러가는 수많은 얼굴들이 보였고, 그 속에서 나를 마주 보는 초점 없는 두 눈이 보였다.

내 상상이었을까? 청회색빛 하늘은 별 도움이 되지 못했다. 폭우가 쏟아질 것 같은 으름장에 다들 더욱 바삐 움직였다. 국회의사당을 완벽하게 사진으로 담기 위해 길을 막아설 때가 많은 일본 관광객들조차 비가 쏟아지기 전에 몸을 숨길 곳을 찾느라 걸음이 빨라졌다. 어딘가 억압적인 분위기였다. 삼엄한 검은색 바리케이드, 성 스테판 입구(국회의사당 입구―옮긴이)와 뉴 팰리스 야드 옆에 늘어선 무장 경찰들. 그들의 딱딱한 표정과 방탄조끼, 반자동 소총에 기분이 상할 때가 많았지만, 낮게 우르릉대는 천둥소리와 굵은 빗방울까지 더해지니 특히나 위협적으로 느껴졌다.

두 번째 천둥소리가 울리자 사람들은 속도를 높였고, 나는 거슬리는 발소리를 놓치지 않으려고 귀를 세웠다. 마이크의 협박으로 신경이 곤두선 것일까? 새벽 4시 30분부터 깨어 있던 나는 커피를 세 잔이나 들이켜서 과민해져 있었다. 어쩌면 불안을 느낄 준비가 되어 있었는지 모른다.

하지만 또다시 들렸다. 수많은 발소리 속에서 메트로놈처럼 고른 박자로 리드미컬하고도 꾸준하게 이어지는 그 발소리가. 내가 속도를 조금 높이자 나를 따라잡았고, 속도를 늦추자 같이 느려졌다. 웨스트민스터 사원 쪽으로 길을 건너며 따돌릴 수 있을 거라고 스스로에게 말했다. 그저 우연이거나 상상력이 만들어낸 속임수 같은 것일 테니 당연히 아무도 나를 뒤따르고 있지 않을 거라고. 하지만 다시금 발소리가 감지되었다.

돌아볼 수가 없었다. 그랬다간 내 속도가 늦어질 테고, 그럼 그 누군가에게 잡히고 말 테니까. 그나마 목적지가 시야 안에 있었다. BBC와 인터뷰를 하기로 한 칼리지 그린 공원에 가까워지자 발걸음이 빨라졌고, 이내 뛰듯이 나아갔다. 컨디션이 좋지 않았지만 다행히 날렵한 바이커 부츠를 신어 달릴 수 있었다. 잔디밭에 발을 내디뎠고, 카메라 스태프가 비를 피하려고 들어간 정자가 눈에 들어오자 침착한 척하던 가식을 모두 던져버렸다.

"괜찮으세요?"

카메라 앞에 서기 전 마이크를 차는 내게 BBC 정치부 수석 기자가 물었다.

"네, 괜찮아요."

이상한 사람처럼 보이고 싶지 않았다. 그 기자가 아는 똑 부러지고 자신감 있는 하원의원의 모습으로 돌아가고 싶었다.

하지만 머릿속은 아까 그 발소리로 꽉 차 있었다. 스토커였을까? 내가 달리기 시작하자 걸음을 멈춘 누군가가 정말 있기는 했을까?

*

누군가 나를 지켜보고 있다는 느낌은 저녁에도 이어졌다. 바퀴에 펑크가 나서 자전거 대신 택시를 타고 집으로 향했다. 클레어와 줄리아 모두 저녁 일정이 있어서, 집에서 혼자 쉴 생각이었다. 백미러를 통해 나를 지켜보는 택시 기사와는 눈을 마주치지 않으려 했다.

뉴 팰리스 야드에서 나를 태운 택시 기사는 물론 나를 알아봤을 테지만, 나는 대화를 나눌 기력이 없었다. 그에게서 총리나 당 대표에 대한 내 생각이 왜 틀렸는지, 왜 리벤지 포르노는 그리 중요한 사안이 아닌지, 왜 불경기는 그저 일시적인 현상일 뿐인지에 대한 설명을 듣고 싶지 않았다. 플로라에게 잘 자라는 문자를 보낸 뒤, 집 열쇠 꾸러미를 찾아 손에 쥐고는 손가락 사이사이에 열쇠를 하나씩 끼웠다. 밤에 혼자 바깥에 나와 있는 여자들은 이렇게 해야 하니까. 택시 기사와 눈이 마주치자, 내 행동을 들킨 게 당황스러워 시선을 피했다. 이렇게까지 해야 한다는 게 억울하기도 했다. 가방을 꼭 쥔 채 택시가 멈추자마자 곧장 내릴 채비를 했다. 그의 면전에 대고, 나를 파헤치고 의심하고 평가하고 한마디씩 해대는 모든 사람들의 면전에 대고 문을 쾅 닫아버릴 그 순간만 간절히 기다렸다.

택시가 멈춘 거리는 어두웠다. 나는 기사에게 급히 10파운드를 내밀고는 영수증은 받지도 않고 차에서 내렸다. 집 근처 가로등은 불이 나가 있었고, 광장은 평소와 다르게 으스스했다. 나뭇

가지가 탁 부러지는 소리가 났다. 혹시 누군가가 낸 소리일까 싶어 주변을 날카롭게 살폈다.

거리에는 아무도 없었지만, 몇 미터 떨어진 곳에 서 있는 어느 차 내부의 불빛이 순식간에 꺼지는 게 보였다. 짙은 청색 스테이션 왜건 운전석에, 누군가 엎드려 있었다. 한 걸음 다가갔다. 이상했다. 0도에 가까운 12월 밤에 시동도 히터도 끄고 있다는 게. 가로등 불빛 덕분에 어떤 움직임이 보였다. 창백한 손이 무언가를 들어 올리고 있었다. 휴대폰보다 무거워 보이는 것을.

심장이 쿵쿵 울려댔고, 누군가의 눈에 훤히 보일 것을 알면서도, 스스로 타깃을 자처한다는 걸 알면서도 몸을 돌려 현관 계단으로 달려갔다. 나를 스토킹하는 사람에게서, 지금 나를 향해 무언가를 겨누고 있는 그 사람에게서 도망쳐야 했으니까.

이미 손에 쥐고 있던 열쇠가 잠금장치에 단번에 맞아 들어간 덕분에, 거의 넘어지듯 거칠게 문을 밀고 들어가 곧장 쾅 닫았다. 그러고는 더듬거리며 경보 장치를 찾았다. 나는 눈물을 흘리기 시작했다. 그 사람이 계단까지 쫓아 올라와 현관문 반대편에 서 있을까 봐, 소리를 삼켜가며 흐느꼈다. 다음번에는 네년이 염산을 마시게 될 거야. 이 협박 편지 문구가 순식간에 떠올랐다. 그리고 문자들, 트윗들도. 미친년, 너 내가 지켜보고 있어, 강간할 가치도 없어, 면도기로 그 오만한 얼굴 좀 갈아주고 싶어. 이 모든 독설이 나를 겨냥하고 있었다. 실제로 누가 그 말대로 행동한다면? 조사에 따르면, 악플러들이 스토커로 발전한다. 만약 그들이 말뿐인 협박으로는 더는 만족하지 못한다면?

빗장을 확인했다. 열쇠 잠금장치 외에는 이것뿐이었다. 문에 추가 잠금장치 세 개가 필요하다는 보안 감사팀의 권고에도 불구하고, 집주인은 설치를 꺼렸다. 이 주택이 보존 2등급 건물이기 때문이다.

이사를 가야 할 것 같았다. 누군가 나를 스토킹한 것이 두 번째였고, 이 집에서는 안심이 되지 않았다. 잠금장치는 하나뿐이고, 현관 바로 앞 계단 때문에 늘 눈에 잘 띄는 목표물이 된다. 또한 1층인 내 침실 전면은, 속이 훤히 들여다보이는 커다란 내리닫이 창으로 되어 있었다.

나는 자기 연민에 빠져 흐느꼈다. 최근 줄리아와의 관계가 좀 안 좋아지긴 했지만, 그래도 가까운 친구 두 명과 함께 산 이 멋진 집을 떠나야 하다니. 그런데 내가 안심하고 살 수 있는 데가 있기는 한 걸까?

이렇게 작아지는 기분이 싫었다. 늘 감시와 미행을 당하는 것 같아 바짝 경계하며 무서워하는 것이.

10분 후, 창문으로 내다보니 그 차는 사라지고 없었다.

20

2021년 12월 4일

엠마

에이미 법을 이끈 하원의원, 큰 부담에 시달리나

리벤지 포르노 법을 이끈 하원의원 엠마 웹스터는 자신의 포츠머스 집 외부에서 찍힌 사진을 통해, 리벤지 포르노 희생자들을 위한 싸움이 얼마나 힘든지를 여실히 보여주었다.

그녀의 친구들은 가족 문제도 14세 딸을 둔 44세 이혼녀에게 큰 타격을 주고 있다고 밝혔다.

"10대 아이를 둔 워킹맘이자 싱글맘이잖아요. 힘든 일이죠. 최근 살이 너무 많이 빠졌고, 불안해 보여요."

친구 한 명은 이렇게 설명했다.

우리가 입수한 사진 속 그녀의 모습은, 불과 몇 주 전 잡지 표지에 실린 모습에 비해 눈에 띄게 체중이 줄고 활력도 줄어든 모습이다. 한 친구는 이렇게 말했다.

"몸의 굴곡만 사라진 게 아니라 자신감도 사라졌어요."

에이미 법 투사의 가족 문제가 조속히 해결되길 바란다.

내가 쓰레기를 버리러 나온 모습이 찍힌 사진이었다. 그날 나는 쓰레기차 소리에 잠이 깨서, 헝클어진 머리에 가운을 조여 묶고는 플로라의 운동화를 신고 급히 나갔었다.

그 옆에는 그놈의 표지 사진이 있었다. 붉은 립스틱, 몸에 딱 떨어지는 바지 정장과 힐 차림의 나는 자신감 넘치고 배짱 있어 보였다. 그때는 스타일리스트와 메이크업 아티스트가 있었다. 익명의 문자가 시작되기 전, 미행당하기 전, 결정적으로는 플로라가 경찰서에 드나들기 전에 찍은 사진이었다.

자다 깨서 엉망인 머리와 베개 자국이 난 얼굴로 화들짝 놀란 표정이 할머니처럼 보이긴 했지만, 그보다는 사진기자가 우리 집 앞에서 몰래 사진을 찍었다는 것 자체가 괴로웠다. 일주일 내내 잠 못 이루다 결국 수면제를 먹고 자서 늦게야 일어난 참이었다. 마이크가 협박했다는 이야기는 아직 데이비드에게도 하지 못했다. 앞으로 닥칠 모든 일을 고려하면 말도 안 되는 일이었지만, 현실을 부정하는 중이었다. 혹시 내가 수면 부족으로 판단력이 흐려져 과잉 반응을 하는 걸까 두렵기도 했다. 그럼 네가 무엇을 할 수 있을까? 이 말을 주문처럼 외며 혼자 해결해보겠다는 도전 심리도 있었다. 마이크의 허세가 젖은 폭죽처럼 쉬익 하며 사그라져, 내 포츠머스에서의 삶에 그의 수류탄이 날아들 일이 없길 바랐다. 그래서 전남편이 내게 분노할 일도 없고, 무엇보다 플로라가 자신이 저지른 일과 전과 기록을 누군가 알게 되었다는 사실을 모르게 하고 싶었다.

하지만 더는 이렇게 둘 수 없었다. 이제 솔직해져야 했고, 적어도 데이비드에게는 털어놓아야 했다. 전남편이 읽는 신문이 아니기에 비밀로 할 수도 있지만 만약 반대의 상황이라면, 그러니까 딸아이가 전남편 집에 머무는 동안 그가 사진기자에게 감시를 당하다 사진을 찍혔는데 내게 말하지 않았다면 너무도 화가 날 것 같았다. 또한 마이크가 딸의 일을 알고 있다는 부담감을 누군가와 나누어야 했다.

『크로니클』이 이곳으로, 딸과 지내는 집으로 사진기자를 보내 나를 감시하게 했다니 섬뜩했다. 그는 우리가 자는 동안에도 밤새 밖에서 대기하고 있었는지 모른다. 신문사가 원하는 걸 얻었으니 이제 아무도 없을 거라고 스스로에게 말은 하면서도, 거의 스무 번째 집 앞을 내다봤다. 그런 뒤 현관문의 잠금장치를 세 번 확인하고, 주방 문도 두 번 확인했다. 다용도실 창문으로 들어오는 외풍이 불길하게 느껴져 소름이 돋았다. 침입하기에는 너무도 작은 창이지만, 혹시 누가 거기로 들어와 카메라를 설치했다면? 집 앞에서 감시를 당했는데 집 안이라고 안전할까?

아까 마신 블랙커피가 속에서 올라와 입안이 씁쓸했다. 이론 상으로는, 잠금장치가 충분치 않은 클리버 광장 집보다는 이 집이 안전했다. 하지만 1960년대에 지어진 이 벽돌집이 이제는 어딘가 허술하게 느껴졌다. 처음 내 마음을 사로잡았던 커다란 창문은 폭이 너무 넓어 침입자를 부르는 듯 보였다. 사진기자가 집 앞 거리에서 꽤 오래 머물렀을 텐데, 동네 사람 누구도 수상하게 여기지 않았다는 사실이 나를 불안하게 했다. 염산 테러 협박 편지, 모욕적인 문자들, 미행 공포에 더해 이런 식의 사생활 침해까지 발생하다니. 클리버 광장에서 본 차에 타고 있던 사람도 사진기자였으리라. 아니면 마이크의 지시를 받은 수습기자였거나. 모든 것이 내 집까지 성큼 다가온 느낌이 들었다.

기사 내용도 협박으로 느껴졌다. 마이크가 무슨 짓을 하려는 건지 정확히 보였다. "가족 문제도 14세 딸을 둔 (…) 10대 아이를 둔 워킹맘이자 싱글맘(…) 가족 문제가 조속히 해결되길 바란다." 내 불안의 원인이 10대 딸이라는 사실을 쉽게 유추할 수 있도록 작성된 기사였다.

전남편 집으로 전화를 하자 캐럴라인이 받았다.

"괜찮아요?"

문제가 생기면 늘 눈치 빠르게 알아채는 여자였다. 그건 인정해야 했다. 정서 지능이 높고 공감 능력도 좋았다. 데이비드와 가까워진 것도 그런 능력 덕분이었다. 교사 시절 처음 만났을 때 내가 그녀에게 끌린 이유도 그 때문이었다. 그녀는 남자 교사 한 명이 나를 불편하게 한다는 것을 눈치챘다. 그는 항상 내게 붙어 앉아 노골적으로 내 관심을 독차지하려 했다. 내가 자주 남편을 언급해도 무시하면서. 어느 날 캐럴라인이 말했다. "그만 좀 집적대요, 이언. 부끄럽지도 않아요?" 우리 관계에 장작 역할을 한 한마디였다.

나는 목을 가다듬었다. 연약한 모습을 인정하고 싶지 않아 말이 쉬이 나오지 않았다.

"별로요. 데이비드랑 같이 있나요?"

*

"그 자식, 죽여버리겠어."

데이비드가 주먹을 꽉 쥐자 커다란 손 위로 마디뼈들이 구슬처럼 도드라졌다. 그가 상기된 얼굴로 눈을 감자 나비 날개처럼 속눈썹이 파르르 떨렸다.

그가 이 정도로 화가 난 모습은 본 적이 없었다. 내가 결혼했던 남자는 비교적 온화한 편이었다. 다른 남자와의 유해한 관계를 끝낸 후 데이비드에게 끌렸던 이유 중 하나가 바로 그런 정서적 무난함이었다. 사소한 일을 거슬려 할 때는 있었다. 내가 물건을 어지르거나, 고양이가 화단을 화장실로 쓰거나, 이따금 옆집에서 하우스 파티를 열 때면, 그의 분노는 수동 공격적인 틱으로 나타났다. 방금처럼 누군가를 죽이겠다며 고삐 풀린 분노를 표현하는 건 전혀 그답지 않았다.

하지만 군살 없는 몸매로 다시 태어난 데이비드는 내가 결혼

했던 남자의 새로운 버전이었다. 이런 공격성이 생긴 건 세 시간 30분 이내로 마라톤 풀코스를 완주하고, 헬스장도 다니고, 단백 질 셰이크를 먹고, (플로라 말에 따르면) 비타민도 광적으로 챙겨 먹기 때문일까? 아니면 그저 누가 10대 딸아이 일을 폭로하겠다 고 협박했기 때문일까? 위층에서는 플로라가 오보에로 바흐 협 주곡을 연주하고 있었다. '레아 사태'가 벌어진 후로 아이는 다 시 연습을 시작했다. 하루에 두세 시간씩 강박적으로 악구 하나 하나를 완벽히 연습했다. 점차 고조되다 서서히 단조로 전환되 는 플로라의 선율은 제 아빠의 낮고도 강렬한 울부짖음과 우아 한 대비를 이루었다.

"중요한 건, 이제 우리가 어떻게 대응하느냐예요."

캐럴라인이 말했다. 함께 마주한 문제라고 생각해주어서 고마 움이 물밀듯 밀려왔다.

"엠마, 신문사에 연락해볼 만한 사람 있어요?"

"있긴 한데, 그리 도움은 되지 않을 거예요."

"그래요?"

캐럴라인은 어리둥절한 표정을 지었다. 내가 신문사 측 지인 에게 연락하기를 망설이는 모습에서 무언가를 눈치챈 듯했다. 나는 개인적으로 마이크를 안다는 사실은 밝히지 않고 이 일을 해결하고 싶었다. 두 사람에게 그와 하룻밤을 보냈다는 걸 알리 고 싶은 마음은 여전히 없었다. 그들이 신경 쓸 일이 아니었다. 하지만 기사를 내는 문제를 두고 다툼이 있었고 내가 그를 설득 하는 데 실패했다는 이야기는 이제 털어놔야 했다.

"그 정치부 기자는 그저 좋은 기삿거리라고만 생각하고 있어. 나한테 연락해서 우리 쪽 이야기를 들려달라고 했어."

나는 마이크와의 대화 내용을 간략하게 전달했다.

"플로라가 미성년자니 절대로 건들지 말라고 경고했는데, 신문사가 정말 무자비하게 나오네. 이건 (『크로니클』에 실린 내 사진을 가리키며) 어떻게든 기사를 낼 방법을 찾아낼 거라고 내게 알리는 거야."

"그 사람 인정에 호소할 수는 없을까? 그 사람 혹시 아이 있어?"

이제 데이비드의 얼굴은 상기된 상태가 아니었다. 그의 선량함에 갑자기 짜증이 솟구쳤다. 마이크와 『크로니클』은 우리와는 완전히 다른 도덕 기준을 갖고 있었다.

"문제는……"

나는 진실을 들려주었다.

"나한테 추근거렸는데 내가 관심 없다고 분명히 밝혀서, 어쩌면 지금 이 사태가 개인적인 감정 때문에 벌어졌을지도 모른다는 거야. 자존심에 상처를 입었다면 나를 공격할 이유가 있는 셈이지."

"아니, 지금 그게 말이……"

"데이비드."

캐럴라인이 그의 말을 잘랐다

"그런 소리를 하려던 게 아니야."

데이비드는 자신이 할 말을 지레짐작한 아내에게 짜증이 난

듯 보였다.

"내 말은, 그 사람도 성인이잖아? 그런 일 때문에 정말 이렇게 나오는 거라고?"

"여보."

캐럴라인은 남편의 기분을 풀어주려는 목소리로 말했다.

"당신은 대부분의 남자보다 훨씬 너그러운 편이라서 그래요. 하지만 어쨌거나 엠마가 그에게 다시 연락을 취하는 건 의미가 없을 것 같긴 해요. 당신이나 내가 한번 그 사람과 대화를 해보면 어떨까요?"

데이비드는 싸움 전 몸을 푸는 것처럼 손가락 관절을 꺾었다.

"그런 자식한테 내가 예의를 갖춰 말할 수 있을지 모르겠네."

"알아요. 그 남자를 죽이고 싶다고 이미 이야기했잖아요."

캐럴라인이 건조하게 말했고, 우리가 같은 짜증을 느끼는 그리 흔치 않은 순간을 공유하며 그녀가 내게 시선을 맞췄다.

"그럼 제가 해야겠네요."

"당신이?"

데이비드는 놀란 눈치였다. 흥미로웠다. 그는 캐럴라인을 과소평가했던 것이다. 반면 나는 그녀를 과소평가하지 않았다. 과거에 그랬던 것이 내 결혼 생활에 치명적인 작용을 한 이후로.

"왜요? 난 플로라를 사랑한다고요. 지금 아이가 무척 약해져 있는데, 그런 기사까지 보면 어떻겠어요? 자기가 레아한테 한 행동이 그런 식으로 세상에 드러난다면요?"

"맙소사."

데이비드가 고개를 저었다.

"그러니까요."

캐럴라인이 말을 이었다.

"신문사가 여기서 더 나간다면 플로라가 무슨 짓을 할지 생각도 하고 싶지 않아요. 그리고 저도 설득이라면 꽤 잘하는 편이고요."

캐럴라인이 미소 지었지만, 발랄한 말투로도 번뜩이는 날은 가려지지 않았다.

나는 캐럴라인을 믿을 수 없었다. 내 가정에 조금씩 침입해 들어왔던 여자가 내 딸의 명예를 완전히 망가뜨리려는, 아이의 행복은 조금도 신경 쓰지 않는 마이크와 협상을 하도록 내버려둘 수는 없었다. 뿐만 아니라 그를 설득하는 것은 내 몫이었다. 다른 방법을 찾는 수밖에 없었다.

"마이크는 자신에게 설득은 통하지 않는다는 점을 분명히 했어."

내 목소리는 분노로 살짝 떨렸다.

"타블로이드지 기자들은 양심에 호소하는 식에는 그리 반응하지 않아."

정신 나간 여자 같은 공허한 웃음을 흘리면서 나는 말을 이었다.

"맹세컨대, 나도 해봤고. 이미 사무 변호사를 고용했어. 변호사 측에서 신문사 법무팀으로 기사를 내면 법원을 모독하는 것임을 경고하는 편지를 보낼 수 있어. 문제는 편지를 보내는 데 5,000파운드 정도, 법정 변호사 자문에 1만 파운드까지 들 수 있다는 거야. 우습게 볼 금액이 아니지."

나는 침을 삼키고는 두 사람의 입에서 돕겠다는 말이 나오길 기다렸다. 둘은 아무런 말도 하지 않았고, 나는 어쩔 수 없이 완벽히 솔직해져야 했다.

"그런 절차를 밟아야 할 것 같은데, 내게 그만한 돈이 없어."

"같이 내면 돼."

데이비드가 이렇게 말하자, 믿을 수 없다는 듯 앓는 소리를 내며 캐럴라인은 인테리어 공사를 다시 진행하고 싶다는 바람을 담아 그를 빤히 바라봤다.

"데이비드, 우리한테 그런 여윳돈이 어디 있어요."

그녀가 높은 톤으로 급히 말했다.

"구하면 돼."

그는 단호하게 말했다.

"고마워."

나는 진심으로 고마웠다.

"월요일 아침에 제일 먼저 사무 변호사에게 연락할게."

캐럴라인을 향한 원망과 두 사람에게 부담을 안겼다는 수치심을 느끼며 그곳을 나섰다. 내 직업만 아니었다면 플로라의 행동은 가파른 학습 곡선의 일부이자 대단히 유감스러운 10대의 비행, 한심한 실수쯤으로 넘어갈 수 있었다.

내 명예 때문에 아이의 명예가 달린 문제가 타블로이드 신문에 기사화될 위험에 처한 것이다.

그러니 전부 내 탓이나 마찬가지였다.

21

2021년 12월 6일
캐럴라인

    캐럴라인은 마이크 스톡스를 설득하는 데 나서야 하는 사람이 자신이어야 한다고 굳게 믿고 있었다. 이 사실을 계속 상기하며, 국회의사당 맞은편 테이크아웃 커피숍 밖에서 그가 나타나길 기다렸다.

    캐럴라인이 인정하는 것보다 훨씬 더 깊숙이 그녀의 가정에 관여하고 있는 엠마지만 이번만큼은 확실히 논외였고, 데이비드는 평정심을 잃은 상태였다. 아무리 장거리 달리기를 하고—엠마가 다녀간 후로 16마일을 뛰었다—차고에서 샌드백 운동을 해도, 설득력 있고 조리 있게 말할 만큼 마음을 진정시키지 못했다.

    따라서 캐럴라인이어야만 했다. 그 끔찍했던 목요일, 사진을 첨부해 보낸 문자에 셉이 퉁명스럽게 너 도대체 누군데?라고 답했다는 이야기를 플로라가 털어놓은 사람도 그녀였다. 둘이 함께 데이비드에게 털어놓을 때, 딸의 말이 무슨 뜻인지 이해하지 못하는 그 앞에서 플로라를 안고 있었던 것도 그녀였다. 경찰의 전화를 받은 것도, 찾아온 젊은 두 형사를 수사하러 온 사람이 아니라 그저 손님 맞듯 접대하며 호감을 얻으려 한 사람도, 플로라가 두려움에 헛구역질하는 소리를 듣고 밤을 새운 사람도 캐럴라인이었다.

그동안 엠마는 어디에 있었나? 연락이 닿지 않는 곳에 있었다.

캐럴라인이 억울해하는 것은 아니었다. 그녀는 플로라를 자신의 친딸처럼 사랑했고, 실제로 그렇게 믿을 정도였다. 플로라는 자신이 처음 사랑한 남자의 딸이니까. 플로라는 그녀에게 피아노를 배우던 학생이었다. 이 인연을 시작으로 단순한 동료였던 엠마와 친구가 되었고, 물론 그럴 의도는 없었지만 이후 데이비드와 사랑에 빠졌다. 다시 말해, 플로라는 캐럴라인을 웹스터 집안에 빠져들게 만든 입문 마약이었다.

"어떤 걸 준비해드릴까요?"

"저지방 디카페인 라테 부탁해요. 샷은 하나만요."

그녀는 젊은 남자 바리스타에게 말했다.

10분째 마이크 스톡스를 기다리는 중이었다. 그가 기 싸움 비슷한 것을 하고 있다는 것은 금세 파악했지만, 사람들 눈을 의식하게 될 정도로 시간이 길어지고 있었다. 게다가 12월 바람이 매서워 몸을 좀 녹여야 했다.

커피숍에서는—B플랫 단조 같은 날이었지만 G 장조의—시시한 팝 음악이 흘러나왔지만, 우유가 든 음료가 마음을 진정시켜주었다. 캐럴라인은 플로라를 처음 알게 된 때를 떠올렸다. 아이가 또래에 비해 훨씬 뛰어난 음악성을 발휘해서 놀랍고 매력적이었다. 아이가 음계를 바쁘게 넘나들고, 모차르트 소나타를 배우고, 블루스의 스윙과 리듬을 즐기는 모습을 바라보며, 자신이 이런 딸을 간절히 바랐음을 깨달았다. 그녀는 당시 서른셋이었고, 이곳저곳 옮겨 다니는 피아노 강사가 결혼할 남자를 만나는 건 거의 불가능하다는 사실을 뼈저리게 깨닫고 있었다. (직장 동료들은 하나같이 매력적이지 않았고, 함께 연습하는 합창단 남자들 대부분은 유부남이거나 나이가 많거나 게이였다.) 정자 기증을 받아볼까 알아봤지만 그녀가 원한 것은—감사하게도 데이비드 또한 원한 것은—동반자와 아기였다.

데이비드가 그녀 아이의 아빠가 될 거란 사실은 점차 당연하게 느껴졌다. 엠마와 데이비드의 결혼 생활이 하원의원의 삶을 이겨내지 못할 거라는 걸 엠마보다 먼저 감지한 건 아니지만, 데이비드보다는 훨씬 일찍 알아챘다. 엠마가 당선된 그날 밤, 결과가 발표되던 바로 그 순간, 처음으로 분명한 전조가 나타났다. 엠마가 표정을 가다듬기 전, 얼굴에 당황한 빛이 스친 것이다. 당선이 자신의 결혼 생활에 어떤 영향을 미칠지 가늠하고 있었을까? 두 사람이 늦은 밤 어렵게 합의에 이른 내용을—출마는 하지만 당선은 안 될 거라는 약속—자신이 의도치 않게 지키지 못하게 된 것이 어떤 의미일지 생각하고 있었을까? 정치라는 변덕스러운 세계에서는 자신의 미래를 통제할 힘이 없어진다는 사실을 깨달았던 걸까?

"엠마는 이런 걸 원하지 않았어. 정말로 원하지 않았어."

데이비드는 처음 몇 달간은 집을 자주 비우는 엠마에 대해 이렇게 말했지만, 아내가 새로운 커리어를 진심으로 좋아한다는 것이 분명해지고 있었다. 처음으로 정치에 입문하며 엠마는 잘 해나가는 것 이상으로 **활짝 피어났고**, 그 삶에 **도취되어** 있었다. 독주자로 설 만큼은 아니지만 세미프로 실력은 갖춘, 청중의 박수를 받아본 경험이 있는 연주자인 캐럴라인은 그런 상황을 너무도 잘 알고 있었다. 엠마는 자신의 **목소리**를 찾은 것이다. 사람들이 귀 기울이는 목소리를, 제아무리 환상에 지나지 않는다 해도 그녀에게 권력의 맛을 알려준 목소리를 말이다.

엠마가 BBC 6시 뉴스에 나와 가정 폭력에 대해 말하던 그날, 데이비드는 마침내 아내를 잃었음을 깨달았다. 캐럴라인은 늘 그랬듯 월요일인 그날 5시 30분에서 6시까지 플로라를 가르칠 예정이었고, 데이비드는 플로라가 뉴스를 볼 수 있게 정시에 마쳐줄 수 있는지 물었다. (플로라는 대단한 만족감을 안겨주는 학생이었기에 캐럴라인은 수업 시간을 초과할 때가 잦았다.) 엠마는 나 6시 **뉴스에 나와! 녹화해줄 수 있어?**라는 문자와 함께 주먹을 맞부딪치는 이모티콘과 폭죽이 터지는 이모티콘을 보냈다. 데이비드나 플로라에 대한 언급은 없었다. 수업을 마친 캐럴라인은 자연스럽게 두 사람과 소파에 앉아 뉴스를 시청했다.

엠마는 숨이 막힐 정도로 멋졌다. 화려하고 자신감이 넘쳤다. 자신의 생각을 명료하게 전달했다. 카메라가 아닌 기자를 향해 말하는 모습은 조금 딱딱해 보였지만, 열정 넘치고 진정성 있게 보였다. 데이비드는 그 자리에 못 박힌 듯 굳은 채로 꼼짝도 하지 않았다.

이후 플로라는 엠마에게 전화를 걸었다. 그 뒤 데이비드도. "방송 봤어. 멋지더라. 전화 줄래?" 음성 메시지를 남기는 데이비드의 목소리는 엠마에 대한 자랑스러움에 반음쯤 높아졌지만, 엠마의 전화가 오기까지 몇 시간은 걸릴 것임을 안다는 듯 극복할 수 없는 슬픔의 표정으로 변해갔다.

"플로라가 요즘 새로 배우는 곡을 한번 연주해볼 시간이 될까요?"

캐럴라인은 어떻게든 두 사람의 기분을 풀어주고자 그렇게 제안했고, 데이비드는 고맙게도 고개를 끄덕였다.

플로라는 「핑크 팬서」 주제곡을 연주하다가 중간에 헤맸다. 캐럴라인은 「엔터테이너」를 연주해주었다. 방금 연주를 제대로 못해서, 또 엠마가 전화를 하지 못하는 이유를 생각하느라 초조해진 학생의 기분을 전환시켜주려고 점점 더 빠르고 경쾌하게.

캐럴라인은 한번씩 그랬듯 그날 그 집에서 저녁 식사를 했고, 그곳을 나서며 데이비드의 팔을 만졌다. 가벼운 터치였다. 관능적인 손길은 아니었다. 하지만 그는 깜짝 놀랐다.

"미안해요."

캐럴라인은 문가에 서서 낮게 중얼거렸다. 물론 처음 있는 일이었지만 자신이 그를 만져서가 아니라, 그의 심정을 이해한다는 표현이었다. 그러고는 덧붙였다.

"엠마가 플로라에게 얼른 전화하길 바랄게요. 안녕히 계세요."

이후 캐럴라인은 엠마가 연달아 이어진 표결에 참여하고 밤

11시가 지나서야 문자를 보냈음을 알게 되었다. 그즈음 플로라는 울다 지쳐 잠든 상태였다.

다음 날, 데이비드는 캐럴라인에게 전화를 걸어 점심을 청했고, 두 사람은 그렇게 시작되었다.

*

물론 아직 아기는 없다. 두 사람은 이제 시험관 시술로 넘어간 상태였다. 서른여덟 살. 캐럴라인은 아직 시간이 있었다. 다만 확률이 50퍼센트 미만이었고, 시술을 두 번 진행할 비용만 있었다. 그녀는 목이 데이도록 커피를 과하게 들이켰다. 데이비드의 고모할머니가 물려준 돈은 집 보수 비용으로 묶어둔 것이었다. (집에서 엠마의 흔적을 지우는 데 필사적이었지만, 한번씩 집 공사가 지긋지긋하기도 했다.) 그런데 데이비드가 사무 변호사 공문 작성 비용을 대겠다고 한 것이다. 물론 두 사람은 플로라를 지키기 위해 할 수 있는 일은 무엇이든 해야 했고, 캐럴라인도 이 사실을 너무도 잘 알고 있었다. 그래서 자신의 이기적인 반응이 당황스럽기도 했다. 하지만 그 돈을 쓰지 않고 마이크를 설득할 수 있다면 좋을 것 같았다. 어쨌든 아기가 생길지도 모르니까.

캐럴라인은 아기가 없어 자신이 부족한 사람처럼 느껴졌지만, 그래서 플로라를 더욱 소중히 여기기도 했다. 이번 만남이 그리 적절하지 못한 방법으로 얻은, 그러니까 불륜으로 얻은 엄마 역할을 제대로 해낼 기회일지 몰랐다. 유일한 기회였고, 반드시 제대로 해내야 했다. 그녀는 이미 한 번 플로라를 실망시켰다. 자신이 웹스터 부부의 결혼을 파탄냈기 때문이라는 뜻은 아니다. (자신은 불가피한 일을 조금 앞당겼을 뿐이다.) 플로라가 레아에게 괴롭힘을 당하고 있다는 걸 일찍 알아채지 못했다는 말이다. 데이비드는 10대 딸과의 소통에 서툴렀고 엠마는 늘 떨어져 있기에, 자신이 알아챘어야 했다.

돌이켜보면 그녀는 플로라가 불안해한다는 것을, 적어도 행복하지 않다는 것을 알고 있었다. 플로라는 친구들 이야기를 꺼내지 않았고, 캐럴라인이 그들을 한번 보자고 하면 입을 닫았다. 캐럴라인은 어느 정도 관여는 하지만 간섭은 하지 않는, 까다로운 균형점을 찾으려 했다. 그러다 보니 플로라에게 너무 조심스러워져 손을 놓는 꼴이 되고 말았다. 10대 여자아이들 사이가 틀어지는 일은 흔하다고 여기며 내버려둔 것, 그것이 치명적인 상황으로 이어진 것이다. 따라서 마이크 스톡스를 설득하기로 결심한 데에는 사랑은 물론이고 죄책감도 작용했다. (돈을 아끼고 싶다는 마음도 한몫했지만.)

약속 시간에서 15분이나 지났는데 그는 아직 나타나지 않았다. 무례하게 느껴지기도 하고, 좀 의외이기도 했다. 그는 그녀를 흔쾌히 만나고 싶어 했기 때문이다. 아마도 그녀가 전화를 건 동기를 100퍼센트 솔직하게 드러내지 않았기 때문이리라. "전 엠마 웹스터의 전남편과 결혼한 사람이에요. 좀 만날 수 있을까요? 듣고 싶으신 이야기를 제가 들려드릴 수 있을 것 같아요." 신문사의 뉴스 담당 부서를 거쳐 그에게 전화가 연결되자, 그녀는 가능한 한 낮고 호감 가는 목소리로 말했다.

이제 그녀의 눈에 마이크의 트위터 프로필 사진과 비슷하게 생긴 남자가 들어왔다. 그는 길을 건너 달려오고 있었다. 엷은 갈색 머리에 매력적인 외모였다. 동물적인 활기를 뿜어내는 그 모습을 보니, 그녀가 진실을 말하지 않았다는 걸 알면 어떤 반응을 보일지 두려워졌다.

"미세스 웹스터?"

그가 친근하게 미소를 지었다.

"캐럴라인이에요."

그녀도 미소로 답했다.

"커피 드실래요? 전 이걸로 됐으니, 한잔 드세요."

그녀는 손에 든 컵을 가리키며 말했다.

"저도 뭐. 너무 많이 마셨거든요."

그는 에너지가 넘치는 사람처럼 까치발을 들었다 내렸다 했는데, 기대감 때문인 것 같았다.

"좀 더 조용한 곳으로 가실까요?"

어쩌다 보니 그녀는 무의미한 대화를 나누며 그를 따라 웨스트민스터 브리지를 건너고 있었다. 다리 중간에서 멈춰 선 두 사람은 몸을 돌려 국회의사당을 바라봤다. 그녀는 좀 불안해졌다. 이 다리에서 벌어진 테러 사건이 떠오른 데다, 이것이 은밀한 만남과는 거리가 먼 것 같았기 때문이다. 어쩌면 이것도 그의 계획 중 일부일지 몰랐다. 물론 근처에는 두 사람에겐 아무 관심이 없는 일본 관광객 두어 명뿐이었지만. 그녀 아래로는 잔뜩 불어난 템스강이 은회색으로 넘실거렸고, 하늘에서는 잿빛 구름들이 이따금씩 빗줄기를 뱉어냈다. 대화를 나누기에 상서로운 장소는 아닌 듯했다.

"그러니까, 엠마 웹스터에 대해 이야기해주실 게 있다고 말씀하셨는데요."

마이크가 운을 뗐다.

"대화 내용을 절대 공개하지 않을 거라는 점을 확실히 해주시겠어요? 어떤 식으로든 제 말이 인용되는 일은 없었으면 해서요."

갑자기 무척 긴장하기 시작한 그녀가 말했다.

"물론입니다."

그는 매력적인 여성을 바라보는 눈빛으로 그녀를 쳐다봤다. 사람을 움츠러들게 하는 시선이었다. 그녀는 원하는 바를 숨긴 채 무언가 줄 게 있는 것처럼 대화를 이어가기는 어렵겠다는 생각이 들었다. 처음부터 솔직하게 나가야 했다.

"엠마 이야기를 하러 온 게 아니에요. 플로라 때문에 뵙자고 했어요."

"말씀하세요."

그는 더욱 흥미를 느끼는 듯했다. 혹시 그는 그녀를 못된 계모라고 생각하는 걸까? 플로라가 받은 청소년 조건부 경고 조치를 폭로하려는?

"이제 전부 그만둬달라는 부탁을 하러 왔어요."

"전부 뭐요?"

그의 입가가 씰룩거렸다.

"제가 무슨 말 하는지 아시잖아요. 기자님이 기사를 쓰지 못하도록 법적으로 막을 방법도 분명 찾을 수 있지만, 먼저 이 말씀을 드리려고요. 엠마 사진으로 너무 큰 압박을 가하셨어요. 다음엔 뭐죠? 신원을 감춘다며 얼굴을 흐릿하게 처리한 플로라 사진? 아니면 아이의 반 친구들은 알아볼 몇 가지 힌트를 실은 기사인가요? 저는 지금 기자님의 선의에 호소하고 있어요. 인간애에 호소하는 거예요. 저는 솔직히 말해 기자님이 엠마한테는 무슨 짓을 하든 그리 관심 없어요. (이 말에 마이크가 미소를 지었다.) 대중 앞에 스스로 선 사람이니 그로 인한 파장도 감내해야겠죠. 얻는 만큼 잃는 게 있으니까. 하지만 본인이 어린 소녀에게 무슨 짓을 하고 있는지 한번 생각해보세요."

"여기까지 먼 길을 오셔서 제게 부탁하려는 게 이거예요?"

그는 천천히 고개를 가로저었고, 그녀는 그의 냉소적인 반응에 분노가 치밀었다.

"플로라는 아무런 잘못이 없는, 무고한 애가 전혀 아니죠. 리벤지 포르노를 전송했다고요. 열네 살 소녀의 움직이는 이미지를요. 자신의 엄마가 반대 운동을 펼치고 있는 바로 그 리벤지 포르노를요. 엠마에게 이번 일을 섬세하게 풀어가보자고 제안했습니다. 10대 학생들이 받고 있는 스트레스에 대한 대중적인 담론으로 시작하자고요. 온라인 괴롭힘과 그것이 10대 청소년 정신 건강에 미치는 영향을, 그런 큰 그림을 제시해보자고요. 하지만 엠마가 협조하지 않는다면, 공익을 위해서라도 그 위선을 폭로할 수밖에 없어요."

세상에나. 캐럴라인은 그를 한 대 치고 싶었다. 보통은 차분한 데이비드가 왜 살인 충동을 느꼈는지 이제야 이해가 되었다. 마이크는 그들과 완전히 다른 도덕 기준의 세계에 살고 있었다.

"하지만 플로라는 아이라고요."

"3개월 후면 열다섯 살이 되는 10대죠. 극단적인 보복 행위로 동갑인 여학생 상체가 노출된 영상을 아이폰으로 찍어 본인보다 나이 많은 10대 남학생에게 보낸. 저한테는 그게 리벤지 포르노처럼 보이거든요."

그는 대화가 끝났다는 듯 말을 멈췄다.

"제발요."

그녀는 정신을 차릴 수가 없었다.

"아이가 자해나, 그보다 더 나쁜 일을 저지를지도 몰라요."

그의 얼굴에 동정심이, 혹은 설마 하는 기색이 스쳤다. 무언가가 그의 마음을 울린 것이다. 뭐라고 단언했든, 그도 편치 않은 것이다.

"혹시 자녀가 있으신가요?"

캐럴라인이 몰아붙였다.

"만약 자녀분 일이라면 어떠시겠어요?"

휴대폰 소리가 그녀의 말을 잘랐다. 그의 안쪽 주머니에서 휴대폰이 진동하고 있었다. 마이크는 휴대폰을 꺼냈고, 동요하던 그의 표정은 이내 흥분으로 바뀌었다.

"저기, 제가 꼭 받아야 하는 전화라서요. 나와주셔서 고맙습니다."

"하지만 전……"

"지금 가봐야 해요! 미안합니다!"

그러고는 휴대폰을 귀에 바짝 대고 대화에 빠져든 채 빠른 걸음으로 다리를 건너갔다. 홀로 남은 캐럴라인은 템스강의 심연을 가만히 응시했다.

22

2021년 12월 6일

마이크

예상치도 못한 대단한 건수였다.

마이크는 웨스트민스터 브리지를 내달리는 차들에 시선도 두지 않고 무단횡단을 해 국회의사당으로 향했다.

하얀색 택배 승합차가 길게 경적을 울렸지만 그는 살짝 손을 들어 미안하다는 인사만 전하고, 휴대폰 속 상대의 말에 정신이 팔려 조용히 대화를 나눌 만한 곳으로 이동해야 한다는 생각뿐이었다.

방금 전 들은 이야기가 어떤 파문을 몰고 올지 생각의 나래를 펼치느라 머릿속이 정신없이 바빠졌다. 이건 정말 **엄청난** 건수였지만, 너무 자극적이었다. 이 폭로는 이후 여파까지 고려하면 **며칠이나** 이어질 수 있었다. 데스크로부터 오래도록 신뢰를 얻을 만한 건수였고, 한 사람의 명예를 **완전히 부숴버려** 지금껏 쌓아온 모든 것을 비웃음거리로 전락시킬 만한 사건이었다.

플로라 웹스터 정도는 **가볍게** 지워버릴 수 있었다. 그 건은 그가 지금 듣고 있는 이야기가 불러올 쓰나미에 비하면 잔물결에 불과했다. 솔직히 말해, 그는 플로라의 10대 리벤지 포르노 사건과 그 엄마의 위선을 기사로 내보낼 수 있을지 의심스럽던 차였다. 엄마의 협조가 없다면 그 일을 부당하게 이용하는 것처럼 보일 수 있었다. 부편집장이 청소년 정신 건강 문제로 엮어보자고 했지만—소문에 의하면, 그의 열아홉 살 딸은 우울증을 앓고 있다—변호사들은 좀 불안한 기색이었다. 미성년자가 연관되어 있기에. 하지만 이 이야기라면 그런 걱정은 필요가 없었다. 연루된 사람들 전부 성인으로, 역사에 남을 기사가 될 수 있었다. 가장 중요한 점은, 신빙성 있게 들린다는 것이었다. 사진 여러 장이 있다고 했다. 사실이라면 사진 대다수는 품위 있는 가족용 신문에 싣기에 수위가 너무 높겠지만, 픽셀화시켜 쓸 수 있는 얌전한 것들도 있을 것이다. 무엇보다 사진이 있다면 논쟁의 여지가 없을 터였다.

그가 새 미세스 웹스터를 만나는 자리에 늦은 이유도 이 때문이었다. 오늘 아침 일찍 음성 사서함에 감질 나는 메시지 하나가 들어왔고, 제보자가 워낙 파괴력을 가진 인물이라 마이크는 그가 자신의 문자를 확인하고 전화를 주기만 기다렸다. 그러나 전화는 오지 않았다. 캐럴라인과 대화 중에도 그는 그쪽 연락만 기다리고 있었다. 그래서 그녀를 만난 게 시간 낭비였음이 밝혀지자 짜증이 났다.

이 직업이 사실 별것 아닐지 몰라도, 그는 어쩌다가 듣거나 목격한 사소한 정보들까지 끊임없이 되새겼다. 커피 한잔 나누는 모든 만남이, 기사에 한 줄기 색을 더해줄 수 있었다. 이제 그는 새 미세스 웹스터가 젊고 매우 매력적인 여성이어도, 전임자가 지닌 카리스마는 없다는 사실을 알게 되었다. 엠마가 정치계의 박스오피스감이 된 건 바로 그 요소 때문이었다. 비현실적이고 영화 같던 소호에서의 밤에, 마이크가 그녀에게 깊이 빠져든 것도 그 카리스마의 영향이었다.

캐럴라인은 그가 원한 것도, 그가 기대한 것도 주지 못했다. 엠마 전남편의 취향에 대한 약간의 이해만 제공했을 뿐.

그는 앞으로 할 일을 위해 양손을 깍지 끼고 스트레칭을 했다. 이제 집중해야 할 새로운 이야기가 있었다.

23

2021년 12월 8일

엠마

그 일이 벌어졌던 날은 유독 시작부터 힘들었다. 나는 사무실에 연결된 주방에 서 있다가 플로라 아기 때의 손도장이 찍힌 머그잔을 그만 박살내고 말았다. 잔이 수도꼭지에 세게 부딪히는 바람에 벌어진 일이었다.

마음이 조급해져 있었다. 데이비드, 캐럴라인과 찜찜한 대화를 나눈 후 나흘 동안 나는 어떤 일에도 빠르고 거칠게 반응했고, 세상 무해한 질문에도 방어적으로 답했다. 선 채로 부서진 잔 조각들을 다시 붙일 수 있을까 고민하다 눈물을 흘리기 시작했다.

"괜찮으세요?"

사무실로 돌아오자 내 붉어진 얼굴을 알아챈 재즈가 물었다.

"별문제 아니야."

하지만 사실 **문제**가 있었다. 소중한 물건을 깨뜨린 게 문제가 아니었다. 나는 걱정과 두려움 속에서 내내 긴장하고 있었다.

며칠째 계속 그랬다. 월요일에 언론 담당 변호사에게 플로라에 대한 그 어떤 보도도 위법임을 알리는 사무 변호사의 공문을 『크로니클』 측에 보내라고 지시했다. 하지만 그것으로 충분한 것 같지 않았다.

그날 저녁에는 겨우살이(크리스마스 장식으로 애용되는 식물―옮긴이)를 어디에 걸 것인지를 두고 클레어와 말다툼을 했다. (겨우살이와 포인세티아는 우리가 크리스마스에 허용하는 단 두 가지 장식이었다.) 평소답지 않은 모습이었다. 지난 몇 주간의 스트레스 때문에 나는 예민해져 있었다. **누가 봐도 혼자만의 공간이 필요한 것 같다**는 클레어의 말로 말다툼은 끝이 났다. 난 혼자만의 공간이 필요한 것이 아니었다. 좀 더 안전한 곳이, 현관 인터폰이 설치되어 있거나 외부인 출입이 제한되는 건물이 필요했다. 하루 내내 고민한 후, 어젯밤 두 사람에게 이 집에서 나가겠다고 말했다.

클레어는 그런 나를 이해해주었다. 하지만 줄리아는 내가 과민반응을 하는 거라며 몰아세웠다. 새로 하우스메이트를 구해야 하는 상황에 화가 난 것이다.

"우리 다 욕먹고 협박당해요."

그녀는 그게 무슨 경쟁이라도 되는 양 말했다.

"페미니스트 의제를 꺼내면 어쩔 수가 없죠. 그렇다고 꼭 누가 **따라다니며 괴롭히고 있다고까지** 느낄 일은 아니에요. 패닉에 빠질 필요 없다고요. 이성적으로 대처하면 잘 이겨낼 수 있어요."

"불안하다고요! 『크로니클』에 실린 내 사진 봤잖아요."

나는 이성을 잃은 사람처럼 소리쳤다.

"그건 **지역구**에 있는 집이잖아요. 그리고 신문사도 원하는 걸 얻었고요. 이 사안을 가볍게 보자는 건 아니지만, 차 안에 있던 스토커도 사진기자였을 테고 이제는 없어요. 자전거를 타고 쫓아왔다던 아이도 그냥 아이일 뿐일 거예요."

줄리아는 이성적으로 대응했다.

"PLaIT에 연락은 했어요?"

클레어가 물었다. 그들은 아직까지도 내 딥페이크 포르노를 만든 자에 대해 아무런 말이 없었다.

"아니. 괜히 시끄럽게 만들고 싶지 않아서."

이 말을 하자마자 한심한 결정이었다는 생각이 들었다.

줄리아가 한참 나를 뚫어지게 바라보더니 말했다.

"그럼 뭐, 계속 그렇게 하시면 되겠네요."

그렇게 다툰 이후 잠이 쉬이 오지 않았고, 평소와 달리 6시 알람을 설정하지 않고 잠들었다. 그리고 오늘 아침 나는 두 사람과 마주치지 않으려고 식사를 늦게 했다. 8시가 되자 두 사람은 출근했고, 내가 마지막으로 집을 나섰다. 사무실에 나와서도 온종일 집중이 잘 안 되는 날이었다.

"퇴근하세요."

오후 4시, 창문이 어둑해지자 재즈가 말했다. 내가 일에 집중하지 못하고 있다는 것은 자명한 사실이었다.

"아직도 머리 아프신 거죠?"

나는 고개를 끄덕였다. 날이 어두워지자 무언가가 관자놀이를 조이는 듯했다.

"순교자가 돼봐야 아무 의미 없어요."

재즈의 목소리에서 날카로움이 느껴졌다. 내가 무언가를 감지했다 해도 그녀는 인정하지 않을 터였다. 이내 그녀의 목소리는 부드러워졌다.

"다른 뜻은 없었어요. 얼굴이 정말 안 좋아 보여서요."

나는 자전거를 타고 집으로 향했다. 아스팔트도 내 발목도 어둠에 잠기자 페달을 맹렬하게 밟았다. 4시 15분, 퇴근 차량이 몰려들기 전이라 도로는 비교적 한산했다. 나는 예민하고 불안했다. 뒤차가 나를 미행하는 것 같았다. 그러나 그 차는 신호를 받고 좌측으로 멀어졌다. 다음 교차로에서도 뒤에 있는 무언가가 느껴졌다. 자전거를 탄 사람이었다. 그의 앞바퀴가 내 뒷바퀴에 닿을 정도로 내 뒤에 바짝 붙어 있었다. 아까부터 내 뒤를 쫓아온 걸까? 뒷덜미에 소름이 돋았다. 거센 바람과 떨어지는 빗방울 때문이 아니라 그의 숨결 때문이었다.

나는 고개를 숙인 채 허벅지가 타들어가도록 전력 질주했다. 점차 빗방울이 굵어지자 도로가 미끄러워졌고, 빗줄기들은 내 뺨을 찌르고 다리를 흠뻑 적셨다. 애플 워치가 12분 3초를 알렸다. 신기록이었다. 집 앞 계단 손잡이에 자전거를 묶는 동안 심한 현기증이 밀려왔다. 지나치게 무리를 한 것이다. 그 자리에 주저앉아 장갑과 헬멧을 벗고는, 문까지 계단을 오를 결심이 설 때까지 서늘한 계단 손잡이를 붙들고 있었다. 두 눈을 감은 채 플라타너스 가지들이 서로 몸을 부딪는 소리를, 멀리 차들이 웅

웅대며 지나가는 소리를, 사이렌 소리를 들었다. 비는 잦아들고 있었지만 추위 때문에 이제는 움직여야 했고, 조금 어지러운 상태로 몸을 일으켰다.

문을 열자마자, 집에 인기척이 느껴졌다.

정적 속에 어딘가 묘한 분위기가 감지되었다. 조금 전 누가 침입한 듯 먼지가 부유하고, 공기 속에 누군가의 숨결이 섞여 있는 듯했다. 현관 밖은 자동차들 소리로 시끄러웠지만, 안에는 기대 섞인 적막이 가득했다. 누군가 여기 있었다. 여전히 여기 있다.

경보음이 울렸어야 했다. 요란한 경보음은 보통 육중한 오크 문이 열리자마자 울리기 시작해, 키패드에 암호를 누르는 도중에 멈추었다.

방금 문을 열었을 때는 경보음이 울리지 않았다.

하우스메이트들은 아직 도착 전이었다(퇴근하면서 두 사람의 사무실을 지나쳤었다). 혹시 내가 경보 장치를 안 켜고 나갔었나? 하지만 그걸 켜는 건 본능에 가까운 행동이었다. 아침에 눈뜨자마자 양치를 하고, 주전자 물이 끓는 동안 멀티비타민을 섭취하는 것처럼 자연스러운 하루 리듬의 일부였다. 그러니까 나는 집을 나서며 분명 경보를 켰을 것이다. 하지만 오늘은 청소 도우미 아그네스가 오는 날이었다. 2주에 한 번씩 오는 그녀는 경보 켜는 걸 깜빡한 적이 있었다. 그럴 것 같지는 않지만, 이 불길한 침묵은 그저 인간의 실수에서 비롯된 것일 수도 있었다.

집 안이 어두웠다. 타이머로 작동되는 복도 램프가 꺼져 있어, 집은 어둠에 뒤덮여 있었다. 문간에 누가 있으면 켜지는 야외 등에서 빛이 흘러나올 뿐, 복도 끝 쪽은 어두컴컴했다.

램프 스위치를 켰다. 불이 들어오지 않았다. 전기가 나간 걸까? 그렇다면 경보음이 울리지 않은 것도 설명이 된다. 계단 밑 벽장에 있는 두꺼비집을 올려 질서를 되찾아야 했다. 전기가 나간 거라는 해석에 곧장 마음이 기울면서도, 아이폰 손전등을 켜고 조심히 복도를 통과하는 나의 심장은 여전히 빠르게 쿵―쿵, 쿵―쿵, 쿵―쿵 북소리를 냈다.

내가 왜 그랬을까?

이후 여러 차례, 다양한 형태로 받게 될 질문이었다. 도대체 왜 누가 집 안에 들어와 있을 수도 있는 상황에서, 당장 집을 벗어나 경찰에 신고하지 않았던 걸까? 언론이 따라붙어 시달리고 있던 여성이, 모욕적인 문자 메시지를 받고 있던 여성이, 온라인상에서 개인적으로 협박을 당하고 있던 여성이 말이다. 내가 받았던 독설(염산 테러 협박 편지, 익명의 문자들, 트위터 악플들)의 수위를 생각하면, 있음직한 위험으로 곧장 다가가기보다는 경찰에 신고를 했어야 했다. 그것이 현명한 판단이었다.

하지만 나는 다른 선택을 했다. 도움을 요청하지 않고 어떻게든 혼자 해보려 했다. 그럼 네가 무엇을 할 수 있을까? 아버지의 이 도발적인 말은 나 혼자 대처해야 한다는 의미였다.

"저기요."

분명 내 목소리는 떨리고 있었지만, 대담한 척 말했다.

"저기요, 누구 있어요?"

발소리가 들리는 걸까.

단단한 밑창이 바닥을 디디는 소리가, 삐걱거리는 구두 소리
가 났다.

그때 일이 벌어졌다. 모든 것이 잘못되기 시작한 순간이었다.

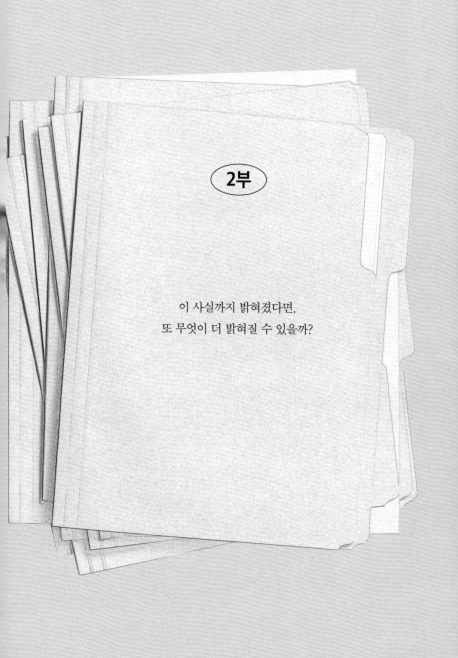

2부

이 사실까지 밝혀졌다면,
또 무엇이 더 밝혀질 수 있을까?

24

더 많은 청중 앞에 선 적도 있었다. 하지만 이렇게 비판적인 청중은 처음이었다.

공판 첫날 아침, 올드 베일리(영국 중앙형사법원—옮긴이) 피고인석에 앉은 나는 완전히 발가벗겨진 기분이었다.

마흔 명의 시선이 나를 바라보고 있었다. 판사, 서기, 정리(廷吏), 그리고 두 줄을 채운 기자단까지. 사건이 사건이라 해도 재판에 참석한 기자 수가 평소보다 너무 많았다. 이렇듯 내 사건은 매스컴의 큰 관심을 받고 있었다. 왕립기소청 측 모두진술이 신문 1면을 장식할 것이 뻔했다. 심지어 6시 뉴스의 첫 헤드라인을 장식할지도 모른다.

방청객들도 내 모습을 보기 위해 몸을 틀고 목을 길게 뺐다. 물론 배심원단도 있었다. 남성 다섯 명과 여성 일곱 명의 분석 능력과 직감에 내 미래가 달려 있었다.

그들이 나를 평가하듯 나 또한 인종 구성 및 성별 균형을 계산

하며 배심원단을 평가했다. 그들은 런던 배심원단으로, 내 지역구보다 다양성이 더욱 보장되었다. 세 명은 흑인 또는 동양 혈통이었고, 두 명은 코란에 맹세한 이들이었다. 안심해도 될까? 여성 배심원들은 유죄 평결을 내리는 경향이 적었다. 나는 그들을 향해 미소를 짓고 싶었다. 그들을 내 편으로 만들고 싶었다. 청중의 평가가 이토록 중요했던 적은 없었다.

판사가 입을 열었다. 존경하는 피오나 코스타 판사이자 왕립자문 변호사(Queen's Counsel, 영국의 법정 변호사들 중 최정상급에게만 주어지는 임명직. 이후 약어인 QC로 표기—옮긴이)였다. 가발과 판사 가운 틈에 자리한 그녀의 얼굴은 뿔테 안경에 반쯤 가려져 있었다. 케임브리지를 나온 50대 후반의 이 왜소한 여성이, 진짜 모습이 거의 드러나지 않는 그녀가 부러웠다.

휴대폰이 금지된 이런 환경에서는 트위터 밈도, 악플도, 조롱도 있을 수 없었다. 내가 경험한 딥페이크 포르노 조작도 있을 수 없었다. 그러니까 판사 얼굴을 음란한 이미지와 합성해—내 두 눈이 그녀 뒤에 있는 영국 왕실 문장으로 향했다—유니콘 또는 사자와 성관계를 갖는 듯 보이게 만들 수 없었다. 법정모욕죄를 처벌하는 법의 보호와 자신이 공개적으로 비난받지 않을 거라는 확신하에, 이 판사는 자신의 역할을 다할 수 있었다. 성별로 규정받지 않고, 추앙까지는 아니더라도 존경을 받으며. 그녀의 말이 문자 그대로 법인 것이다.

이제 판사는 그 높은 권좌에서 아래에 있는 배심원들, 법정 변호사들, 사무 변호사들, 법정 경찰들을 향해 지침을 전달했다.

"이 재판 관련 어떠한 것도 소셜 미디어에 올려서는 안 되고, 인터넷상에서 이 재판 관련 어떠한 반응도 보여선 안 됩니다. 이 재판과 관련된 사람들을 페이스북에서 검색해도 안 됩니다. 그리고 인터넷에서 정보를 찾는 것도 안 됩니다. 무심코 접할지도 모르는 언론 보도는 무엇이든 무시해주길 바랍니다."

판사가 잠시 말을 중단하자, 나는 웃음이 터질 뻔했다. 이들이 어떻게 뉴스를 무시할 수 있단 말인가?

"배심원단은 반드시 아무런 영향도 받지 않아야 하고, 선서했듯이 오로지 이 법정에서 들은 증언을 바탕으로 결정을 내려야 합니다."

배심원들은 하나같이 집중한 모습이었지만 맨 뒷줄에 앉은 한 남성은 예외였다. 기름진 앞머리에 건장한 체구의 그는, 판사의 지시가 탐탁잖은지 계속 눈을 굴려댔다. 앞줄에 앉은 내 또래 여성이 나를 의심스러운 눈길로 바라보기에 약간의 반항심으로 그녀의 눈을 빤히 응시했다. 사진보다 별로네. 그녀가 이렇게 생각할 것 같았다. 나는 6개월간 6킬로그램 이상이 줄었고, 머리카락이 뭉텅이씩 빠져 눈에 띄게 늙어 보였다. 그녀가 속으로 이렇게 말할 것 같았다. 죄책감 때문에 저렇게 된 걸까?

내 앞에는 법정 변호사들이 대기하고 있었다. 왼쪽은 기소청 측 변호사들, 오른쪽은 피고인 측 변호사들이었다(영국에서는 왕립기소청 측 변호사가 우리의 검사 역할을 수행한다—옮긴이). 코스타 판사는 여전히 낮고 권위적인 어조로 공판 절차에 대한 안내를 마치고는 공판이 10시 30분부터 1시까지, 그리고 2시부터 4시

15분까지 진행될 것임을 알렸다. 내 변호사는 앞으로 계속 집중해야 해서 상당히 힘들어질 거라고 내게 경고했었다. 완고하고 엄격한 판사가 다시 한번 경고했다.

"피고인은 상당한 집중력을 발휘해야 하는 만큼 재판이 길게 느껴질 수 있습니다. 자, 미스 잭슨."

판사가 기소청 측인 소냐 잭슨 QC 쪽으로 고개를 기울였다. 나는 가발을 쓴 그 변호사의 뒤통수를 뚫어져라 보고 있었다.

미스 잭슨은 품위 있는 몸짓으로 천천히 자리에서 일어났다. 서류를 정리하고, 입을 열기 전 물 한 모금 마시는 동작도 느렸다(실제로는 2, 3초밖에 되지 않지만). 수 싸움의 일부였다. 청중을 기다리게 하는 것. 기대감으로 청중의 애를 태워 한마디 한마디에 귀를 기울이게 만드는 것.

배심원단 중 누가 발작적인 기침을 작게 해댔다. 미스 잭슨은 그가 기침을 멈출 때까지, 그리고 그 외 바스락거리는 소리와 속삭임이 잦아들 때까지 기다렸다. 법정에 정적이 흘렀다.

"살인 혐의에 대한 공판입니다."

그녀는 낮고 위엄 있는 목소리로, 사건의 위중함이 실린 목소리로 말했다.

"마이크 스톡스라는 한 남성의 죽음에 관한 사건입니다."

25

캐럴라인

엠마에게 전화가 왔을 때, 캐럴라인은 잘 준비를 하고 있었다. 밤 10시 35분. 이 시간에는 전화를 받지 않는 편이지만 문자가 아닌 전화라면 급한 일이 생겼다는 뜻이었다.

데이비드는 이미 침대에 누운 상태였고, 캐럴라인은 침대 끝에 앉아 종아리에 로션을 바르는 중이었다. 어느 정도 선을 지키는 것은 중요한 문제였다.

"좀 늦은 시간이네요."

캐럴라인이 말했다. 그리고 무슨 일이 생겼음이 곧장 감지되었다. 엠마는 숨을 헐떡이고 있었다. 어떻게든 정신을 차려보려는 사람처럼. 목을 긁는 것 같은 그 짧고 큰 숨소리는 인간보다는 짐승에 가까웠다. 마침내 엠마가 입을 열었지만, 말이 너무 빠르게 쏟아졌다.

"괜찮아요?"

누가 들어도 괜찮지 않은 목소리였기에 한심한 질문이었다.

엠마의 괴로움이 자신에게도 전염되는 것 같았다.

"천천히요. 못 알아듣겠어요."

다시 한번 정신없이 말이 쏟아지기 시작했다. 여러 단어들이 뒤엉켜 높은 음으로 줄줄 흘러나왔다. 플로라. 미안. 연락. 부상. 경찰.

"경찰이요?"

"경찰이 와 있다고요. 8시부터 계속 전화했는데, 플로라 휴대폰이 꺼져 있어요. 제가 설명을 해야 하는데."

경찰이 와 있다, 스타카토처럼 짧게 끊기는 이 세 어절의 진실이 기관총처럼 발사되었다.

"플로라는 자고 있어요. 다 괜찮아요."

캐럴라인은 그렇게 말했지만, 괜찮은 것과는 거리가 멀었다. 엠마가 이렇게까지 괴로워하는 모습은 본 적이 없었다. 캐럴라인은 손바닥으로 이마를 지그시 눌렀다. 무슨 일인지는 몰라도 상황을 바로잡도록 도와야 했지만, 엠마가 계속 정신없이 떠들면 도울 방법이 없었다.

"이제 진정하고요, 처음부터 다시 설명해봐요. 제발요."

아까보다 속도는 느려졌지만 여전히 고조된 목소리로, 엠마는 적나라하고도 끔찍한 사실을 간신히 전했다.

"집에 와보니, 마이크 스톡스가 있었어요. 어떻게 들어왔는지는 몰라도 있었고, 그가, 그 사람이 계단에서 떨어졌어요."

"엠마는 괜찮아요? 안 다쳤어요?"

캐럴라인은 낮은 목소리로 침착하게 말하려고 노력했다. 하지만 그녀의 머릿속은 바빴다. 이미 경찰의 경고 조치로 충분히 심란한 데다, 그 일이 새어나갈까 전전긍긍하고 있는 플로라에게 이번 사건이 어떤 영향을 미치게 될까. 경찰에 마이크의 침입이 신고됐다면, 플로라 이야기가 기사화되는 일도 중단되는 걸까?

"전 괜찮아요."

엠마가 말했다.

"그러니까, 당연히 괜찮지는 않죠. 그게…… 그게 빌어먹게 끔찍해서."

엠마의 목소리가 갈라지더니 울음이 터졌다. 캐럴라인의 심장이 죄어드는 것 같았다. 엠마는 우는 사람이 아니었다. 욕도 입에 올리는 법이 없었다.

무슨 일이냐는 듯 데이비드가 그녀 쪽으로 몸을 돌리자 침대가 삐걱거렸다. 캐럴라인은 고개를 저었다. 엠마의 말에 집중해야 했다.

"정말 유감이에요. 그런데, 그 사람이 계단에서 떨어졌다니 무슨 말이에요?"

"마이크는 괜찮아요. 그러니까, 괜찮지는 않죠. 병원으로 실려 갔는데, 의식이 없는 상태예요. 괜찮아야 할 텐데."

말을 잇기 전에 마음을 단단히 먹으려는 듯, 엠마는 거칠게 숨을 들이마셨다.

"집에 들어와서…… 주방에 있는 그 사람을 발견했어요. 그러니까, 계단 아래에 있었어요. 술을 마셨더라고요. 복도가 젖어 있었어요. 비가 억수같이 쏟아졌거든요. 경찰은 그가 집에 몰래 들

어온 것으로 보고 있어요. 어떻게 그랬는지는 몰라도요. 제 소지
품을 뒤지려고 들어왔다가 미끄러진 걸로 보고 있어요……. 플
로라랑 얘길 좀 해야 해요."

엠마는 이 모든 이야기를 얼른 털어내야 한다는 듯, 빠르게 말
을 쏟아내고 있었다.

"아이 휴대폰이 꺼져 있는 것 같은데, 제가 지금 이런 상태로
는 메시지를 보낼 수가 없어요."

"네, 그건 어렵죠."

캐럴라인이 말했다. 엠마가 데이비드나 자신에게 먼저 전화를
하지 않았다는 데 내심 놀라고 있었다. 플로라가 아무런 필터도
거치지 않고 곧장 들어도 되는 종류의 소식이 아니었다. 물론 엠
마를 걱정하는 마음도 있었지만, 캐럴라인에게 중요한 것은 의
붓딸이었다. 플로라는 세간의 주목을 받는 엄마 덕분에, 더 솔직
히는 마이크라는 남자와 친분이 있는 엄마 덕분에 꽤 많은 것을
감당해야 했다.

"플로라 휴대폰은 주방에 있어요."

엠마가 당장 궁금해하는 것에 답은 해주었지만, 캐럴라인은
다른 생각에 빠져 있었다. 지금까지 들은 이야기에는 무언가가
빠져 있었다. 중요한 사실 하나가.

"침실에서는 휴대폰을 쓰지 않기로 했거든요. 내일 아침 일찍
제 아이패드로 페이스타임을 하면 어떨까요?"

"아이가 다른 사람을 통해 이 일을 알게 되는 건 바라지 않
아요."

"그런 일은 없을 거예요. 그런데 아이가 요즘 잠을 잘 못 자는 데다, 내일 아침 7시에 일어나야 해서요."

평일에 함께하지 않는 엠마가 아이의 기상 시간을 모르는 것은 당연했다.

"그때까지 플로라는 아무것도 모를 거예요. 일단, 내일 그렇게 이른 시간에 페이스타임으로 연락하면 받을 수 있겠어요?"

"글쎄요."

엠마는 한숨을 내쉬며 답했다.

"그래요, 그럴 수 있을 거예요."

체념한 듯, 혹은 지친 듯했다. 그녀는 항상 천하무적처럼 행동했고 자존심 때문에 누구에게도 도움을 청하지 않았지만, 지금만큼은 정말 두려움에 빠진 것 같았다. 당연한 일이었다. 『크로니클』이 몰래 사진도 찍었을뿐더러 마이크가 플로라에 대해 모두 알고 있기에. 하지만 엠마 집에 침입할 정도로 마이크가 스토킹을 하고 있었다고? 소름이 끼쳤다. 이보다 더 끔찍한 일을 상상조차 할 수 없었다.

"그 집에 있어도 괜찮겠어요?"

엠마가 겪은 일이 갑자기 현실적으로 다가왔다.

"어디서 머물고 있어요?"

"경찰 조사가 끝났으니 집에서 지내도 된다고 했어요."

엠마가 귀에 거슬리는, 이상한 웃음을 터뜨렸다.

"마이크가 또 침입할 일은 없을 테니까요. 그가 있는 병원 앞은 경찰이 지키고 있어요."

"어떻게 이런 일이, 엠마."

사건의 중대함이 계속해서 고조되는 크레센도처럼 점점 크게 다가왔다.

"그 사람이 어떻게 침입했는지는 밝혀졌어요?"

"아니요. 무단 침입한 흔적은 없어서, 청소 도우미가 열어준 것으로 보고 있어요."

"그럼 지금 세 사람이 함께 있는 거고요?"

"네, 클레어가 큰 힘이 되어주고 있어요. 줄리아는……"

휴대폰 건너편에서 한숨이 들렸다.

"줄리아는 힘들어하는 쪽이고요."

"힘들어한다고요?"

"제가 집에 오고 얼마 지나지 않아 도착했거든요. 당연히 좀 더 충격을 받았겠죠. 어쨌거나, 네, 우리 셋 다 집에 있어요."

캐럴라인은 플로라가 아침 7시 전에는 그 어떤 뉴스도 보지 못하게 하겠다고 엠마를 다시 한번 안심시켰고, 엠마는 PLaIT에 알렸다고 전했다.

"어떻게든 잠을 좀 자길 바라요."

캐럴라인은 지난 4년 동안 나눈 대화 중 가장 진심 어린 말이었다는 생각이 들었다.

"가능할지는 모르겠지만, 어쨌든 고마워요."

가느다란 체념 한 가닥이 느껴지는 목소리였다.

캐럴라인이 전화를 끊은 후에도 데이비드는 아무 말이 없었다. 정말 행복한 순간에도 조용한 남자였지만, 지금의 침묵에는 묵직한 무언가가 있었다. 그의 입에서 무슨 말이 나오려 한다는 뜻이었다. 그는 베개를 벤 채 누워 있었고, 양손은 머리 뒤에 있었다.

"끔찍한 일이 닥치겠지?"

마침내 그가 입을 열었다. 캐럴라인은 침묵했다. 그는 엠마의 마지막 말을 들은 것이 분명했지만, 딱히 답을 바라며 한 질문은 아니었다. 캐럴라인은 어떻게 해야 열네 살 아이에게 전해질 충격이 완화될 수 있을지만 생각했다.

"이상하게 들리지 않았어? 그 남자가 집에 들어왔다는 거."

그가 캐럴라인을 바라봤다. 캐럴라인은 손에 시어버터를 바르기 시작했다. 피아니스트인 자신의 길게 뻗은 손가락들을 부드럽게 어루만지며, 큐티클까지 크림을 흡수시켰다. 캐럴라인은 대답하기에 앞서 엠마가 자신에게 한 모든 말을 고려하느라, 또한 쫓기듯 대답하고 싶지 않아서 시간을 끌었다.

"글쎄, 별로요. 그런 타블로이드지 기자들은 원래 그런 짓 하지 않아요? 지금껏 그쪽에서 얼마나 비열하게 나왔는지 생각해 봐요. 마이크라는 사람이 꽤나 거침없다는 건 우리도 이미 알고 있잖아요. 법을 어기는 것 정도는 크게 신경 쓰지 않을 거예요."

"당신은 그 사람 안 좋아했지?"

캐럴라인은 자신도 모르게 몸서리를 쳤다.

"좋아할 구석이 없잖아요."

그녀는 잠시 자신이 한 말을 되돌아봤다. 병원에 **입원해 있는**

남자였다.

"표현이 좀 지나쳤나 봐요. 하지만 그 사람이 무례한 건 맞아요. 다른 사람을 배려하지 않는다고요. 무단 침입 정도는 충분히 가능한 사람처럼 보여요."

그녀 쪽으로 몸을 돌린 데이비드의 얼굴은 여전히 불편해 보였다.

"세상에, 어떻게 이런 끔찍한 일이 벌어지냐고."

"그러니까요."

캐럴라인은 침대에 올라 베개를 베고 누웠다.

"이 일이 신문에 나는 거 엠마가 굉장히 싫어할 텐데."

"동정 여론이 크게 일 거라고 생각해요. 그러길 바라고요. 여성 하원의원 세 명이 사는 집에 남성 저널리스트가 침입했다? 굉장히 무서운 일이잖아요."

캐럴라인은 또다시 몸서리를 쳤다. 침대에 건장한 남자와 함께 있다는 게, 혹시 침입자가 들어오면 먼저 나가 확인할 남자가 있다는 게 새삼 안심이 되었다.

그는 다시 침묵에 잠겼고, 캐럴라인은 그가 말을 해야 할지 말아야 할지 고민 중인 것을 눈치챘다.

"무슨 생각해요?"

캐럴라인이 도움의 손길을 내밀었다.

"글쎄."

그가 잠시 말을 멈추었다.

"그러니까, 엠마는 굉장히 솔직한 사람이잖아? 엠마가 거짓말하는 걸 한 번도 본 적이 없어. 그런데 자꾸만 그가 우리 집에 침입한 걸 내가 발견했다면 어떻게 행동했을까 생각하게 되네. 이성적으로 대응할 수 없을 것 같거든. 그 사람한테 폭력적으로 대응할 것 같거든. 나는 폭력과 거리가 먼 사람인데도, 폭력적인 사람이 아닌데도 말이야."

"무슨 말을 하는 거예요?"

캐럴라인이 놀란 눈으로 그를 바라봤다. 통화 내용을 계속 듣고 있었던 건가?

"엠마는 계단 아래서 마이크를 발견했어요. 그가 이미 떨어진 후에요. 그는 의식이 없었어요. 두 사람은 대화를 나눌 기회조차 없었다고요."

그는 예리한 눈빛으로 캐럴라인을 응시했다. 그의 두 눈이, 그녀가 가장 큰 매력을 느꼈던 두 눈이 새파랗게 빛났다.

"엠마를 믿어?"

"믿어요. 완전히요!"

불신을 표하는 그에게 충격을 받은 캐럴라인이 단호하게 답했다.

"엠마는 고지식할 정도로 솔직한 사람이에요. 너무 심각할 정도로요."

데이비드가 자신과의 관계를 털어놓았을 때 엠마가 격분하던 모습이 떠올랐다. 무엇보다 그가 외도를 시작해서 엠마에게 결혼 생활을 끝내자고 할 때까지 몇 주 동안, 그들이 그녀를 속였다는 것에 큰 충격을 받은 듯했다. 두 사람이 자신을 속였다는 걸 믿을 수 없어 했고, 그 사실을 인정하기까지 꽤 오래 걸렸다.

그런 엠마가 이런 상황에서 거짓말을 할 리가 없었다.

아닌가?

"데이비드."

그녀는 약간의 물리적 우위를 점하기 위해 몸을 반쯤 일으켰다.

"나는 엠마가 본질적으로 거짓말을 못하는 사람이라고 봐요."

그가 의심스러운 눈빛으로 그녀를 바라봤고, 그녀 또한 눈을 피하지 않았다.

"하지만 그것과 상관없이 엠마를 위해, 무엇보다 **플로라**를 위해, 우린 엠마 말을 **믿어야** 해요."

26

2021년 12월 9일

엠마

"엠마?"

우편함이 덜컹 닫혔다가 끼익하며 다시 열렸다.

"엠마? 클레어? 두 분 오늘 아침 컨디션이 어떠신가요?"

카메라맨들과 사진기자들이 새벽부터 집 앞 여기저기에 진을 치고 있었다. 나는 플로라와 통화를 한 후 생각이 많아진 데다, 웨스트민스터가 어떻게 반응할지 마음의 준비를 하느라 일부러 출근 시간을 넘겼다. 8시 30분인 현재, 내 선택이 큰 실수였음이 분명해 보였다.

엄청나게 시끄러워질 게 너무도 확실했다. 입을 꾹 다문 줄리아가 보도진의 존재를 무시하며 집을 나선 7시 무렵만 해도, 속보로 사건이 전해지긴 했지만 자세한 이야기는 거의 없었다. 이제 언론은 집에서 침입자를 발견한 사람이 나라는 정보를 입수한 상태였다.

어디선가 이야기가 샌 것이다. 경찰 쪽에서? 아니면 어젯밤 트위터에 다음과 같이 떠들어댄, 줄리아의 친구이자 노동당 평의원인 케이트 벅비? 여성 하원의원 세 명이 사는 집에 침입자가 나타났다. 언제쯤 우리의 안전이 진지하게 고려될 수 있을까? 마이크를 발견한 사람이 나라는 걸, 신원이 알려지지 않은 누군가가 알리고 싶어 했다. 그리고 그 정보가 삼투현상처럼 조금씩 퍼져나가고 있었다. 그게 아니라면 왜 이런 질문이 유독 나에게 집중되겠는가?

"엠마, 저희한테 지금 심정이 어떠신지 좀 들려줄 수 있나요?"

"그저 대화를 몇 마디 나누고 싶을 뿐입니다."

낮은 남성의 목소리, 이 또한 다른 형태의 침입이었다. 나를 향해 쭉 뻗어 와서 반응을 요구하고 있었다.

나는 위층으로 뛰어 올라갔다. 우편함에 갇힌 그의 두 눈이 달아나는 내 발꿈치와 종아리, 허벅지를 지켜볼 것을 알면서도, 내게 닥칠 비판의 목소리에서 도망쳤다고 그가 보도할 것을 알면서도. 나는 2층 클레어의 침실로 들어가서, 옆걸음질로 창문으로 다가가 우리를 지켜보는 그들을 지켜봤다.

"지금 나오고 있어요."

클레어가 가리킨 노트북에는 지금 내가 내려다보고 있는 장면이, ITV 기자가 심각한 얼굴로 우리 집을 가리키며 소식을 전하는 영상이 나오고 있었다. 잔뜩 흥분한 표정의 그는 매서운 추위에 뺨이 발개져 있었다.

"지난밤 몇 시간의 현장 수사가 마무리된 후, 하원의원 세 명이 집으로 돌아온 것으로 확인됐습니다."

그는 런던 광역경찰청 브리핑에서 얻은 정보를, 무슨 은밀한 내부 정보처럼 스튜디오의 앵커에게 전했다.

"엠마 웹스터와 클레어 스콧, 이 두 여성이 아직 집 안에 있는 것으로 보이지만 그들에게서 아무런 이야기도 듣지 못했습니다."

"인터넷에 새로운 내용 뜬 거 있어?"

나는 클레어의 노트북에 시선을 고정한 채 물었다.

"왜 우리가 아무 이야기도 하지 않는다고 굳이 언급하는 걸까요?"

"방송 시간 채우려고?"

"그건 알지만, 우리가 꼭 협조하지 않는 것처럼 보이잖아요."

나는 창가에서 벗어나 클레어의 어깨 너머로 시선을 옮겼다.

"이렇게 충격적인 일에 대해 우리가 왜 언론에 이야기를 하겠어요?"

클레어는 24시간 운영되는 『가디언』의 뉴스 블로그를 획획 넘기다가 BBC 웹사이트로 넘어갔다.

"여전히 '42세 남성'으로만 나오네요."

위가 죄어들었다. 어제 저녁 현관문을 열고 들어온 순간부터, 경보 알람이 꺼져 있다는 사실을 깨달은 순간부터, 내 속에 똬리를 튼 뱀들이 내 위를 더욱 세게 죄었다. 마이크가 출근하지 못했다는 사실이 밝혀지면 더는 저 문구로 소개되지 않을 터였다. 마이크라는 이름이 유출되기 전에 얼른 출근해서 해리는 물론 다른 동료들과 상의해야 했다. 하지만 그러려면 현관 계단 아래서 점점 더 몸집을 불려가는 보도진을 용감하게 마주해야 했다.

휴대폰이 진동하자 클레어는 문자를 확인하고는 고개를 끄덕였다.

"택시가 1분이면 온대요. 준비됐어요?"

그녀는 이미 코트를 입고 있었고, 가방을 챙긴 뒤 문 앞을 둘러싼 기자 일고여덟 명을 대면할 준비를 마쳤다. 나는 다시 고개를 돌려 창문 쪽을 확인했다. 세단 한 대가 매끄럽게 광장으로 진입해 시동을 건 채로 대기하고 있었다. 기자 무리는—젊은 여자 한 명을 빼고는 모두 남자였다—기대감에 잔뜩 환해진 얼굴로, 몸을 쭉 빼고 우리가 나오기를 기다렸다.

훗날 벌어질 일의 맛보기였다. 문밖을 나서자마자 우르르 사람들이 몰려드는 바람에—얼굴 가까이로 카메라와 마이크가 밀고 들어왔다—절대로 그래선 안 된다고 다짐했음에도 움찔하고 말았다. 클레어가 내 오른손을 꼭 잡고 이끌었다.

"엠마, 오늘 아침 심정이 어떠세요?"

"무슨 일이 있었는지 말씀해주실 수 있습니까?"

"엠마, 저희는 스카이 뉴스입니다. 굉장히 충격 받으셨을 것 같은데요?"

기자가 너무 가까이 있어 숨결에 섞인 담배 냄새까지 맡을 수 있었다.

"ITV 뉴스입니다. 엠마, 끔찍한 일을 겪으셨어요. 괜찮으셔서 다행입니다. 카메라에 대고 한 말씀만 해주시죠?"

나는 마지막으로 말한 사람을 향해 몸을 돌렸다. 얼굴이 익숙한 정치부 기자였다. 그를 향해 눈빛으로 말했다. **제발, 나를 좀 내버려둬요.** 이 장면을 찍은 사진은, 훗날 끝나지 않을 것만 같은 무한 루프처럼 계속해서 등장할 터였다. 자동차 헤드라이트에 놀란 토끼 같은 내 표정, 궁지에 몰린 동물처럼 공포를 드러낸 내 몸짓.

"괜찮아요?"

택시 뒷좌석에 쓰러지듯 앉는 내게 클레어가 물었고, 택시 기사는 속도를 내기 시작했다. 클레어의 유순한 얼굴이 오늘 아침에는 날카로워져 있었다. 잠을 거의 못 잔 듯 눈 밑이 거뭇했다. 그녀는 새벽 1시까지 함께 있어주었다. 6시가 좀 지났을 때, 계단 아래에 주저앉아 그가 쓰러져 있던 곳을 뚫어져라 보는 나를 발견한 것도 그녀였다.

"내가 잘못한 거 같아."

나는 입 안쪽 볼을 잘근거렸다.

"무슨 말이라도 했어야 했는데. 하지만 공격을 받는 기분이었어. 세상에, 다들 뭐라고 생각할까?"

클레어는 어깨를 으쓱했다.

"취재진은 신경 쓰지 말아요. 중요한 사람들은 다들 엠마를 걱정하고 있다고요. 이것 보세요."

그녀는 휴대폰에서 노동당 왓츠앱 그룹과 노동당 여성 그룹 사이를 오가며, 계속해서 올라오는 응원 멘트들을 읽어주었다.

이것이 시작일 뿐이라는 데 두려움을 느끼지 않을 수 없었다. 우리가 언론을 떨쳐낼 수 있을 거라는 그녀의 생각은 너무 순진

했다. 이런 내 마음을 그녀도 느꼈는지, 그 작은 손으로 내 손을 아플 정도로 꽉 쥐었다.

"엠마가 해명해야 할 건 아무것도 없어요."

클레어는 매서운 표정으로 힘주어 자신의 의견을 전했다. 그녀가 조금도 나를 의심하지 않는 것에 말할 수 없을 정도로 고마움을 느꼈다.

"엠마가 설명해야 할 건 하나도 없다고요."

국회의사당은 한결 조용한 분위기였다. 택시 기사는 우리를 뉴 팰리스 야드에 내려주었고, 그곳에선 카메라맨들에게 쫓길 일이 없었다. 다만 사무실로 가는 길에 하원의원 서너 명이 우리를 멈춰 세웠다. 일을 제대로 할 수 없을 것 같은 아침인 것만은 분명했다.

"오, 이런. 괜찮으세요?"

심하게 넘어진 고령의 지역구민을 대하듯, 재즈가 나를 책상까지 데려다주었다.

"전화가 쉴 새 없이 울리고 있어요. 걱정하는 사람들이 많아요. 인터뷰 요청도 쌓였고요. 성명서를 발표하실 생각인가요?"

"모르겠어."

이렇게 하면 정신을 차릴 수 있다는 듯이 나는 고개를 내저었다.

"다들 뭐라고 해?"

오는 동안에는 트위터를 피했지만, 이제는 컴퓨터에 로그인했다. 마이크의 신분이, 그와 나의 연결고리를 파고들게 만들 그 정보가 샜을까 봐 겁을 먹은 채.

"다들 마음을 많이 쓰고 있어요. 누구 하나 신경 쓰지 않는 사람이 없어요. 아, 당 대표님 사무실에서 좀 전에 전화 왔었어요. 당장 보자고요. 그리고 의장님도 대화를 나누고 싶다고 하고요."

"의장님이?"

"새로운 보안 정책 검토를 발표하자고 하시죠?"

재즈가 제안했다.

나는 고개를 끄덕였다. 이번 사건이 의회 이미지에도 그리 좋게 작용하지는 않을 터였다.

"BBC에서 전화 왔었어요. ITV랑 스카이에서도요."

재즈는 매니큐어를 칠한 손으로, 적어놓은 뉴스 채널들에 체크 표시를 해나갔다.

"엠마 의원님이 당장은 어디와도 인터뷰할 생각이 없으시다고 말했어요. 저한테 말씀하신 것처럼요."

"고마워."

앞으로 이 문제를 어떻게 해결해나갈지 벌써부터 머리가 복잡해진 채 자리에 앉았다. 마이크에 대한 기억이—의식을 회복한 그가 계단 아래서 욕설을 내뱉던 모습, 이후 들것에 실려 병원으로 이송되던 모습—눈앞에 펼쳐졌고, 곧장 그 기억을 꾹꾹 우겨넣었다. 경찰에 연락해 그의 상태를 확인하고 싶은 마음이 굴뚝같았지만 할 일이 너무도 많았고, 지금은 그의 상태에 대해 생각해선 안 됐다. 그가 우리 집에 침입해 이런 상황으로 몰고 갔다는 데 분노를 느꼈다. 내가 아는 서로 다른 마이크들이 하나로 합쳐졌다. 협력자, 동료, 친구, 연인, 스토커, 위협적인 존재. 소호에서 테이블을 사이에 두고 나를 향해 따뜻한 눈웃음을 보인 남자와 빅토리아 타워 가든에서의 냉정한 남자. 그가 회복하고 나면, 어떤 마이크가 나타날까?

재즈는 여전히 종알거리고 있었다. 어젯밤 케이트 벅비의 트위터를 보자마자 재즈에게 전화해 무슨 일이 벌어졌는지 알렸고, 마이크가 체포된 상황이니 인터뷰를 전부 거절하는 것이 우리가 취해야 할 입장이라고 말했다. 이제는 이 입장을 언제까지 고수할 수 있을지 의문이었다. BBC 뉴스 사이트에 올라온 기사는 아직 단신에 불과했지만, 불길하게도 "이후 소식이 이어질 예정"이라고 했다. 사이트 링크가 잔뜩 걸린 『미러』 블로그와 『가디언』 블로그도 발동이 걸리고 있었다. 줄리아가 등을 돌려 나와 선을 그으려 하는 걸까? 내가 침입자를 발견했고, 줄리아가 신고를 했다는 정확한 뉴스 하나가 등장했다. 미러: 리벤지 포르노 법안 이끈 하원의원이 침입자 발견, 그림자 내각(영국 내각제에서 제1야당 소속 의원들로 구성되는 예비 내각—옮긴이)의 멤버가 경찰에 신고.

뉴스 페이지 여러 곳에 내 리벤지 포르노 반대 운동에 대한 기사가 올라와 있었고, 『크로니클』에 실린 내 칼럼들이 인용되어 있었다. 같이 사는 우리 셋이 함께 성폭력 반대 캠페인을 했는데, 특히 내가 이 문제에 대해 거침없이 의견을 밝혔다는 내용도 있었다. 리벤지 포르노 반대 운동을 벌인 하원의원이 침입자의 타깃이었을까? 아니면 여성 의원 세 명 모두였을까?

하지만 기사 내용은 제각각이었다. 기자들이 서로 다른 의견을 가진 만큼, 앞으로 서른 시간 동안 다양한 방향으로 뻗어나갈 터였다.

침입자는 복면을 뒤집어쓰고 있었다.

세상을 떠들썩하게 한 강도 사건들과의 연관 가능성.

경찰이 테러 동기 조사 중, 침입자는 염산 테러를 계획했던 걸까?

내 눈이 특히 마지막 기사 제목에 꽂혔고, 다시 그 복도에 서 있던 때로 돌아갔다. 그때 나는 누군가 내게 달려들어 액체를 뿌릴지도 모른다는 공포에 압도되어 있었다. 이 기사는 어떻게 난 걸까? 내가 염산 테러 협박 편지를 받았다는 사실을 사우스 햄프셔의 형사 누군가가 누설한 걸까?

친구들과 동료들이 몇 번이나 전화를 했다며 재즈가 그 이름들을 읊었지만 나는 듣지 않았다. 그저 '엠마 웹스터', '하원의원', '침입자'로 키워드 검색을 하며 스크롤을 빠르게 내렸다.

마이크라는 이름이 나오는 건 시간문제일 뿐, 기사는 더욱 무서운 기세로 쏟아져 나왔다. 우리 주변으로 불꽃들이 넘실대고 있었다.

결국 나오고 말았다. 내가 알려질까 두려워하던 사실이—내가 그와 잔 것까지, 그가 플로라를 조사하고 있었던 것까지 밝혀질까 봐—ITV에 의해 보도되었다.

뉴스 속보: 하원의원 집 침입자, 타블로이드지 기자였다.

27

2021년 12월 9일
엠마

"아는 사이라고요? 당신이 협력했던 기자라고요?"

"네, 그래서 더 소름 끼치는 거죠. 그가 소속된 신문사가 얼마 전에 호의적이지 않은 제 사진을 실어 저를 괴롭히더니, 이제는 그가 침입까지 했으니까요."

"그렇죠."

해리 갓윈은 헛기침을 한 뒤, 이 일을 어떻게 처리해야 할지 난감하다는 듯 자신의 보좌관을 바라봤다. 이 노동당 대표는 여성을 경계하는 인물로, 내가 『가디언』과의 인터뷰에서 그를 비판한 이후 우리 관계는 조금 껄끄러운 상태였다.

하지만 그는 분명 걱정하고 있었다. 자신이 대표하는 당의 여성 하원의원 세 명이 거주하는 집에 타블로이드지 남성 기자가 침입했고, 경찰에 신고도 들어갔으며, 침입자는 아직 의식이 없는 상태였으니. 이 일의 충격이 잔물결처럼 내게 밀려왔다. 아니, 거대한 파도처럼 나를 덮쳤다. 스스로 이성적으로 행동하고 있다고 생각은 하면서도, 전에 해리에 대해 그랬듯 나는 누군가를 느닷없이 비난할 수 있는 상태였다. 여기 제1야당 대표실에 있는 나는, 내게 일어난 엄청난 일로 인해 덫에 걸려 있었다.

"제 지역구민의 죽음에 대한 기사 건으로 마이크 스톡스와 공조한 거예요."

마침내 이 말을 간신히 꺼냈다. 심장이 빠르게 요동쳤음에도, 목소리는 침착해서 다행이었다.

"둘이서 온라인 피해 법안 개정을 이끌어냈어요. 대단한 일이었죠. 하지만 그가 왜 우리 집에 들어왔는지는 전혀 짐작이 되질 않습니다. 일로 연락하는 사람을 집으로 초대하는 일은 절대 없어요."

나는 줄리아에게 손짓했다. 경찰에 신고한 당사자로서, 자세한 내용을 나만큼 잘 알고 있는 그녀가 대화에 합류했다.

"저는, 우리는, 너무 끔찍한 시간을 보내고 있어요."

"네, 실로 그렇죠."

그가 말했다.

"우리가 얼마나 참혹한 경험을 하고 있는지, 제대로 이해하지 못하실 거예요."

줄리아는 말을 이었다.

"집에 도착한 저는 그 기자를—그를 향한 경멸을 고스란히 담은 말투였다—계단 아래에서 발견했고, 엠마는 쭈그려 앉아 그를 지켜보고 있었어요. 경찰은 그가 청소 도우미를 구슬려 집 안으로 들어온 것으로 보고 있어요. 그는 크리스마스 점심 식사 자리에서 과음을 했었고, 엠마의 침실에도 들어갔어요……."

그의 손이 서랍을 열어 내 속옷을 흩뜨리는 장면이 상상되어 진저리가 났다.

"경찰은 그의 발이 미끄러지는 바람에 계단에서 떨어졌다고 생각하고 있어요. 복도가 비에 젖어 있었거든요."

줄리아는 자신이 공포에 질렸음에도, 빠른 판단력으로 999(한 국의 119에 해당하는 영국의 응급 구조대 번호—옮긴이)로 전화를 걸 었다고 설명했다. 사건 전날 밤 자신이 보안에 대한 내 우려를 무시했던 일은 언급하지 않고, 우리 셋 모두 오래전부터 보안 문 제를 걱정했다고 강조했다.

줄리아는 계속 말했다.

"이번 일을 계기로 모든 정부 기관이 경각심을 가져야 한다고 생각해요. 하원의원들이, 인정하기 슬프지만 특히 여성들이 매일 같이 위험을 마주하고 있어요. 제공되는 보안 수준을 고려하면 더는 내버려둘 수 없는 상황이에요. 요청컨대 해리, 하원의장에 게 보안을 재검토하고 언론 통제를 더욱 엄격히 해달라고 압력 을 넣어주세요. 물론 문화적 변화도 필요해요. 성희롱과 특히나 스토킹은 말할 것도 없고, 소셜 미디어에 표출되는 하원의원들 을 향한 태도에도 대대적인 변화가 필요해요. 동시에 엠마처럼 극도의 여성 혐오에 시달리는 의원들을 위한, 보다 엄격한 보호 가 있어야 하고요. 그 남자(그녀는 뱉어내듯 말했다), 그 기자는 크 게 위험해 보이지 않았을 수도 있지만, 엠마에게 극도로 집착했 던 게 분명해요."

"아, 그건, 사실인지는 모르겠네요."

내가 이렇게 말한 것은, 줄리아가 나와 마이크 사이를 일적인 것 이상의 관계로 보이게 만드는 것을 원치 않았기 때문이다.

"엠마, 그 사람이 우리 집을 무단 침입했어요. 자신의 신문사가 엠마를 괴롭힌 이유가 있을 거라 여기고, 조사하러 들어왔겠죠. (줄리아는 나를 빤히 바라봤다.) 아니면 에이미 법 캠페인을 함께하다 보니 당신에게 반해버린 거겠죠. 그래서 술김에 고백하러 들어온 거고요. 그 기자에게서 술 냄새가 났어요, 해리. 어떤 연유든 그가 한 짓은 불법이고, 몹시 섬뜩한 행동이에요. 우리가 사는 집이었어요. 우리의 안식처요. 안전함을 느껴야 하는."

나는 고개를 끄덕였다. 자기 연민에 휩싸여 아무 말도 할 수가 없었다. 내 안식처였다. 너무 자주 괴롭힘을 당한다고 느껴지는 이 세상에서, 가드를 내릴 수 있는 단 한 곳. 이렇게 이야기해준 줄리아가 너무도 고마웠다. 최근 들어 내 편이 아닌 것 같았는데, 아군이 되어주어서. 그날 내가 집에 들어섰을 때 보인 반응의 정당성을 입증해주는 말이었다. 내가 그토록 강렬한 두려움을 느꼈던 건, 이성적이지 않아서가 아니었다. 목이 메이고 눈가가 뜨뜻해졌다. 마룻장이 삐걱대는 소리가 그저 내 상상일 뿐인지 아니면 최악의 악몽이 실제로 펼쳐지고 있는 건지 혼란스럽던 그 복도로 다시 돌아가 있었다. 그의 몸을 바라보던 그때로 돌아가 있었다. 잠시 후 해리와 눈이 마주치자, 나는 그저 고개만 끄덕였다.

당 대표는 한층 온화해졌고, 무조건적인 지지를 보내겠다는

태도로 달라져 있었다. 그는 나보다는, 그림자 내각 구성원으로
서 한결같이 충실한 모습을 보여온 줄리아와 훨씬 좋은 관계를
유지했고 그녀를 좋게 평가하고 있었다. 때문에 그는 줄리아에
게, 더 나아가 나에게까지 공감하고 있었다. 우리가 사무실을 나
서려 하자 그는 내게 손을 뻗어 악수를 하고는, 다른 손으로 내
손등을 덮었다. 지금껏 경험한 그와는 다른, 뜨겁게 공감해주는
해리의 모습에 울컥할 만큼 안도감이 들었다.

"이 점은 알아주시길 바랍니다."

그는 진심이 느껴지도록 더욱 신경 쓴 어조로 말했다.

"이번 일은 결코 용인할 수 없고, 이번 일만큼은 두 분을 전적
으로 지지하겠습니다."

*

전화와 회의로 바쁜 오전이었다. 줄리아는 PLaIT 소속 경찰들
과 보안 대책 강화 문제를 논의하러 클리버 광장 집으로 돌아갔
고, 나는 런던 시장 및 하원의장과 이야기를 나눴다. 그러는 내
내 플로라가 마음에 걸렸고, 11시경 짬을 내어 전남편에게 전화
를 걸었다.

플로라는 아침 7시에 페이스타임을 할 때 처음엔 히스테리적
이다가 나중엔 거의 말문을 닫았다. 대부분 단답형으로만 말했
고, 얼굴은 초췌했다. 아이가 등교는 할 수 있었는지, 그러니까 2주
간의 정학 처분이 끝난 후 월요일부터 다닌 격리실에 무사히 갈 수

있었는지 걱정이었다.

"나랑 집에 있어."

데이비드가 조심스럽게 말했다. 아이가 옆에 있는 게 분명했다. 좀 더 편하게 통화하기 위해 그가 집 안 곳곳을 돌아다니는 소리가 들렸다.

"음⋯⋯."

길고도 진심 어린 한숨 소리가 이어졌다.

"늘 그렇듯 입을 꾹 다물고 아무 말도 안 하지만, 그래도 방에 혼자 숨어 있지는 않아. 나랑 가까이 있으려 하고, 심지어 안아 달라는 소리까지 했으니 다행이지."

한동안 침묵이 이어졌지만 적대적인 분위기는 아니었다. 플로라가 그립고, 그의 친근함이 감사했다. 그는 부드러운 목소리로 물었다.

"당신은 좀 어때? 뉴스에서 나오는 것처럼 상황이 안 좋은 거야?"

"아, 그렇지 뭐⋯⋯."

하나의 기억이 다시 나를 덮쳤다. 쓰러진 마이크의 몸, 내 아이폰 불빛에 환하게 빛나던 상처. 또다시 심장이 너무도 빠르고 불규칙하게 뛰어 덜컥 겁이 났다. 내가 어떠냐고? 매우 분노하고 있다. 마이크가 우리 집을 침입한 여파가 나쁜 뿐 아니라 내 딸에게까지 미치고 있어서. 또한 몹시 불안하다. 그의 상태와 앞으로 벌어질 일 때문에. 황당하기도 하다. 그가 왜 그런 짓을 해도 된다고 생각했는지 아직도 이해할 수 없어서. 그러나 어느 감정 하나 제대로 말로 표현할 수가 없었다. 또다시 심장이 빠르게 뛰어, 진정시키려고 손으로 가슴께를 꼭 눌렀다.

"내무부 장관실 전화요."

재즈가 속삭였다. 데이비드에게 내가 어떤 상태인지 설명하지 않아도 되어서, 전화를 끊을 구실이 생겨서 다행이었다.

내무부 장관 마크 콜린스는 이미 경찰청 브리핑을 받았음에도, 어떤 일이 있었는지 내게 듣고 싶어 했다. 때문에 나는 어제 경찰에게 했던 진술을 반복하며, 카드 덱에서 카드를 하나씩 꺼내듯 진실을 펼쳐놓았다.

집 현관문을 열자 경보 알람이 울리지 않았고 불도 꺼져 있었다고. 누가 집 안에 있을 것 같아 두려웠다고. 그런 뒤 계단 아래서 무언가를 발견했는데, 처음에는 옷 더미인 줄 알았다가 사람이란 걸 깨닫고 비명이 나올 듯한 공포에 휩싸였다고.

건조하게 설명하려는 노력에도 불구하고, 나는 다시 그 자리로 돌아가 있었다. 복도를 따라 조심히 발을 옮기는 동안 심장이 갈비뼈에 닿을 듯 어찌나 맹렬하게 뛰던지, 심장 소리가 들리는 것만 같았다. 바닥이 삐걱거리는 소리에 귀를 세웠고, 침묵의 질감에서 내가 혼자가 아님을 알 수 있었다. 저기요, 거기 누구 있어요? 나는 이렇게 외쳤다.

"제가 알기로는……"

마크 콜린스가 입을 뗐다.

"마이크 스톡스는 체포된 것으로 알고 있는데, 맞습니까?"

"네."

병원에 누워 있는 마이크를 떠올리지 않으려 노력했다. 계속 새로고침 하며 확인하는 뉴스 피드에 따르면, 그는 아직 의식이 없는 상태였다. 어쩌면 이번 사건으로 아버지를 잃게 될지도 모를 그의 아들 조시도 생각하지 않으려 했다.

"의원님은 괜찮은가요?"

나보다 한참 높은 직급의 사람이 던진 이 단순한 질문에, 날아든 축구공에 가슴을 맞은 듯 멍해졌다. 아니, 나는 괜찮은 것과는 아주 거리가 멀었다. 하지만 4대 주요 요직 중 하나인 내무부 장관에게 이 사실을 고백할 수는 없었다. 그는 나를 법을 개정시킬 정도로 유능한 정치인으로, 트위터 악플러와 정적을 견뎌내며 의회에서 리벤지 포르노 같은 대단히 불편한 사안을 논의하고자 한 끈기 있는 정치인으로 알고 있었다. 놀라울 정도로 어른다운 어른이 없는 세계에서 나를 진짜 어른으로 여기고 있었다. 그러니 어떻게 내 연약한 모습을 드러낼 수 있겠는가?

연약함을 드러내는 것은 이곳 문화와도 어울리지 않았다. 2017년 웨스트민스터 테러 발생 후, 하원의원들에게 상담 치료가 제공되었지만 몇몇 소수만 그에 응했다. 그럴 만한 시간이 없어서이기도 했지만, 사치스럽게 보여서였다. 먹고살기도 어렵고 매일 가정 폭력에 시달리는 지역구민들에게, 그런 치료를 받는 의원들의 모습은 자기도취적으로 보였으리라. 나는 이듬해에 당선됐지만, 당시에 나도 의원이었다면 상담을 받으러 가지 않았을 것이다.

"엠마?"

내가 다른 생각에 빠져 있음을 마크 콜린스가 알아챘다. 그는 좋은 사람이었다. 플로라와 비슷한 또래의 딸 둘이 있지만, 아이들을 자주 보진 못할 것이다. 그는 나르시시스트가 이끄는 당의 소속이었고, 내무부 장관직에 오래 있기에는 너무도 중도적 우파였다. 그는 내게 정말로 솔직한 답을 원하는 걸까?

"전 괜찮습니다."

이것이 그가 듣고 싶은 대답이었고, 나 스스로도 그렇게 믿고 싶었다.

"아니라도, 괜찮아질 거예요."

*

무단 침입자가 기자라는 소식은 기사에 새로운 동력이 되었다. 특히나 『스탠더드』는 그 내용으로 1면 전체를 도배했다. 다만 『크로니클』은 해당 사건을 거의 다루지 않았고, BBC는 여성 하원의원 세 명이 사는 집에 기자가 들어간 이유는 밝혀지지 않았다며 신중한 태도를 유지했다.

다른 신문사와 방송사도 이 흥미로운 이야기를 속속 전했다. 사무실 TV 화면 하단에 다음과 같은 헤드라인들이 이어졌다. 하원의원들 집에서 타블로이드지 기자 무의식 상태로 발견, 여성 하원의원들 집을 침입한 기자 입원, 타블로이드지 기자 세 여성 하원의원 집에 무단 침입. 잠깐씩 자막이 겹치기도 했지만, 금세 바로잡혔다. 이런 상황이 긍정적으로도 작용할 수 있을까? 티핑 포인트가 될 수도 있을까? 언론과 대중이 공인들을—정치인, 유명 인사 그리고 해리와 메건도 빼놓을 수 없으니 왕족까지—개인적으로, 또 소셜 미디어상에서 지나치게 괴롭히고 있다는 현실을 알리는 계기가 될 수 있을까?

화면 속 칼리지 그린 공원에는 취재진이 진을 치고 있었다. 경찰 수사가 진행 중이라 지금은 말씀드리기 어렵습니다. 이것이 모든 인터뷰 요청에 대한 내 답변이었다. 사실이기도 했다. 마이크가 무단 침입으로 법정에 서게 될 경우를 고려해, 재판에 악영향을 끼칠 수 있는 일은 결코 하고 싶지 않았다. 그가 괜찮은 건지 자꾸 걱정이 되었다.

키보드 위를 배회하는 두 손이 떨렸다. 또다시 충격과 탈진의 파도가 내게 밀려들고 있었다. TV 음량을 키웠다. 내가 하나씩 상세히 설명할 필요가 없었다. 재즈와 내가 사무실에 숨어 있는 동안 수백 미터 떨어진 곳에서 동료들이 즐거운 듯 한마디씩 하고 있었으니까.

은은한 노란빛의 국회의사당을 배경으로 디지털 · 문화 · 스포츠 특별 위원회에서 큰 영향력을 자랑하는 데이비드 로이드브라운이 장황한 이야기를 늘어놓고 있었다. 휴대폰 해킹 스캔들이 터진 지 9년이 지났음에도, 언론에 대해 아무런 규제력이 없다는 내용이었다. 『가디언』은 이미 '과열되는 미디어 위기'에 대한 오피니언 기사를 냈고, 스카이 미디어의 기자는 '타블로이드 언론이 도를 넘은 것인가?'를 주제로 매체라면 얼굴을 디밀고 한마디씩 하는 평의원들을 대상으로 설문 조사를 진행하고 있었다.

하원의원들 가운데 악플이나 스토킹, 소셜 미디어 침해에 대해 할 말이 없는 사람은 없었다. 토리당의 비교적 새 얼굴인 평의원 코라 제임스는 자신에게 지나치게 관심이 많은 지역구민들을 상대로 접근 금지 명령을 신청해야 했다며, 그들에 대한 공포를 생생하게 밝혔다. 나는 그녀의 이름을 노트에 적었다. 지지를 요청하는 이메일을 보내려고. 남성 하원의원들도 강력히 우려를 표했다.

그런데 내무부 부장관을 역임한 노동당의 데니스 아미티지가 BBC 뉴스에 나와, 나에 대해 이렇게 말했다. "침입한 남성과 대면했을 때 용기와 투지를 발휘한, 용감한 여걸"이라고. 그러자 BBC 앵커 올리비아 에드워드가 말했다.

"하지만 엠마 웹스터가 그 남성과 대치했다는 정황은 없지 않나요? 집에 도착한 그녀가 계단에서 떨어져 다친 그를 발견한 것으로 아는데요?"

그녀는 카메라 쪽으로 몸을 돌려 말을 이었다.

"경찰 측이 두 사람 사이에 언쟁이 있었다고 밝힌 적은 없다는 사실을 분명히 말씀드립니다. BBC 뉴스가 법적 사유로 이름을 밝힐 수 없는 그 침입자는, 현재 경찰 감시하에 병원에 입원해 있습니다."

"데니스 아미티지가 왜 저런 말을 하는지 알아?"

내가 재즈에게 물었다.

"글쎄요. 요즘 저분 상태가 영 이상한 거야 다들 아는 사실이 잖아요. 회의장에서 졸던 영상이 밈으로도 나왔고요. 왜 물으세요?"

재즈가 모니터에서 시선을 떼고 나를 의아한 눈으로 바라봤다. 그 눈빛에 불안해졌다.

"그냥 사람들이 말 지어내는 게 싫어서."

전화가 울렸다.

"던컨 화이트예요."

재즈가 전화를 돌려주었다.

"엠마."

해리의 고문인 그가 퉁명스럽게 말했다.

"홍보 책임자를 그쪽으로 보낼 겁니다. 이번 일에 대한 성명을 발표해야 해요. 법적으로 진행할 예정이지만, 관심이 높은 사안인 만큼 침묵만 지키며 아무런 소통도 하지 않겠다고 하는 건 옹호할 수 없습니다."

"카메라를 마주할 수가 없어요."

나는 오늘 아침에 있었던 몸싸움을 떠올렸다. 카메라 플래시, 흥분에 달뜬 기자들의 숨결. 그럼 네가 무엇을 할 수 있을까? 나는 숨을 생각이었다. 이야기가 흘러가는 방향이 마음에 들지 않았으니까.

"그냥 짧게 성명 발표만 하면, 우리가 책임지고 질문은 안 받는 것으로 할게요. 괜찮죠?"

*

홍보 책임자의 도움으로, 자세한 내용 없이 집에 침입자가 있
었던 건 사실임을 밝히는 짧은 성명서를 작성했다. 그리고는 권
고대로 성 스테판 입구 앞에서 이야기의 새로운 반전을 기다리
는 기자 무리를 마주했다. 그곳은 많은 지도자가 도전적 입장을
발표하거나 TV 카메라 앞에서 사임을 선언한 장소였다.

"이쪽입니다, 엠마."

"여기 좀 봐주시겠습니까?"

나는 조용히 요청한 바를 따랐다. 빨리 끝내버리고 싶었다. 공
기가 살을 에는 듯 차가운 영하의 날씨였고, 울 코트 차림의 내
몸은 계속 부르르 떨렸다. 추위가 얇은 신발 밑창으로, A4 종이
를 쥔 내 손가락 사이로 스몄다. 사진기자들의 플래시가 터졌고,
황혼이 내려앉기 시작했다. 맞은편에는 웨스트민스터 사원이 금
빛으로 빛났고, 왼쪽으로는 강물 위로 빛줄기가 길게 드리워져
있었다. 마땅히 리처드 커티스(영화 「러브 액츄얼리」의 감독—옮긴
이) 버전의 런던 크리스마스 분위기가 풍겨야 했지만, 수도의 중
심인 이곳에서조차 음산한 한겨울이 우리를 단단히 옭아매고 있
었다. 서리가 내려앉은 포석들은 수정처럼 빛났고, 나는 숨을 밭
게 뱉었다. 날것 같은 추위가 배기가스 냄새를 지워버렸지만, 상
쾌하기보다는 모든 것이 너무 들떠 있는 느낌이었다. 내 감각들
이 지나치게 예민해진 걸까.

그날 저녁, 방송 화면 속 나는 커다란 코트에 파묻혀 왜소해

보였다. 지난 10월 온라인 피해 법안 개정을 앞두고 야외 방송에 대비해 스마트한 인상을 주려고 산 코트였다. 내 분노를 강력히 전달하려던 자리에서, 나는 도리어 겁에 질린 왜소한 여성처럼 보였다. 나는 집에 들어와서 침입자를 발견했고, 그 일로 큰 충격을 받았으며, 추가 성명은 발표하지 않을 것이고, 약간의 사생활을 허락해주면 감사하겠다고 말했다. 기어드는 목소리였다.

카메라 플래시 세례와 고함 소리가 터졌다.

"엠마, 그 남성분과는 잘 아는 사이입니까?"

심장이 쿵쿵대는 것을 느끼며, 질문을 외면했다. 뭘 알고 하는 소리일까? 왜 저런 질문을 하는 걸까? 하지만 그들이 바라는 반응은 보여주지 않았다.

홍보 책임자는 차량 통행을 저지하듯 손을 들었고, 나는 급히 국회의사당 안으로 들어가다가 큰 키에 금발, 엄격한 성향의 원내 대표 앤 라이트와 마주쳤다. 그녀는 딱딱하게 고개를 한 번 끄덕여 보였다. 분위기에 휩쓸리지 않기를 잘했다. 이제는 이 일에 대해 침묵을 지켜야 했다.

"경찰이 빨리 사건을 해결하길 바랍시다."

그녀가 냉담하게 말했다.

그러나 세 줄짜리 성명문으로는 결코 충분치 않다는 것을 알았어야 했다. 언론이 보고 싶어 한 장면은 내가 극도의 불안을 표출하는 모습이었다. 취재진의 무례한 태도가 생방송으로 고스란히 나가더라도 언론은 독자와 시청자를 흥분시킬, 급격히 전개되는 감정적 스토리를 원했다. 세상의 이목을 받는 여성은 과

거 자신을 유명하게 만들어준 사람들에게 반드시 협조해야 한다. 그 중요한 사실을 잊은 탓에, 나는 언론이 내게서 등을 돌리는 상황을 맞게 될 터였다.

초저녁이 되자 모두가, 우리 집에 침입한 사람은 나와 몇 건의 기사를 함께 만든 기자였음을 전했다. 심지어 신중한 노선을 보였던 BBC마저 마이크의 이름을 공개했다. 내가 언론이라는 야수에게 먹이를 제공하지 않은 바람에, 더욱 극심한 굶주림에 빠진 야수가 나를 물어뜯기 시작한 것이다.

7시 직전에 줄리아가 내 사무실로 들어왔다. 재즈가 차를 준비하러 자리를 뜬 상태라 그날 처음 혼자 있었고, 줄리아를 보자 눈물이 날 것만 같았다. 모니터 속 글자들이 빙빙 도는 동안 나는 손마디로 눈가를 꾹 눌렀다.

"오늘 해리한테 이야기해줘서 고마웠어요."

나는 따뜻해진 마음으로 말을 이었다.

"그 사람이 줄리아 말은 잘 들어주잖아요. 내가 오늘 말도 제대로 못 했는데, 보안 문제 언급해준 거 정말 고마워요."

"별말씀을요."

내 말이 더욱 바쁘게 쏟아졌다.

"보안이 얼마나 중요한지 이해해줘서 정말 고마워요. 내가 너무도 두려워했다는 것도 알아주고."

"진즉에 이랬어야 하는데 제가 잘못한 거죠, 뭐. 엠마 생각이 옳다는 게 밝혀지려고, 이런 안타까운 일까지 벌어져야 했나 봐요."

줄리아의 말에서 뼈가 느껴졌다.

"우리 다 함께 진즉에 집을 옮겼어야 했어요."

내 목소리가 너무 높았다. 온종일 시달린 탓에 신경질적인 첫소리가 나왔다. 나는 좀 더 차분한 태도로 상대를 이해해보려 노력했다. 줄리아는 당시 나와 함께 있었다. 같이 앰뷸런스를 기다리며, 내가 얼마나 두려움에 떠는지 직접 본 사람이었다. 내게 가혹하게 굴 이유가 없었고, 그녀 또한 충격을 받은 상태였다.

"우리 중 누구도 그런 일을 경험해선 안 됐어요."

"뭐, 그건 다 같은 생각일 거고요."

줄리아가 건조하게 대꾸했다. 그녀의 입술이 가느다란 선처럼 얇아졌다. 무언가 못마땅하다는, 그녀만의 확실한 의사 표현이었다. 그녀는 수동적 공격을 넘어 부당하게 굴고 있었다. 나는 되받아치지 않으려고 최대한의 자제력을 발휘해야 했다.

그녀는 내게 **공감**했고, 내 두려움은 **타당**했다. 그런데 그녀는 왜 이렇게 차갑게 구는 걸까?

줄리아가 떠난 뒤 나는 깊은 불안감에 휩싸였다. 한때 친구였던 사람을 멀어지게 만든, 어떤 근본적인 잘못을 저지른 것만 같았다.

28

2021년 12월 10일

플로라

엄마는 또 운 게 분명했다.

엄마의 지역구 사무실에 나와 있는 플로라는, 화장실에 다녀온 엄마를 빤히 바라봤다. 눈가가 벌겋게 달아올라 있었다. 엄마는 특유의 발랄한 목소리로 패트릭, 수와 대화를 나누고 있었다. 계속해서 밀려드는 따뜻한 이메일들에 흥분한 상태였다. 엄마의 책상 위에는 감사 편지와 카드도 쌓여 있었다. 그것들이 모두, 아무 문제 없이 괜찮아질 거라고 말하고 있었다.

하지만 하나도 괜찮지 않았다. 레아 사진을 받은 셉 프린턴이 너 도대체 누군데?라고 했을 때부터 괜찮은 건 아무것도 없었다. 길고 긴 한 달 동안 불안이 플로라의 가슴을 짓눌렀다. 때때로 완전히 짓이겨진 기분이었다. 불안이 최고조에 달했을 때는 경찰에게서 경고 조치를 받은 순간이었다. 그 수치스러운 기억을 떠올리면 아직도 속을 게워내고 싶었다. 이후 『크로니클』이 엄마 사진을 싣는 일이 벌어졌고, 엄마는 마이크 스톡스를 설득하는 데 실패했다. (부모님은 플로라 자신이 모를 거라 생각하지만, 엄마가 이 문제를 논의하러 왔을 때 세 사람의 대화를 엿들었다. 오보에 연습만 하고 있었던 게 아니었다.) 하지만 그 무엇보다, 엄마가 계단 아래서 마이크 스톡스를 발견했다는 게 가장 큰 스트레스를 주었다.

어제 아침 엄마가 페이스타임으로 이 소식을 전하며 경찰까지 개입했다고 하자, 플로라는 좋지 않게 반응했다. 그러자 엄마가 말했다. 제발 히스테리 부리지 마. 엄마는 무엇을 기대했던 걸까? 엄마를 스토킹하던 기자가, 딸아이가 레아한테 한 짓을 말하라며 엄마를 압박하던 기자가 엄마의 런던 집 계단에서 떨어져 입원한 상태였다. (어젯밤 캐럴라인에게 "아직 의식이 없대"라고 말하던 아빠의 얼굴은 유독 침울해 보였다.) 뉴스에도 났고, 이제는 경찰의 전화까지, 버윅 순경의 전화까지 받았으며, 엄마는 다시 눈물을 보였다. 마이크라는 남자가 아직 의식을 찾지 못해서일까? 그게 그렇게까지 슬픈 일일까? 그 사람이 계속 그 상태로 남아주길 바란다면 잘못된 걸까?

플로라는 지금껏 자신이 어떤 심정이었는지 엄마는 감조차 못 잡는다고 생각했다. 자신의 엄마를 해치고자 하는, 너무도 해치고 싶어 하는 사람들이 있다는 걸 알아버렸다. 마이크의 신문사가 적극적으로 엄마를 스토킹하고 있었다는 사실 또한 알아버렸다. 플로라는 더는 스마트폰을 쓰지 못했지만, 늦은 밤이면 노트북으로 소셜 미디어에 접속할 수 있었다. 그 속의 남자들은 엄마에게 온갖 뒤틀린 짓을 하고 싶어 했다. 강간하고, 베고, 린치하고 싶다고, 밤이 깊도록 말했다.

당연히 플로라는 학교에 가지 않았다. 2주간의 정학이 끝나 이제는 격리실로 가야 했지만(행동 또는 정신 건강에 문제가 있는 아이들을 격리실이라는 공간에 모아두었는데, 아마도 그 구성이 대단히 멋진 조합이라고 여겨 그러는 거겠지), 다들 엄마에게 벌어진 사건을 얘기할 게 뻔하니 갈 수가 없었다. 따라서 뉴스와 그 아래 달린 댓글들을 볼 수 있는 시간이 더욱 많아졌다. 플로라는 엄마에 대한 사람들의 생각과 의심을―애초에 그 사람은 그 집에서 뭘 하고 있었던 걸까? 그 창녀가 그 남자를 불러들였을걸. 그 남자를 그냥 '발견'만 한 건 아닌 거 같은데? 음탕한 년, 난잡한 년―계속 읽다가, 그러는 것 자체가 무슨 중독 증상처럼 느껴질 때에야 멈추었다.

적어도 플로라는 소식에 뒤처져 있지 않았다. 엄마는 뉴스를 못 보게 막는 걸 포기했다. 오늘 아침에도 집 밖에 카메라맨들이 와 있는 걸 확인하고 아래층에 내려와보니, 엄마는 BBC의「브랙퍼스트 뉴스」와 라디오4의「투데이」를 틀어놓고 있었다. 그러니 딸이 뉴스를 못 보도록 하는 게 어떻게 가능하겠는가? 엄마는 스스로를 보호하기 위해 정보를 최대한 많이 얻으려는 듯했다. 아는 것이 힘이니까?

그나마 엄마와 집에 함께 있을 수 있는 게 다행이었다. 엄마가 금방 런던으로 돌아갈 것 같지는 않았다. 클리버 광장 집의 허술한 보안 문제를 어떻게든 해결해야 했다. (그 집은 이미 엄마에게 소름 끼치는 공간이었고, 광장에 있는 수많은 나무 중 하나에 누군가 숨어 있다가 불쑥 덮칠 수도 있었다). 또한 보도진이 아직도 그 집 앞에서 진을 치고 있었다. 플로라는 엄마에게 이 집에 있어 안심이라고 말하고 싶었지만, 엄마는 방어적인 태도를 보였다. "내가 기자들을 피해 숨어 있는 건 아니야. 저것 봐! 사무실로 초대까지 했는걸!" 엄마는 TV 화면에 나오는, 자신의 지역구 사무실로 들어가는 지역 신문 기자를 가리키고 있었다.

플로라는 이제 사무실 책상에 앉아 있는 엄마에게 다가가, 엄마 정수리에 머리를 기대고 엄마 어깨에 팔을 둘렀다. 유치원 시절처럼 엄마에게 매달리고 싶었다. 유치원 일과가 끝나면 엄마가 올 때까지 몇 분이 남았는지 손꼽아 기다리던 그때처럼 말이다. 엄마가 도착하면, 엄마에게 매달려 떨어질 줄 몰랐다. 두 팔로 엄마 허리를 꽉 안고 얼굴을 엄마 배에 묻으며, 계속 재밌게 놀고 있는 아이들에게서 몸을 숨겼다. 아이들은 플로라의 그런 행동을 이상하게 여겼지만, 플로라는 딱히 신경 쓰지 않았다. 엄마와 떨어져 있는 게 얼마나 싫은지, 그런 식으로 엄마에게 보여주고 싶었다. 부끄러운 것쯤은 엄마와 떨어지는 것에 비하면 대수롭지 않았다.

"괜찮아, 우리 딸?"

엄마가 물었다.

플로라는 어깨만 으쓱했다. 당연히 괜찮지 않았다. 두 사람 다 아는 사실이었다.

엄마는 **힘들어서 어째**, 하는 표정으로 플로라를 향해 코를 찡긋하고는 다시 이메일 업무를 보는 척하다가, 24시간 업데이트

되는 『가디언』 뉴스 블로그로 휙 창을 넘겼다. 솔직해지는 편이 나았다. 이 방에 있는 모두가—가정 폭력 피해자가 머물 긴급 거처를 찾는 패트릭조차—마이크 스톡스의 상태가 어떤지 신경 쓰고 있다는 걸 인정하는 편이 나았다.

그때 엄마의 휴대폰이 울렸고, 플로라는 발신자 이름을 확인하고 급히 전화를 받는 엄마의 표정을 살폈다.

"네."

엄마는 경찰이나 고위 정치인의 전화를 받을 때—그림자 내각 내무부 장관과 이미 통화를 한 상태였다—내는 심각한 목소리로 대답했다. 엄마의 안색이 과즙을 다 빨아 먹고 남은 블랙커런트 아이스캔디처럼 새하얗게 질렸다.

"알려주셔서 감사합니다. 네, 그럼요. 알겠습니다."

엄마는 지극히 의도적으로 휴대폰 전원을 끄고 잠시 혼자만의 생각에 빠졌다가, 이내 사람들과 눈을 맞췄다. 통화를 마친 패트릭은 지문으로 얼룩진 안경 렌즈 너머로 엄마를 바라보고 있었고, 커피를 한 잔씩 더 준비하던 수는 원두 가루가 담긴 티스푼을 든 채 멈춰 있었다. 플로라는 지금이, 자신이 셉에게 그 사진을 전송했던 때처럼 삶이 완전히 달라지는 순간임을 의심의 여지 없이 알 수 있었다. 여자 화장실에서 찰리 모리스가 그랬었지. 우주가 손가락으로 V 자를 그리며 비웃음을 터뜨리는 순간이라고. 엄마가 이제 하려는 말을 어떻게든 막고 싶었다. 엄마에게 달려들어 입을 꽉 막아버리고 싶었다. 그러나 플로라가 할 수 있는 일은 아무것도 없었다.

29

2021년 12월 10일

엠마

다들 나만 바라보고 있었고, 도무지 어떻게 입을 떼야 할지 몰랐다. 버윅 순경의 전화를 받기 전까지만 해도 다른 결론이길 기도하고 있었으니까. 그가 너무도 침울한 목소리로 "미즈 웹스터"라고 말하기 전만 해도, 다 괜찮아질지도 모른다고 기대했으니까.

"아까 통화했던 버윅 순경입니다."

줄리아가 응급 구조대를 부른 그날 현장에 가장 먼저 나타났던 둥근 얼굴의 그는, 20대라는 나이와 어울리지 않는 목소리로 말했다.

한 시간도 안 돼 다시 걸려온 전화였다. 그의 입에서 나오게 될 말이 모든 걸 뒤바꿔놓을 것임을 본능적으로 직감했다.

"마이크 스톡스가 의식을 회복하지 못했다는 이야기를 전하게 되어 유감입니다."

잠시 말을 중단한 그는 잔인한 사실을 전했다.

"세인트토머스 병원에서 오후 1시 17분에 사망했습니다."

그의 말소리가 밖으로 새어나가지 않게 휴대폰을 귀에 바짝 붙이고, 다른 사람들을 피해 고개를 돌렸다. 이렇게 하면 저들을 보호할 수 있다는 듯이, 혹은 저들에게 말하기 전까지는 사실이 아닌 척할 수 있다는 듯이.

"미즈 웹스터? 제 이야기 들으셨습니까?"

하지만 내 몸이 나를 저버렸다. 목이 죄어와 바람직한 대답은 고사하고 최소한의 대답도 할 수가 없었다.

"네."

간신히 대답하긴 했지만, 퉁명스러운 말투였다. 이내 덧붙였다.

"알려주셔서 감사합니다."

통화를 마치고 사람들의 얼굴을 마주하기 전에 잠깐 시간을 가졌다.

"버윅 순경이었어요. 유감스럽게도 나쁜 소식이에요."

누구도 듣고 싶지 않을 말을 꺼내기가 힘들어 목을 가다듬었다.

"마이크 스톡스가 의식을 회복하지 못했다고 해요. 안타깝지만 사망했습니다."

세 사람 다 나를 바라봤지만, 나는 플로라에게 시선을 두었다. 평소보다 더욱 창백해진 아이는 긴장감으로 몸을 떨었고, 혼란스러워했다.

플로라와 단둘이 대화를 해야 했다.

"엠마. 정말 유감이에요. 충격이 너무 크겠어요. 입장 발표를 하시겠어요?"

수가 말했다.

"네, 그래야 할 것 같아요."

나는 머리가 하얘진 상태로 대답했다.

"당장 급하신 건 아니죠?"

수는 이렇게 말하고는 핸드백을 만지작거렸다. 그녀의 안타까워하는 마음이 전해졌다.

"점심 먹고 올게요. 같이 갈래, 패트릭?"

그녀는 패트릭을 향해 평소와 다른 매서운 눈빛을 보냈고, 두 사람은 사무실을 나섰다.

플로라는 나를 등지고 있었다. 그 몸짓은—굽은 등, 뾰족한 날개처럼 점퍼 위로 도드라진 견갑골—아이가 감당할 수 없는 감정에 시달리고 있다는 뜻이었다. 두세 살 무렵에도 떼를 부리기 전에 이렇게 잔뜩 날을 세우곤 했었다.

아이가 나를 돌아봤다.

"엄마……"

분홍빛이 도는 얼굴에 두 눈은 너무도 밝게 빛났다. 그 찰나의 순간, 아이는 잔인하고도 부적절한 웃음과 눈물 사이에서 아슬아슬하게 균형을 맞추고 있었다.

"끔찍한 얘긴 건 알지만 그래도 그 사람이 더는 엄마를 괴롭히지 못하게 된 거죠? 그러면 엄마……"

정신이 온전치 않은 사람처럼, 아이의 목소리가 높아졌다.

"다 괜찮아질 거라는 뜻도 되지 않아요?"

구속복을 입은 듯 가슴이 답답했다. 아이의 말을 받아들이기 어려웠다. 어린아이 같은 낙관적인 생각 끝에, 플로라는 그의 죽음이 우리에게 이롭다고 판단한 듯했다. 내가 어떻게 이런 생각을 하는 아이로 키웠을까? 아이에게 어떤 죽음도 좋을 수 없다는 점을 설명해야 했고, 무엇보다 앞으로 더욱 악화될 현실에 대해 준비를 시켜야 했다. 여성 하원의원 세 명이 사는 집에 무단으로 들어온 침입자와, 침입 후 사망한 자는 완전히 다른 차원이었다. 검시가 진행될 것이다. 그러면 뉴스가 끊임없이 계속될 것이다.

마이크의 열여섯 살짜리 아들 조시나 그의 죽음을 애도할 친구와 동료를 떠올리는 일은 스스로 허용할 수 없었다. 마이크에 대한 생각을 도저히 허용할 수가 없었다. 그토록 에너지 넘치던 사람이―대화를 나눌 때도, 침대에서도, 심지어 의식을 찾고 응급 구조대에게 욕설을 내뱉을 때조차―더는 존재하지 않는다는 사실을 믿을 수가 없었다. 이제 기억 속에서 그는 잠시나마 나를 달뜨게 했던 남자도, 재밌는 문자와 수많은 커피와 공동의 목적의식을 공유했던 동료도, 이후 무섭게 변해버린 남자도 아닐 것이다. 계단 아래에 있던 생기 없는, 생경한 몸뚱이로 영원히 각인될 것이다.

다시 나는 그때로 돌아갔다. 살았는지 죽었는지 모르는 채 두려움에 떨며 다가갔다가 그가 내뱉는 신음 소리를 듣고, 의식이 있음을 확인하고 안도했었다. 그런데 어떻게 이런 일이……. 뜨거운 흐느낌이 목으로 올라왔지만, 지금은 어른다워야 하기에 가까스로 눈물을 삼켰다.

"플로라."

아이 옆에 의자를 놓고 앉아 아이를 껴안았다. 내 품에 기대게 하자 아이의 저항하는 움직임이 잦아드는 것이 느껴졌다.

"지금 당장은 그렇게 느껴질 수도 있지만, 마이크가 죽은 건 잘된 일이 아니야. 아주 자연스러운 반응이긴 하지만 네가 느낀 안도감을 절대로, **누구에게도 들켜선 안 돼.** 알겠지?"

아이는 휘둥그레진 눈으로 고개를 끄덕였다. 마치 아기 대하듯 말했지만 플로라는 내 말에 호응했고, 방향을 알려준 걸 반기는 듯했다. 아이가 몸을 움직거렸다. 아이의 어깨를 감싼 손에 너무 힘이 들어간 모양이었다. 나는 손을 풀었다.

"지금껏 언론이 어떻게 반응하는지 봤잖아. 언론은 앞으로 이 사건에 더욱 흥미를 가질 거야. 한동안은 끝나지 않을 듯 보이겠지만 엄마가 약속하는데, 우린 괜찮을 거야. 이런 일은 유통기한이 정해져 있거든. 앞으로 48시간 정도는 아주 힘들겠지만, 결국 다들 지겨워하게 될 거야. 엄마가 약속하는데, 다들 잊을 거야."

나는 침을 삼켰다. 정말로 그렇게 될 거라고 믿진 않았지만 최대한 가벼운 문제인 척해야 했고, 아이를 위해서라도 긍정적이어야 했다.

플로라가 믿지 않는 눈치였기에 방향을 바꿨다.

"우리 여름에 서핑했던 거 기억나?"

플로라는 애정을 확인받고픈 어린애처럼 고개를 끄덕였다.

"처음에는 파도가 막 밀려오고, 우리가 파도에 휩쓸리기도 해서 무서웠잖아. 하지만 좀 지나니까 생각보다 어렵지 않았잖아. 큰 파도가 부서지고 나면 하얀 포말이 쉬익 빠지면서 물이 얇아지니까. 그렇게 잘 이겨냈잖아. 물을 많이 먹었지만, 그래도 괜찮았잖아. 앞으로도 그럴 거야."

눈물 어린 미소를 짓는 딸을 보며, 큰 파도가 모든 걸 휩쓸어 갈 수도 있다는 사실을 기억하지 않길 기도했다.

"엄마 지금 떨고 있어요."

플로라가 나도 모르는 새 떨리고 있는 내 무릎을 가리켰다. 내 왼손도 떨리고 있어서, 허벅지 사이로 밀어 넣었다.

"음, 충격적인 일이니까."

지나치게 밝은 목소리로 당연하다는 듯 말했다.

"샌드위치 먹을래?"

배에서 꼬르륵 소리가 났다. 오후 2시였다. 아이에게 점심을 먹이는 걸 잊고 있었다.

"샌드위치 먹으러 같이 갈 수 있어요?"

"아, 미안해, 플로라."

마이크의 죽음이 우리에게 어떤 영향을 미칠지, 그리고 어떻게 반응해야 할지 생각해야 했다.

"엄마가 몇 군데 전화를 해야 해서."

아이의 얼굴이 시무룩해졌다. 플로라도 간신히 힘을 내어 버티는 중이었다. 20분 안에 오겠다는 말을 남기고 마지못해 나서는 아이를 보니, 죄책감이 밀려들었다.

아이가 채 문을 닫기도 전에 다시 인터넷에 접속해 뉴스 블로그들, BBC 뉴스, 트위터에서 그 소식이 언급된 기사들을 살폈다. 따라잡기 힘들 만큼 빠르게 올라오는 반응들도. 하원의원 집 침입자 사망, 무단 침입 벌인 저널리스트 사망, 여성 하원의원들을 노렸던 기자 사망. 기사들은 아직까지는 우리에게 호의적이었지만, 헤드라인들은 동정심과 다소 신중을 기하는 무언가가 어색하게 뒤섞인 톤으로 달라지고 있었다. '크로니클 맨'은 좋은 기자였다.

시작되고 있었다. 의심과 비판이 묻어나는 질문들이. 스토킹, 성희롱, 무단 침입을 자초하는 여성 의원도 있을 수 있다는 분위기를 풍기는 질문들이. 마치 그 여성의 잘못이라는 듯. 사망한 기자는 그 여성 의원들 중 한 명에게 집착했나? 그는 하원의원과 함께 일하던 중이었나? 여성 하원의원이 기자를 집으로 초대했을까? 사무실 전화가 울리기 시작했고, 왓츠앱 알람이 계속 울려댔다. 나는 휴대폰을 무음 모드로 바꾼 뒤 일절 무시했다. 여론의 흐름이 달라지고 있었다. 파도가 몸집을 불리고 있었고, 머지않아 나는 익사될 위험에 처하리라.

내가 두려워하는 것은(줄리아가 경찰에 신고한 순간부터 줄곧 그랬다) 마이크 스톡스와 잤다는 사실이 세상에 알려지는 것이었다. 그렇게 되면 사람들이 내 판단력을 의심할 것이기 때문이 아니라(타블로이드지 기자와 자는 페미니스트라니!) 자연스럽고 즉흥적인 섹스를 부끄럽게 여겨서가 아니라(그렇게 생각해선 안 된다고 스스로에게 말했다), 그 사실이 어떤 파문을 불러올지 알 수 없기 때문이었다. 우리가 섹스를 했다는 게 알려지면, 『크로니클』이 몰래 찍은 내 사진을 실은 기사에 왜 내 딸 이름까지 언급했는지 사람들이 궁금해할 수 있었다. 그러면 기자들이 진실을 파헤치려고 나설 것이다.

플로라의 비밀이 공개되는 최악의 상황을 상상하자, 숨이 얕고 받아졌다. 어린아이의 실수였고, 기사로 써서는 안 되는 일이었다. 아이가 수치심을 경험하면 안 되었다. 수치심은 오로지 내 몫이었다. 평소의 이성적이고 합리적인 판단력을 무시하고 갈구와 욕정을 허용한 내 몫이었다. 섹스는 그럴 만큼의 가치가 없었다. 젠장, 실로 그랬다. 마이크의 반짝이는 눈빛과 다정함이 아무리 나를 흔들어놓았더라도.

드디어 올라왔다. 어떤 형태로든 나올 거라 예상하고 있던 얘기가, 트위터에 공개되었다. 나는 명치를 강타당한 것처럼, 일순 정지 상태가 되었다.

속보: 침입자는 하원의원의 연인이었다.

추측의 뉘앙스가 더해진 강도 높은 반응들이 신속히 이어졌다. 하원의원 집 침입자는 퇴짜 맞은 연인, 전 연인에게 스토킹당한 하원의원, 하원의원의 밀회와 파란 그리고 신문사 글쟁이.

다 어디서 나온 이야기들일까? 트위터를 뒤졌지만 출처를 찾을 수는 없었다. 하나같이 '~것으로 보인다', '정보원에 따르면' 하는 식이었다. 마이크가 우리의 밀회를 동료들에게 떠들고 다녔던 걸까? 아니면 하우스메이트 중 한 명이 짐작이라도 한 걸까?

이 사실까지 밝혀졌다면, 또 무엇이 더 밝혀질 수 있을까?

30

Twitter Thread

Dick Penny @EnglandRules
모 여성 의원이 오늘 아침 채링 크로스 경찰서에 나타났다는 소리가
들리던데.

Richard M @BigBob699
깜찍하네, 깜찍해.

Dick Penny @EnglandRules
혼 좀 내달라고 난리를 치는 여자야.

FiremanFred @suckmycock
그래도 손대고 싶지 않아, 그 여자는. 기자 나부랭이 하나는 손댄 것
같지만.

Dick Penny @EnglandRules
#구시구시갠더 #Goosey_Goosey_Gander

Richard M @BigBob699

???

Dick Penny @EnglandRules

전래동요야. 그냥 내 느낌. 궁금하면 동요 가사 한번 찾아보든가.

레코드(온라인판)

적과의 동침

마커스 제이미슨, 국민을 대변하는 교수

언론인과 정치인은 지극히 은밀한 관계를 유지하고 있을까?

그에 대한 대답은 '대단히 그렇다'이다. 정치부 기자 마이크 스톡스의 비극적인 죽음을 통해, 우리는 기자들이 하원의원들과 건강한 거리를 유지해야 함을 알게 되었다.

마이크 스톡스와 노동당 하원의원 엠마 웹스터가 여러 의미에서 좋은 관계를 유지하고 있었다는 사실이 밝혀지자, 그의 죽음을 둘러싼 의혹들이 쏟아지고 있다. 그는 3,000파운드짜리 그녀의 런던 집에서 추락 사고로 사망했다.

나는 브라이턴 대학에 재직 중일 당시, 엠마 웹스터를 가르쳤다. 그녀는 일류 학생이었지만, 졸업 시험에서 그녀의 정신 상태는 이류임이 드러났다. 그녀가 보이는 것만큼 뛰어난 사람이었다면, 적과의 동침으로는 그 어떤 좋은 결과도 얻을 수 없음을 기억했을 텐데 말이다.

포츠머스 포스트(온라인판)

지역 의원과 저널리스트의 죽음

독자 편지

제게 엠마 웹스터는 늘 친절하고 따뜻하며 가장 열심히 일하는 하원의원이었습니다. 제 동생의 죽음 이후 그녀는 법안 개정을 위해 뛰어난 활약을 펼쳤고, 저와 제 부모님은 그녀를 알게 되어 자랑스럽게 생각합니다.

— 프레야, 짐, 로르나 존스 올림

미세스 웹스터를 응원하는 글이 많이 보이지만, 제 눈에 그녀는 본인 홍보와—지역구민 문제보다는—여성 문제에만 몰두해 있습니다.

미스터 스톡스가 치명적인 부상을 입었던 그날 오후, 웰시 제1대대 소속으로 헬만드에서 복무했던 제 아들 윌 백스터 상병이 우울증과 PTSD를 이기지 못하고 윈체스터 인근 기차선로에서 생을 마감했습니다.

미세스 웹스터에게 참전군인 대상 정신 건강 서비스를 제공할 방안을 마련해달라는 이메일을 수차례 보냈음에도, 미온적인 회신 한 통만 받았을 뿐입니다.

그녀가 이 사안을 귀담아듣고 전념해주었다면 제 아들에게, 그리고 그녀에게도 더 나은 결과가 있었을 것입니다.

— 사이먼 백스터

(이 편지는 법적 사유로 18시 16분에 웹사이트에서 삭제되었다.)

31

2021년 12월 11일

엠마

몇 가지 질문에만 답해주면 된다고 했다. 몇 가지 사안만 확인하면 된다고. 정오. 채링 크로스 경찰서. 사무 변호사를 대동할 수 있었지만, 그럴 필요까지는 없다고 생각했다.

"와주셔서 감사합니다, 미즈 웹스터. 아니면 엠마라고 불러도 되겠습니까?"

크리스 파킨 형사가 이렇게 말하며 안내 데스크 바로 뒤편에 마련된 회의실로 안내했다. 폴리스티렌 컵에 담긴 차가 제공되었다. 음료를 주는 것도, 이름만 부르는 것도 모두 이 면담이 지극히 우호적이라는 의미였다. 하지만 그가 짧게 보여준 미소는, 미소라기보다 찌푸린 표정에 가까웠다. 눈은 웃지 않았다.

우리는 텅 빈 테이블을 사이에 두고 마주 앉았다. 그의 옆에는 동료 형사 켈리 블레이크가 자리했다. 깨끗한 피부에 앞머리를 눈썹까지 내려오게 자른 친근한 인상의 그녀는 20대 후반으로 보였다. 나는 아직 사무 변호사를 구하지 못했지만, 클레어가 평판 좋은 사람으로 알아보는 중이었다. 형사가 대화를 녹음하기 시작했고, 나는 변호사를 대동하지 않은 것이 한심하고 순진한 선택이었을까 고민이 되었다.

"12월 8일 집에 들어오신 후의 일을 버윅 순경에게 진술해주신 것으로 알고 있지만, 다시 한번 당시 상황을 설명해주실 수 있을까요?"

그는 이렇게 묻고는 몸을 뒤로 기댄 채 팔짱을 꼈다. 하얗고 빳빳한 셔츠 천 아래로 그의 이두박근이 불룩 도드라졌다. 이런 상황에서도 헬스장에서 갈고 닦은 몸에 자부심을 느끼는 그 모습이 어쩐지 재밌게 느껴졌다. 근육이 씰룩대기를 반쯤 기대할 정도로.

"말씀드린 것과 같아요."

반복이 주는 안도감이 있었기에 침착하고 사무적인 어조가 나왔다. 그때 일을 설명하다 보니 그때의 장면들이 다시 눈앞에 펼쳐졌다.

"집에 들어가니 경보 알람이 꺼져 있고, 복도가 어두웠어요. 전기가 나간 것 같아서 휴대폰 손전등을 켜고 두꺼비집 쪽으로 이동했어요. 그때 주방에서 무슨 소리가 들렸어요. 계단통 아래로 손전등을 비췄고, 바닥에 옷 더미 같은 게 있었어요. 아래로 내려갔다가 남자를 발견하게 된 거고요. 마이크 스톡스요. 그곳에 쓰러져 있었어요."

"그게 말입니다, 4시 23분경 옆집 이웃이 벽 너머로 의원님 집에서 다투는 소리를 들었다는 진술을 했습니다."

파킨 형사가 내 반응을 면밀히 살폈다.

나는 어깨를 으쓱하며 **모르는 일**이라는 표정을 지었다.

"글쎄요. 비슷한 주택들이 다닥다닥 붙어 있는 구조예요. 어쩌면 다른 집이나 거리에서 누가 싸우는 소리를 들었던 게 아닐까요?"

블레이크 형사가 고개를 한쪽으로 기울였다. 여성 친화적인 여성은 아닌 느낌이었다. 남성에게 호감을 살 수 있다면 여성 동료를 공격할 타입으로 보였다.

"말다툼을 한 일이 없다는 건가요?"

그녀가 가벼운 목소리로 물었다.

"마이크 스톡스와 말다툼하지 않았어요."

나는 이렇게 대답한 뒤, 신중하고도 정확하게 덧붙였다.

"발견했을 때 이미 그는 계단 아래에 쓰러져 있었으니까요."

파킨 형사는 몸을 숙이고 눈을 가늘게 뜨며 나를 바라봤다. 길고 긴 3초 동안 누구도 말을 하지 않았고, 이내 그는 다시 거짓된 미소를 지었다.

"마이크 스톡스와의 관계에 대해 한번 이야기해볼까요?"

"저와 마이크 스톡스는, 버윅 순경에게 말했듯 일적인 관계였습니다. 에이미 법 캠페인 건으로 협력하던 사이였어요."

"그의 휴대폰을 살펴봤는데, 두 사람이 주고받은 문자가 상당히 많더군요. 약 250통 정도?"

"말씀드렸듯이, 좋은 동료였습니다. 긴밀히 협력하는 사이였어요."

그의 눈을 피하지 않고 바라봤다. 그도 기사를 읽게 될 것이다. 침입자는 하원의원의 연인이었다. 그걸 내게 들이밀며 따질까?

"그가 죽던 날 당신이 보낸 메시지는요?"

"네?"

숨이 가빠지는 것 같았다. 그가 지금 무슨 이야기를 하는지 전혀 알 수가 없었다.

"우리 집에서 만나요. 4시. 당신이 좋아할 만한 이야기가 있어요."

"지금 무슨 말씀을 하시는 건지 정말 모르겠어요."

상황이 『이상한 나라의 앨리스』 같아지기 시작했고, 내 목소리는 가늘고 높아졌다.

파킨 형사가 미소를 지었다. 나를 놀라게 한 게 만족스러운 모양이었다.

"12월 8일 수요일 오전 10시 46분에 당신 페이스북 계정과 연동된 메신저에서 마이크 스톡스에게 발송된 메시지입니다."

"전 메신저를 거의 사용하지 않아요. 마이크와 대화를 나누고 싶었다면 문자를 보냈을 거예요."

머릿속이 뿌예졌다. 무슨 수작을 부리려는 걸까? 내가 한 짓이 아니니, 다른 누군가가 했거나 경찰에서 무슨 착오가 있는 거였다.

"그에게 4시에 클리버 광장 집에서 만나자는 말씀을 하지 않으셨다는 건가요?"

"안 했어요."

"그런데도 마침 4시가 조금 지난 시간에 집에 와서, 부상을 당해 계단 아래 쓰러져 있는 그를 발견한 거고요?"

"네, 하지만 우연이겠죠. 형사님이 말한 그 메시지는 제가 보낸 게 아니니까요. 긴장성 두통 때문에 평소보다 일찍 퇴근한 거예요. 제 보좌관인 재즈 맥킨리에게 확인해보세요."

"그렇게 하겠습니다."

그가 말을 이었다.

"그리고 케닝턴 레인에 있는 CCTV 장면을 보면, 4시 21분 조금 넘어 집에 도착하셨겠네요. 그럼 하우스메이트인 줄리아 쿡이 집에 와 앰뷸런스를 부르기 전까지 무려 8분이 비는 셈인데, 그동안 뭘 하셨는지 말씀해주시겠습니까?"

"그렇게 길었나요?"

진심으로 혼란스러웠다.

"그보다 훨씬 짧았던 것 같은데. 글쎄요. 충격을 심하게 받은 상태였어요. 집에 들어와서 그 남자를 발견했으니까요. 너무 무서워서 그냥 얼어붙었던 것 같아요."

"당신 집 계단에서 추락한 것으로 보이는 남성을 발견했을 때, 앰뷸런스를 부를 생각은 못 했습니까?"

"못 했어요. 줄리아가 그러기 전까지는, 그럴 생각을 못 했어요."

누가 봐도 인간미가 결여되어 보이는 내 말에 얼굴이 달아올랐고, 방어적인 대응을 하는 것이 스스로 느껴질 정도였다.

"패닉에 빠졌던 것 같아요. 극도의 충격을 받은 상태였어요. 어떤 식으로든 정상적인 상황이 아니었으니까요."

"그렇군요."

그는 정석대로 침착하게 말하면서도 조금 이해가 가지 않는다는 표정이었다. 문제 행동의 진짜 원인을 파악해보려는 교장 선생님 같았다.

"저희 시각에서 한번 생각해보시겠습니까? 몇 가지 잘 들어맞지 않는 것들이 있어요. 메시지, 말다툼, 신고 지연······."

"글쎄요, 누군가 내 집을 무단 침입한 일이 벌어지면 생각만큼 이성적으로 행동하지 못할 수도 있어요."

갑자기 숨이 막힐 듯한 분위기에 나는 흥분하기 시작했다. 연설을 앞둔 때처럼 숨을 깊이 들이마셔 폐 가득 퀴퀴한 공기를 밀어 넣고 마음을 진정시켰다.

노크 소리가 들렸고, 잠깐의 유예를 얻은 기분이었다.

"네?"

파킨 형사가 퉁명스럽게 대꾸했다.

젊은 여성이 그를 향해 인사하듯 고개를 꾸벅했다.

"요청하신 결과 나왔어요."

파킨 형사는 알 수 없는 시선을 그의 파트너와 주고받은 후, 회의실을 나갔다.

"여기서 잠시 기다려주시겠어요?"

블레이크 형사가 치과에 온 환자를 대하듯 내게 물었다.

"변호사를 부르고 싶어요."

"좋습니다."

그녀의 눈빛이 이렇게 말하는 것 같았다. 이제야 좀 상황을 파악했군요.

그녀는 동료를 뒤따라 나갔다.

*

두 사람이 나간 지 한 시간 가까이 되어가고 있었다. 부재가 너무 길어지자, 이런 식으로 나를 교묘하게 통제하려는 것 같아 불길하게 느껴졌다.

다행스럽게도 사무 변호사 존 피어슨이 도착했다. 마른 체형에 절제력이 대단해 보이는 그는 앞으로 아무런 말도 하지 말라고 조언했다. 그가 나를 도우려는 것은 알지만, 경찰에 협조를 하는 편이 낫지 않을까? 그래야 얼른 다 끝내버릴 수 있지 않을까? 착한 아이이고 싶다는, 질문에는 항상 답을 하고 싶다는 오래된 욕구였다. 후에 내가 후회하게 될 선택이었다.

드디어 파킨 형사가 회의실로 돌아왔다. 매우 뿌듯한 얼굴이었다. 입꼬리에 웃음기를 띤 채, 그가 말했다.

"엠마 웹스터, 당신을 살인 혐의로 체포합니다. 묵비권을 행사할 수 있지만, 신문 때 당신에게 유리한 내용을 말하지 않는다면 법정에서 불리하게 작용할 수 있습니다."

TV에서 나오던 말을 그가 읊는 게 이상하게 느껴졌지만, 무섭도록 현실이었다. 살인 혐의로 체포라니? 머리털이 서고 척추를 따라 오싹한 소름이 끼쳤다. 폐에서 공기가 다 빠져나간 것만 같았고, 심장은 대열을 이뤄 행진하는 군악대 드럼 소리처럼 점점 더 빠르게 뛰었다. 타—카—타—카—타—카—타—카—
타—카—타—카—타—카—타—카.

*

경찰서에 구금되었다. 내 권리를 들려주었고, DNA 채취를 위
해 면봉으로 입안을 훔치고 손톱 아래를 긁어냈다. 클리버 광장
집은 또다시 범죄 현장이 되었고, 무단 침입으로 인정되었을 때
보다 더욱 철저한 수사가 펼쳐져 아직 남아 있을지 모를 법의학
적 증거 수색이 실시되었다. 나는 휴대폰을 제출한 상태라, 줄리
아의 분노를 상상만 할 뿐이었다. 작게 오므린 입술과 긴장할 때
면 나타나는 눈 밑 씰룩거림까지.

유치장 내 취조실은 황량하고 열악했다. 테이블은 나사로 바
닥에 고정되어 있고, 휑한 벽은 펠트 원단 같은 것으로 방음 처리
되어 있었다. 하나밖에 없는 창문은 벽 위쪽에 나 있었다. 냉전 시
대의 삭막함이 그대로 드러난 그곳은 상당히 위압적이었다.

파킨 형사가 몸을 앞으로 기울였다.

"아까 저희가 왜 자리를 비웠는지 궁금하실 것 같은데요?"

조금씩 정보를 흘리며 권력을 휘두르려는 그의 행동에 호응해
줄 생각이 없어서, 어깨만 으쓱했다.

"검시에서 아주 흥미로운 결과 몇 가지가 나왔습니다."

그게 무엇인지 물어주기를 기다리는 사람처럼 그는 잠시 말을
중단했지만, 나는 도와줄 생각이 없었다.

"추락 전에 두어 군데 부상을 입은 것으로 나왔어요. 자해로 볼 수 없는."

나는 잠시 말을 잃었다가 마침내 입을 열었다.

"저는 부상에 대해 아는 바가 전혀 없습니다."

"왼쪽 뺨에 생긴 지 얼마 안 된 베인 상처가 있고, 관자놀이 바로 위에도 하나 있습니다."

파킨 형사가 말을 이었다.

"계단에서 추락하는 과정에서는 생길 수 없는 상처들입니다."

또다시 긴 침묵이 이어졌고, 그는 나를 유심히 관찰했다. 나는 목구멍이 죄어서 침을 삼켰다. 말을 하고 싶어도 말이 나오지 않을 것 같았다.

"뿐만 아니라, 계단 아래 혈흔은 관자놀이 상처에서 튄 걸로 나왔어요."

그가 좀 전보다 일상적인 말투를 썼다.

"종합해보면 2차 충격이 있어야만, 계단 아래로 머리를 찧는 충격이 있어야만, 혈흔이 이렇게 튈 수 있어요. 이해가 되시나요?"

나는 고개를 끄덕였다.

"녹음을 해야 해서요."

"네."

나는 겨우 목소리를 내어 답했다.

내 옆에 있던, 한 시간 전까지만 해도 모르는 사람이던 존 피어슨 변호사가, 파킨 형사에게 나와 잠깐 이야기를 나누겠다고

했다.

"변호사와 대화를 나누고 싶습니까, 엠마?"

나는 고개를 끄덕였다. 경찰 없이 생각을 정리할 시간이 필요했기 때문이다. 파킨 형사가 녹음기를 멈추고 밖으로 나갔다.

단둘만 남자, 존이 진지해졌다.

"정말 계속 이렇게 하시겠습니까? 이제부터는 질문에 대답하지 마시기를 강력히 권합니다. 노코멘트하시고, 경찰 측 증거가 전부 공개된 후에 우리 입장을 다시 정리하면 됩니다. 어떤 발언이든 더 하게 되면 상황이 더욱 악화될 수 있어요."

사라져버리고 싶은 마음에 양손에 머리를 묻었다. 질문을 멈추게 하는 데만 급급해, 저들이 검시 결과를 받기 전에 증거를 짜 맞춰나가고 있다는 것을 눈치채지 못했다. 이제라도 내가 앞뒤가 맞는 설명을 저들에게 해주는 것이 좋지 않을까?

"제가 말하지 않은 몇 가지 내용이 있어요."

나는 존이 귀를 바짝 기울여야 할 정도로 낮은 목소리로 말했다.

"몇 가지요?"

그의 얼굴에 불편한 기색이 스쳤다.

눈물을 쏟기 시작했다. 손등으로 눈물을 닦으며 계속 울었다. 유능하고 두려움을 모르는 엠마 웹스터 하원의원은, 이제 사라졌다.

평생을 정직하게 살려고 노력했지만, 정직하지 못했던 한 가지 일로 끔찍한 역풍을 맞고 있었다.

"진실을 말하고 싶어요."

내가 말했다.

(2권으로 이어집니다.)

레퓨테이션: 명예 1

초판 1쇄 발행 2023년 11월 22일

지은이 세라 본
옮긴이 신솔잎
펴낸이 윤동희
책임편집 김미라 고나리
편집 최유연 이예은 유보리
디자인 김소진
마케팅 윤지원 김연영 김은조

펴낸곳 ㈜미디어창비
등록 2009년 5월 14일
주소 04004 서울 마포구 월드컵로12길 7 창비서교빌딩
전화 02) 6949 - 0966 **팩시밀리** 0505 - 995 - 4000
홈페이지 books.mediachangbi.com
전자우편 mcb@changbi.com

한국어판ⓒ ㈜미디어창비 2023

ISBN 979 - 11 - 93022 - 27 - 6 03840